궁귀검신

弓鬼劍神

궁귀검신 6

조돈형 新무협 판타지 소설

초판 1쇄 찍은 날 § 2002년 4월 27일
초판 1쇄 펴낸 날 § 2002년 5월 10일

지은이 § 조돈형
펴낸이 § 서경석

편집장 § 문혜영
편집책임 § 장상수
편집 § 박영주 · 김희정 · 권민정 · 이종민
마케팅 § 정필 · 강양원 · 김규진 · 안진원

펴낸곳 § 도서출판 청어람
등록번호 § 제1081-1-89호
등록일자 § 1999. 5. 31
어람번호 § 제2-0087호

주소 § 경기도 부천시 원미구 심곡1동 350-1 남성B/D 3F (우) 420-011
전화 § 032-656-4452 팩스 § 032-656-4453
http://www.chungeoram.com
E-mail § eoram99@chollian.net

값 7,500원

ISBN 89-5505-256-1 (SET)
ISBN 89-5505-356-8 04810

궁귀검신

弓鬼劍神

조도형 新무협 판타지 소설

6

도서출판
청어람

목

차

제26장

암습(暗襲)

암습(暗襲)

소문과 궁왕이 자리를 뜨고 뒤에 남게 된 삼광과 청하는 길가의 나무 그늘에 앉아 담소를 나누며 이들을 기다리고 있었다. 소문과 구양풍이 안심을 시키고 가기는 했지만 청하는 좀처럼 마음을 놓지 못했다.

"정말 괜찮을까요?"

얼굴 하나 가득 불안한 기색으로 옆에 앉아 있는 형조문에게 질문을 던진 청하에게 형조문을 대신하여 인상 좋은 미소를 지은 단견이 아무런 염려 하지 말라는 듯 대답을 했다.

"하하핫! 걱정하지 마십시오. 일전에 형님의 실력을 보지 않았습니까? 그 노인이 제법 실력은 있다지만 어디 형님만큼이나 하겠습니까? 아고야!"

말을 하던 단견이 뒤통수를 붙잡고 인상을 찌푸렸다.

"에라이! 그 냄새 나는 입을 어디다 들이대고 웃어대는 것이냐? 그리고 궁왕이라면, 칼밥을 먹고 사는 사람이라면 이름만으로도 벌벌 떨게 만드는 사람이다. 한데 제법이라니!"

곽검명이 한심하다는 듯 단견을 바라보았다. 하지만 단견은 단견대로 불만이 있었다.

"그걸 누가 모른답니까? 다만 청하 소저께서 이리도 걱정하시니 그리 말을 한 것이지요."

딱!

"윽!"

툴툴거리며 입을 놀리던 단견이 또다시 머리통을 비비며 인상을 썼다.

"아니, 내 머리통이 동네북이라도 된답니까? 왜 자꾸 때리는 겁니까?"

단견의 항변에 곽검명에 이어 주먹을 날린 형조문이 태연하게 대꾸했다.

"청하 소저라니? 나한테야 제수씨지만 네게는 형수님이 아니냐? 함부로 이름을 불러서야 쓰겠느냐? 당연히 형수님이라고 해야. 그건 그렇고 소리가 좋기도 하구나."

형조문은 단견의 머리와 자신의 주먹을 번갈아 바라보며 신기하다는 듯 쳐다보았다.

"그거 이상하군요. 보통 안이 비어 있는 것이 소리가 잘 나던데 악기를 보아도 그렇고……"

곽검명이 단견의 머리를 심각하게 바라보며 고개를 갸웃거렸다.

"흠, 그렇기도 하지. 하나 설마 막내의 머리가 비어 있을 리는 없으니……"

"아니, 무슨 소리를 하시는 겁니까? 머리가 비다니요. 이래 보여도 개방에선 수십 년에 한 번 나올까 말까 한 기재라는 소리를 듣고 있는 몸입니다!"

단견이 눈을 부라리며 소리를 지르자 곽검명이나 형조문은 도리어 이상하다는 듯 반문을 했다.

"누가 뭐라느냐? 우리가 네 머리가 비었다고 했느냐? 왜 그리 과민 반응을 보이는 것이더냐?"

"그러게 말입니다. 누가 뭐라 했다고."

"으휴!"

너무나 태연자약한 의형들의 말에 일순 말문이 막힌 단견은 울화통이 터지는 듯 가슴을 치며 답답해했지만 뭐라 대꾸할 말을 찾지는 못하였다. '눈 가리고 아웅'이라고, 뻔한 말이었지만 그들 말대로 직접적으로 머리가 비었다는 소리는 하지 않았기 때문이다. 단견이 가슴을 치며 화를 삭이는 모습에 곽검명과 형조문은 살짝 웃으며 서로를 마주보았다. 물론 단견의 눈치를 살피는 것을 잊지는 않았다.

'고마운 사람들…….'

삼광의 대화를 들으며 입가에 미소를 지은 청하는 왜 그들이 이리 과장해 가며 행동을 하는지 알고 있었다. 자신의 마음을 조금이라도 안심시키기 위해 어찌 보면 채신없는 행동을 스스럼없이 하고 있는 것이었다. 이런 그들의 마음을 잘 알기에 청하 역시 일부러 내색은 하지 않았지만 마음속으로나마 이들의 마음 씀씀이에 고마워했다.

단견을 바라보며 웃음 짓던 형조문이 청하에게 말했다.

"막내의 말에 과장은 있지만 그다지 틀린 말은 아닙니다. 그리고 구양 어른께서도 계시니 별다른 문제는 없을 것입니다."

"예."

청하가 고개를 끄덕이며 대답하자 그때까지 단견과 말을 주고받던 곽검명이 다가왔다.

"그래도 꽤 시간이 지난 것 같지 않습니까?"

"그렇군. 자네 말대로 제법 시간이 지난 듯하네. 하지만 그들이 어디 보통 고수들인가? 좀처럼 승부가 나지 않을 것이네."

"지난번 화산에서 소문이 보여준 무위라면 아무리 궁왕이라 할지라도 막아내기가 쉽지 않을 것입니다."

"그건 나도 아네. 하지만 궁도를 논하기 위해 소문을 찾아온 분이네. 모르긴 몰라도 소문 또한 궁으로써 상대를 하고 있을 것이네. 그 승부를 예측하기란 쉽지 않겠지."

"그렇군요. 아무튼 엄청난 비무가 될 것입니다. 그런 비무를 볼 수가 없다니 너무 아쉽습니다."

"나 또한 그렇다네. 무인으로서 그런 장면을 보지 못한다는 사실이 안타깝기 그지없다네."

비무에 참관하지 못한 곽검명이 아쉬워하자 마찬가지의 심정이었던 형조문이 고개를 끄덕이며 동의를 표했다. 그때였다.

"하하하! 그런 무사태평(無事泰平)한 소리는 하지 말고 네놈들 목숨이나 걱정하여라!"

커다란 웃음을 지으며 나타난 사내의 뒤로 몇 명의 무인들이 그 모습을 드러내고 삼광과 청하의 정면과 배후에도 일단의 무리들이 나타나며 순식간에 주변을 에워쌌다. 서로 대화를 나누고 있던 곽검명이나 형조문과는 달리 주변의 공기가 이상하게 바뀌는 것을 조금 더 일찍 느끼고 본능적으로 긴장을 하던 단견이 소리를 질렀다.

"웬 놈이냐?"

단건은 재빨리 소리침과 동시에 청하를 보호하고자 앞으로 나섰다. 곽검명과 형조문 또한 청하의 주변으로 다가왔다.

"후후! 기억력이 그다지 좋지 않구나. 며칠 전에도 보지 않았느냐?"

"네놈은!"

징그러운 웃음을 지으며 다가오는 자가 누구인지 알아본 곽검명은 흠칫 놀라 소리쳤다. 갑작스레 나타난 괴인!

그는 지난 화산에서 만독문을 이끌던, 나중에 알게 된 사실이지만 이름이 기수곤이라고 하는 자였다.

만독문의 독에 당한 화산의 문도들이 얼마던가! 곽검명의 눈에서 한 광이 빛났다. 당장에라도 달려들어 목을 베어버릴 기세였다.

"아아, 그렇게 나서려 하지 않아도 알아서 상대해 줄 것이니 너무 발광하지 말거라."

"네놈이!"

"참게."

곽검명이 발작적으로 나서려는 것을 제지한 형조문이 슬쩍 고개를 돌려 주변을 살펴보았다.

'제길, 어느새!'

좋지 않아도 너무 좋지 않았다. 대충 살펴보았지만 주변을 에워싸고 있는 만독문의 무리들이 적어도 사오십은 되어 보였다. 도저히 대적할 상황이 아니었다.

"네년이 청하라는 계집이냐?"

기수곤은 삼광에 둘러싸여 두려움에 떨고 있는 청하를 바라보며 소리를 질렀다. 겁에 질린 청하는 아무런 말도 못하고 오들오들 떨고만 있을 뿐이었다.

"흐흐, 네년이 입을 다문다고 그냥 넘어갈 줄 아느냐?"

싸늘히 미소 짓던 기수곤이 형조문에게 시선을 던졌다.

"내가 오늘 이곳에 온 것은 네놈들과 싸우자고 온 것이 아니다. 나의 목표는 저 계집이다. 계집만 넘기면 네놈들만은 무사히 보내주마. 하하하!"

"개소리!"

"미친놈이군."

단견과 곽검명은 기수곤을 향해 침을 뱉으며 기수곤의 말을 무시했다.

"호, 난 그래도 기분이 좋아 네놈들의 살길을 마련해 주려고 한 것이었는데 알아서 목숨을 내놓겠다니 그 뜻이 가상하구나. 하긴 언제 죽여도 죽일 놈들이니 미리 이곳에서 죽여주마."

얼굴에 한껏 비웃음을 띤 기수곤이 고갯짓을 하자 삼광을 포위하고 있던 만독문의 문도들이 서서히 포위망을 좁히며 다가왔다. 삼광은 천천히 옆으로 물러섰다. 길의 왼편에는 상당히 가파른 언덕이 있었다. 거의 절벽이라 보아도 무리가 없을 듯한 곳이었기에 만독문도 이곳까지는 생각을 하지 않은 모양이었다.

[상황이 몹시 좋지 않네. 정신을 바짝 차리고 최대한 버텨야 하네. 잠시만 버티면 소문이 도착할 것이네.]

[염려하지 마십시오. 아무리 적이 많다지만 이렇게 삼면을 확실히 막고 있으면 쉽게 뚫리진 않을 것입니다. 막내는 조심하여라.]

곽검명은 그중 나이가 어린 단견을 염려하며 검을 고쳐 잡았다.

[제 염려는 마시고 형님들이나 조심하십시오.]

동시에 눈을 마주친 삼광은 훈훈한 미소를 지으며 서로를 격려했다.

"어딜!"

가장 먼저 움직인 것은 정면을 막고 있는 곽검명이었다. 달려오는 적을 단숨에 이 등분한 곽검명은 어느새 검을 들어 자신의 옆으로 파고드는 공격을 막아냈다.

"네놈들 따위에게 당할 내가 아니다!"

지난날 패천궁 흑기당의 전임 당주였던 비도탈명 은세충을 꺾은 곽검명의 무위는 실로 범상치 않았다. 비록 일문을 이끌고 있는 가주나 장문인, 문파의 어른들에게는 다소 모자람이 있지만 그의 실력은 발군이었다.

수없이 많은 비무를 통해 얻은 무광이라는 별호가 무색하지 않게 그는 압도적인 실력으로 자신들을 공격하는 만독문도를 쓸어갔다. 단 한 번의 호흡이 지나기도 전에 벌써 세 명의 만독문도를 절명시킨 곽검명은 적의 공세가 잠시 주춤거리는 틈을 타 수세에서 공세로 전환하려고 하였다.

[안 돼! 자네가 빠져나가면 틈이 생기네!]

곽검명과 마찬가지로 여유있게 적을 상대하던 형조문이 재빨리 만류를 하였다. 비록 포위가 되었다고는 하나 지금 그들은 거의 정면의 적과 마주하고 있는 것이나 마찬가지였다. 배후에는 언덕이 있어 그다지 염려할 바가 없었고 정면에서는 곽검명이, 왼쪽은 형조문이, 오른쪽은 단건이 적절히 막고 있었다. 물론 서로의 무기가 혼전 중에 뒤섞이지 않도록 적당한 거리를 벌리고는 있었지만 그것만으로도 적을 막기에는 충분했다.

자신보다 약한 무공을 지닌 자들을 상대함에 있어 두려운 것은 사방에서 동시에 달려드는 것이지 지금처럼 많아야 두어 명이 정면으로 덤비는 것은 그다지 걱정할 것이 아니었다. 지금 만독문과 대치하고 있는 삼광이 그러했다. 하지만 이들 중 한 명이라도 자리를 비우면 그 빈 자리만큼 적이 그곳을 파고들 수 있고 지금처럼 여유있게 싸울 수는 없었다. 가뜩이나 좋지 않은 상황이 더욱더 좋지 않은 쪽으로 변할 수가 있는 것이다. 이점을 잘 알고 있던 형조문은 기세를 타고 적에게 달려가려던 곽검명을 만류한 것이었고 그 의도를 파악한 곽검명 또한 잠시 동안 이탈했던 자리로 재빨리 돌아왔다.

만독문의 명성은 독이지 무공이 아니었다. 개개인의 지닌 무공은 약했지만 독이 있었기에 그 약점을 덮고 적에게 두려움을 줄 수 있었다. 그러나 지난번의 싸움에서 만독문이 사용했던 독은 사천당문에게 노출되었고 사천당문은 완벽한 해약은 아니지만 최소한 독으로 피해를 보지는 않을 정도로 몸을 지킬 수 있는 해약을 만들어냈다. 준비된 약재가 그다지 많지 않기에 대량으로 만들어내지는 못했지만 정도맹의 핵심 세력인 삼단의 무인들에게는 하나씩 지급될 정도의 수량은 확보할 수 있었다. 그리고 지금 그 해약이 지닌 효능이 발휘되고 있었다.

복마단에 속한 삼광은 당가에서 지급한 해약을 지니고 있었다. 싸움을 시작하기 전에 재빨리 먹은 해약이 위력을 발휘하고 있는지 만독의 문도들에게서 뿜어져 나오는 독 기운에 그다지 영향을 받지 않았다. 게다가 무슨 이유인지 이들은 본격적인 독공을 사용하지 않았다. 그래서 더욱 여유있게 막아내고 있었다.

"물러나라!"

한참을 지켜보던 기수곤은 제대로 된 공격은 이루어지지 않고 계속해서 문도들만 희생당하자 공격에 열중이던 수하들을 잠시 뒤로 물렸다.

"제법이구나."

"이제 알았으면 물러나시지."

단건이 어깨를 으쓱이며 말을 받았다.

"하하, 고작 그 정도 가지고 너무 기뻐하지는 마라. 네놈들이 아무리 발버둥 쳐도 여기서 뼈를 묻는 것은 변할 수 없는 사실이니. 하하하!"

믿는 구석이 있는 듯 말을 하는 기수곤의 모습엔 여유가 넘치고 있었다.

"그렇게 자신이 있으면 네놈이 한번 나서보거라. 내가 상대해 주마."

곽검명이 싸늘히 웃으며 한 발 앞으로 걸어나왔다.

"후후, 네놈이 그 무광이라는 놈이구나. 물론 내가 나선다면 네놈들 따위야 간단히 명부(冥府)의 식구로 만들 수 있지. 하지만 일문을 이끌고 있는 내가 네놈들 따위를 상대한대서야 어디 체면이 서겠느냐? 네놈들을 상대할 자는 따로 있다. 나서거라!"

기수곤의 명령과 동시에 온몸을 흑색으로 뒤덮은 사내가 천천히 걸음을 옮겼다.

오싹!

절대적인 기운에 형조문을 비롯한 삼광은 자신들의 몸에서 저절로 소름이 끼치는 것을 느낄 수 있었다.

이 느낌! 수천 수만 마리의 벌레들이 몸을 기어다니는 듯한 끔찍한 이 느낌은 며칠 전 그들이 바라보며 치를 떨던 괴물이 내뿜던 바로 그 기운이었다.

"독혈인!"

형조문의 입에서 절로 신음성이 나오고 들고 있던 섭선에 잔경련이 일었다. 비단 형조문뿐만 아니라 곽검명과 단견 또한 멀리서 전해오는 음산한 기운으로 아득한 절망감에 떨 수밖에 없었다.

차라리 고수라면 상관없었다. 소문을 따라간 궁왕이나 다른 패천궁의 절대고수라면 이들이 이렇게 절망하지는 않았을 것이다. 하지만 상대는 사람이 아니라 독혈인이라는 괴물이었다. 단숨에 일파의 장문인들을 쓸어가고 수없이 많은 무인들을 나무 베어내듯 그렇게 간단히 쓰러뜨린 괴물이었다.

"하하하! 왜 그러느냐? 제법 그럴듯한 말들을 내뱉더니 그 용기들은 어디로 갔느냐? 하긴, 천하에 누가 있어 독혈인을 상대할 수 있겠느냐? 나 또한 네놈들의 마음은 충분히 이해가 가는 바이다. 하하하하!"

기수곤이 삼광을 비웃으며 마음껏 웃음을 터뜨리자 주변을 포위하고 있던 만독문도들 또한 크게 웃음을 터뜨렸다.

그러는 사이에도 독혈인은 천천히 삼광에게 다가오고 있었다.

[제길, 상황이 좋지 않아. 최악의 상대다. 하지만 여기서 물러나면 우리는 물론이고 청하 소저마저 저들에게 해를 입는다.]

[그럴 수야 없지요. 그리되면 소문이를 볼 면목이 없지 않습니까?]

[죽기를 각오하고 싸우면 막지 못하라는 법은 없습니다. 지난번에 검성 어르신께서도 막아내지 않았습니까?]

[막내의 말이 옳다. 우리 셋이 최선을 다한다면 이기기는 힘들어도 최소한 소문이 올 때까지는 견딜 수는 있을 것이다. 아니, 반드시 그리해야 한다.]

그토록 여유있게 걸었음에도 어느새 삼 장 가까이까지 이른 독혈인을 바라보고 있는 삼광의 눈초리에는 조금의 두려움도 느껴지지 않았다. 다만 무인으로서 강렬한 투기만을 내뿜고 있었다.

조금 전의 싸움은 만독문의 문도들이 삼광을 에워싸고 공격을 하는 형태였지만 독혈인과의 싸움은 정반대의 양상이었다. 독혈인을 놓고 삼광이 삼면을 포위하고 공격했다.

독혈인은 특별한 무기를 사용하지 않았다. 그저 투명하기 그지없는 두 손이 무기의 전부였다. 하나 그 투명한 손이 한번 움직일 때마다 실로 상상할 수 없는 독기가 뿜어져 나오고 아무리 뛰어난 검과 부딪쳐도 조금의 손상도 입지 않고 오히려 검날을 망가뜨리니 어찌 보면 두 손이야말로 최고의 무기라 할 수 있었다.

깡!

"빌어먹을!"

서둘러 검을 회수하는 곽검명의 입에서 절로 욕이 튀어나왔다. 간신히 기회를 잡아 회심의 일격으로 날린 검이 독혈인의 목에 작렬을 했지만 피해는커녕 도리어 손이 저려오는 고통에 서둘러 뒤로 물러설 수밖에 없었다. 게다가 공격을 위해 잠깐 접근했을 뿐인데도 전신에서 뿜어져 나오는 독기에 그 자리에서 주저앉을 뻔하자 어이가 없을 뿐이었다.

'좋다! 네놈의 몸뚱이가 얼마나 단단한지 두고 보마.'

자존심이 상한 곽검명은 자신이 알고 있는 최고의 무공을 생각했다. 비록 화산의 제자였지만 그가 지닌 무공은 화산의 무공과는 판이하게 달랐다. 바탕은 화산의 무공이지만 수없이 많은 비무를 통해 실전적이고 자신에게 알맞은 무공을 스스로 만들어 익힌 곽검명은 그중 가장 패도적인 무공을 사용하고자 마음먹었다.

'아직 실전에 시험해 본 적은 없지만 이것이라면 저놈에게도 조금은

타격을 줄 수 있겠지.'

곽검명이 잠시 뒤로 물러서자 둘이서 독혈인을 막게 된 형조문과 단견의 모습은 실로 위태로웠다. 사실 싸움을 하고 있다지만 실질적으로 공격을 하지 못했고 그나마 독혈인에게 공격을 적중시킨 것은 곽검명뿐이었다. 접근을 허용하면 어찌 되는지를 알기에 삼광은 자신들이 지닌 경공을 극성으로 펼치며 도망 다니기에 바쁠 뿐이었다.

"비룡승천(飛龍昇天)!"

곽검명의 검이 힘차게 돌아가고 용이 하늘로 오르는 듯 힘찬 기운이 검을 타고 독혈인에게 쏟아져 갔다.

"호! 검기인가?"

기수곤이 이채를 띠며 바라보았다.

검기라 보기엔 위력이 너무나 뛰어나고 검강이라 불리기엔 어딘지 이상했다. 아직 곽검명의 화후가 검강을 이끌어내지는 못하는 듯했다. 하지만 그 나이에 이 정도의 경지라면 절대로 가벼이 볼 것은 아니었다. 게다가 그것으로 끝이 아니었다. 검에서 뿜어진 기운이 독혈인에게 도달하기도 전에 곽검명은 자신이 지닌 모든 내공을 실어 검을 던졌다.

꽈과광!

엄청난 파공음이 대지를 울렸다. 곽검명이 혼신을 다한 공격을 무시할 수만은 없었는지 독혈인이 다가오는 기운을 두 손으로 막아내자 손과 부딪친 곽검명의 기운이 요동 치는 소리였다. 이어,

팍!

묘한 격타음이 들리고 여태껏 감정을 드러내지 않고 시종 여유있던 독혈인의 얼굴이 심하게 일그러졌다.

"아!"

형조문과 단견은 우두커니 서서 감탄을 했다. 지금껏 비슷한 수준이라 여기던 곽검명의 무위가 예상외로 너무나 뛰어났기 때문이었다.

일각 동안 조금도 망설임없이 행동하던 독혈인의 움직임이 잠시 멈췄다. 그런 독혈인의 가슴에 곽검명이 최후의 힘을 실어 던진 검이 한 치나 박혀 있었다. 웬만한 검기에도 그저 긁히는 정도의 독혈인이건만 그 몸을 뚫고 검이 박힌 것이었다. 이 정도의 상처라도 상대를 생각할 땐 실로 대단한 것이었다.

하나 그 정도로 독혈인에게 치명적인 상처를 입힌 것이라곤 생각할 수 없었다. 그 단적인 예로 잠시 멈추었던 독혈인이 지금까지 볼 수 없었던 빠른 움직임으로 곽검명을 향해 짓쳐든 것이었다.

"위험해!"

형조문과 단견은 동시에 소리를 지르고 주저앉아 있는 곽검명을 향해 몸을 날렸다. 몸에 지닌 모든 내공을 단 한 번의 공격에 쏟아 부은 곽검명은 전혀 움직이지 못하고 자신에게 다가오는 독혈인을 그저 멍하니 바라만 보고 있었다.

형조문보다 한발 먼저 곽검명의 몸을 잡아챈 단견은 재빨리 몸을 틀어 방향을 바꾼 뒤에 재차 몸을 날렸다. 독혈인은 목표를 바꾸어 그런 단견을 공격했다. 혼자일 때도 피하기 힘들었던 공격인지라 곽검명까지 안은 상태에서는 아무리 빠르게 움직인다 하더라도 도저히 피할 수 없는 그런 공격이었다.

'끝장이군! 윽!'

피하기엔 이미 늦었다는 것을 알고 있던 단견은 두 눈을 질끈 감고 말았다. 어깨에서부터 고통이 느껴지고 죽음을 예견했다.

"크윽!"

갑자기 들려온 비명!

고통 속에서도 재빨리 눈을 뜬 단견이 볼 수 있었던 것은 단숨에 오 장어를 날아가 기수곤과 어느새 기수곤에게 잡혀 떨고 있는 청하의 발 아래로 내동댕이쳐지는 형조문의 모습이었다.

"형님!"

단견은 눈을 부릅뜨며 소리를 질렀다. 그러나 형조문은 움직이지 못 했다.

"쯧쯧, 그렇게 도망이나 갈 것이지 나서기는……."

짐짓 안타깝다는 듯 말을 하는 기수곤의 안색에서 희미한 미소가 떠 올랐다.

"우, 우선은 혈도부터… 막아라."

곽검명은 단견의 어깨를 잡고 손을 움직였다. 형조문이 막기는 하였 지만 단견의 어깨를 스친 독혈인의 공격은 단견에게 매달려 가던 곽검 명에게까지 상처를 입혔다. 그리고 그 독은 빠르게 퍼지고 있는 중이 었다. 멍하니 서 있던 단견은 우선 곽검명과 자신의 상처 주변의 혈도 를 짚어갔다. 과연 그것으로 될지는 의문이었지만 그것이 그들이 할 수 있는 최대한의 방법이었다.

"하하하! 죽지는 않을 것이다. 그다지 강한 독은 아니니. 지난번 화 산에서였다면 벌써 한 줌의 핏물로 화했겠지만 그렇게 독을 발산했다 가는 자칫 위험한 일이 생겨서 말이지. 물론 제대로 맞은 이놈은 다르 겠지만… 그렇다고 네놈들이 죽지 않는다는 말은 또 아니니라. 하하 하!"

기수곤은 쓰러져 있는 형조문의 몸을 발로 뒤집으며 한껏 여유를 부렸다.

"당장 발을 떼지 못하겠느냐!"

기수곤이 형조문의 몸을 건드리자 눈에 핏발이 선 단견이 소리를 질렀다.

"허, 네놈 걱정이나 하여라."

기수곤은 움직이던 발을 멈추지 않고 비웃음을 흘렸다.

"네놈이!"

화를 참지 못한 단견이 몸을 움직였지만 이미 독에 중독된 몸이 제대로 움직여 줄 리 만무했다. 게다가 어느새 그들 앞에 독혈인이 다가와 있었다.

"죽여라!"

기수곤은 자신을 바라보는 독혈인에게 냉정하게 명령을 내렸다.

"아, 안 돼요."

기수곤의 팔에 붙잡혀 떨고 있던 청하는 기수곤의 말에 화들짝 놀라 입을 열었다.

"입 다물어라. 네년도 어차피 죽을 것이다."

돌아온 기수곤의 냉소에 청하는 겁에 질려 입을 닫고 말았다.

기수곤의 명령을 받은 독혈인은 움직이고 싶어도 움직이지 못하는 곽검명과 단견을 향해 천천히 다가왔다. 그리고 손을 뻗었다. 곽검명과 단견은 겁을 먹지 않았다. 오히려 두 눈을 치켜뜨고 자신들에게 다가오는 죽음의 사자를 노려보았다. 그때였다.

꽝!

상당한 충격음이 들리고 곽검명과 단견을 향해 손을 움직이던 독혈인은 단숨에 삼 장이나 날아가 땅에 처박혔다. 그런 그의 가슴에 큰 상처는 나지 않았지만 주변의 의복에는 커다란 구멍이 뚫려 있었다.

단견과 곽검명은 느낄 수 있었다. 독혈인과는 또 다른 엄청난 기운!

어쩌면 독혈인보다 더욱 막강한 기운이 빠른 속도로 다가오고 있었다. 그들이 아는 한 이런 기운을 지닌 자는 단 한 사람뿐이었다. 곽검명은 서서히 두 눈을 감았다. 단견의 눈에서 절로 눈물이 고여졌다. 그리고 그가 낼 수 있는 최대의 힘으로 소리를 질렀다.

"형님!!"

"내가 패한 것을 알면 필시 검왕이나 권왕이 자네를 찾을 것이네."

소문의 무영시에 당한 상처가 제법 깊은 듯 안색을 찡그리며 말을 하는 궁왕의 음성은 그저 담담하기만 했다. 어찌 보면 까마득한 후배에게 당했다는 것이 창피할 수도 있었겠지만 소문이 보여준 실력은 궁왕 스스로가 자랑스럽게 패배를 감수하기에 충분할 정도로 뛰어난 것이었다.

"하하, 저는 이제 곧 고향으로 돌아갑니다. 어르신과 만나뵙게 된 것도 실로 우연일 뿐입니다."

"그건 자네가 모르고 하는 말이네. 내 말하지 않았나. 이들이 수십 년 동안 서로의 우위를 증명하고자 애써왔다고. 궁왕이 자네에게 패했으니 다른 친구들이 궁왕을 꺾은 자네에게 도전하는 것은 불을 보듯 뻔하네. 자네가 아무리 피하려 해도 그들은 자네를 찾아갈 것이야."

구양풍이 웃으며 말을 했다.

"그런가요? 이것 참……."

소문은 쓴웃음을 지으며 대꾸를 했다. 그런 소문을 바라보며 환야가 말을 했다.

"염려할 것이 무엇이 있나? 어차피 그분들의 실력도 궁왕 할아버지와 큰 차이가 없네. 지금 자네의 실력이라면 그다지 걱정할 것은 없지. 차라리 내가 그분들을 말리고 싶네."

"아니, 그것 무슨 소리냐?"

궁왕이 깜짝 놀라 질문을 했다. 어려서부터 아버지인 관패보다는 구양풍과 원로원의 원로들과 생활을 해온 환야이기에 원로원의 고수들이 얼마나 뛰어난 무위를 지니고 있는지 잘 알고 있었다. 그런 환야가 이런 말을 할 줄은 생각도 못했기에 궁왕의 놀람은 더욱 컸다.

"네가 중요한 사실 하나를 간과하고 있구나. 사실 권왕이나 검왕이 나와 동수인 것처럼 보이나 이는 사실이 아니다. 자존심이 상하기는 하지만 실력으로만 따지자면 엄연히 그들이 나보다 한 수 위다. 다만 내가 지닌 무공의 특징이 원거리에서 접근을 허용치 않는 궁이다 보니 그들이 접근을 하면 거리를 벌리고 궁을 날리며 좀처럼 그들에게 공격의 기회를 주지 않아서 그런 것이다. 그들이 일신에 지니고 있는 무공은 실로 범상한 것이 아니다. 그리고 그들이 약간의 무리를 해서라도 나를 쫓는다면 내가 그들을 상대하기란 결코 쉽지 않을 것이다. 약간의 부상이야 입히겠지만 결국 나는 그들에게 꺾일 수밖에 없다. 소문이라는 친구가 비록 나보다는 뛰어난 실력을 지니고 있는 것이 사실이나 검왕과 궁왕에게도 통할 것이라는 확신은 서지 않는구나."

궁왕은 환야의 말에 다소 무리가 있음을 지적하며 반박을 했다. 환야는 빙그레 웃을 뿐이었다.

"궁왕 할아버지와 싸웠을 때야 궁을 들고 싸웠지만 검왕이나 권왕 할아버지와 싸우게 되면 궁을 들지 않을 겁니다."

"응? 그건 또 무슨 소리냐?"

"이런, 자네는 모르고 있었군. 이 친구가 비록 궁으로 명성을 얻기는 하였지만 궁보다는 일신에 지니고 있는 검법이 더 상상을 초월하지. 아무리 검왕이나 권왕이라 할지라도 힘들 것이야."

구양풍이 환야의 말을 거들고 나섰다. 그러자 궁왕의 놀람은 더욱 커졌다. 환야야 그렇다 쳐도 구양풍까지 나서서 그런 말을 할 줄이야! 도무지 믿기지 않는 말이었다.

"허, 이것 참! 그렇다면 하나 묻겠네."

"뭘 말인가?"

"자네와 비교하면 어떤가?"

"……."

궁왕의 질문에 구양풍은 쉽사리 대답하지 못했다.

소림에서 패배한 이후 강호의 모든 일에서 손을 떼고 달마삼검을 꺾기 위해 무려 사십여 년을 검에만 매진해 온 구양풍이었다. 그리고 어느새 검었던 머리카락이 백발로 변하고 살날보다는 죽을 날이 훨씬 가깝게 변해 버린 지금 그는 자신이 있었다. 자신이 수십 년을 참수하여 만들어낸 검법이라면 소림의 달마삼검을 이긴다고는 자신할 수 없지만 절대로 패하지는 않으리란 자부심이 있었다.

'하지만 지난 화산에서 소문이 보여준 검법은……'

절대로 범상한 것이 아니었다. 오죽했으면 그 길로 당장 소문에게 비무를 청하고자 하는 욕구를 참느라 고생을 했어야 했을까!

평생에 걸쳐 두 번, 구양풍에겐 큰 충격이 있었다. 첫 번째는 수호신승의 달마삼검에 자신의 검이 무너지면서 느꼈고 두 번째는 소문의 검법이었다. 아무리 생각해도 승리를 장담할 수 없었다.

"모르겠네, 확실히 겪어보지 않은지라. 하지만 절대로 자신할 수 없는 승부가 될 것이네."

한참 만에 입을 연 구양풍의 대답은 질문을 했던 궁왕이나 옆에서 듣고 있던 환야마저 경악에 휩싸이게 만들었다.

"그, 그게 정말인가?"

구양풍은 대답 대신 고개를 한번 끄덕여 주었다.

'지난번 한번 보기는 했지만 할아버지가 승부를 장담할 수 없을 정도라니… 뛰어난 것은 알았지만 이건 도대체……'

환야는 마치 괴물을 바라보는 듯한 표정으로 소문을 바라보았다.

"뭘 그렇게 봅니까? 다 과장된 말입니다. 제가 그 정도의 실력을 지니고 있을 턱이 없지요."

자신의 무공에 절대적인 자부심을 지니고 있던 소문은 속마음이야 그렇지 않았지만 겉으로나마 겸양을 차렸다. 하나 이미 발뺌을 하기엔 늦었다.

"미안하네만 다시 한 번 상대해 줄 수 있겠나?"

"예?"

궁왕의 말에 깜짝 놀란 소문이 재빨리 반문을 했다.

"이미 자네에게 패한 나로서는 부끄러운 부탁이지만 한 사람의 무인으로서 자네의 검법을 견식하고 싶네만……"

소문을 바라보는 궁왕의 눈에는 무공에 대한 열망으로 가득 차 있었다.

'어이구!'

거절하기도 난처한 그런 부탁이었다. 곤란한 자신을 구해달라는 듯 구양풍이나 환야에게 시선을 던졌지만 다시 한 번 소문의 무공을 보고 싶은 이들은 약속이나 한 듯 고개를 돌려 외면을 했다.

'젠장!'

고개를 절레절레 흔든 소문은 결국 허락을 하고 말았다.

"알겠습니다. 어르신께서 그리 말씀하시니 제가 더 송구스럽습니다."

"진정인가? 고맙네."

궁왕의 얼굴에 진정으로 기뻐하는 표정이 떠올랐다.

'허! 그렇게 무공이 좋을까?'

어린아이처럼 흥분을 하며 기뻐하는 궁왕을 바라보는 소문의 얼굴에서도 희미한 미소가 그려졌다.

"내가 지닌 최고의 무공은 자네가 보았듯이 환영시일세. 비록 검왕이나 권왕에게 우위를 점하지는 못했지만 이것만큼은 그들로서도 막기 힘들어하는 모습이 보였었네. 또 한 번 자네에게 환영시를 펼치겠네."

"알겠습니다. 저도 준비를 하지요."

소문은 대답을 하고 환야에게 걸어가 손을 내밀었다.

"아!"

소문이 내민 손이 무엇을 뜻하는지 재빨리 알아챈 환야는 허리에 차고 있던 검을 꺼내 건네주었다. 손잡이는 삼색의 수실로 장식되었고 검의 표면에는 풍혼(風魂)이라는 글자가 멋들어지게 새겨져 있었다.

"좋은 검이군요."

"그런가? 평생을 나와 함께한 친구지."

환야가 담담한 미소로 대꾸했다.

소문이 몸을 돌렸을 때 궁왕은 벌써 모든 준비를 끝내고 있었다. 세 발의 화살이 시위에 몸을 맡기고 있었고 화살을 품은 시위는 있는 힘껏 당겨져 있었다.

"자, 그럼 가겠네."

말이 끝남과 동시에 세 발의 화살이 소문을 향해 다가들었다. 예의 그 환영시가 펼쳐졌다. 단숨에 수십 수백의 숫자로 화환 화살을 바라보는 소문의 얼굴에 절로 감탄의 표정이 떠올랐다.

'아까는 정신이 없었지만 자세히 보니 정말 대단하구나!'

감탄만 할 수는 없었다. 눈을 감고 피했던 조금 전과 달리 눈을 뜨고 있는 지금은 어느 것이 진정한 화살인지 알 길이 없었다. 소문은 재빨리 검을 들었다. 그리고 서서히 내력을 주입시켰다.

천천히 움직이는 검에서 마치 사막의 신기루가 피어 오르듯 새하얀 기운들이 일어났다. 검에서 뿜어져 나온 그 기운은 검을, 그리고 소문의 전신을 보호하듯 감쌌다. 그뿐만이 아니라 몸을 보호하고 남은 기운들이 애초의 위험을 제거하겠다는 듯 밀려오는 화살에 맞부딪쳐 갔다.

그다지 큰 소리도 나지 않았다. 세차게 흐르던 강물도 바닷물을 만나면 언제 그랬냐는 듯 조용히 흡수되는 것처럼 궁왕이 날린 환영시도 소문의 검기 앞에 스스로 소멸하고 말았다. 단지 수백 발의 화살 중 진정한 세 발의 화살만이 소문을 노리고 계속해서 접근을 하였으나 그 또한 소문의 몸에 이르지 못하고 한 줌 재로 변해 버리고 말았다.

"이럴 수가!"

궁왕은 이 엄청난 사태에 아무런 반응도 할 수 없었다. 하나 놀라고 있을 수만은 없었다. 자신의 환영시를 막아낸 소문이 믿기지 않을 정도로 빠른 속도로 자신에게 다가오고 있었기 때문이다.

"헉!"

다급한 숨을 몰아쉰 궁왕은 재빨리 뒤로 물러섰다. 비록 환영시는 처참하게 깨졌지만 추격만큼은 허용하지 않겠다는 듯 좌우로 몸을 날리며 연속적으로 화살을 날려댔다. 그러나 지금 소문에게 들려져 있는 것은 궁이 아니라 검이었다. 소문은 날아오는 화살에도 불구하고 속도를 조금도 줄이지도 않고 검으로써 그 화살들을 막아냈다. 그리고 궁왕과의 격차를 서서히 줄여 나갔다.

쫘과광!

파파팍!

연속적으로 뻗어 나가는 검기로 궁왕의 발걸음이 늦어지고 결국 그는 소문에게 삼 장의 거리를 허용하고 말았다. 그걸로 끝이었다. 이전과는 다른 판이한 속도로 삼 장의 거리를 단숨에 점하고 다가온 소문의 손이 움직였다.

'빠르다!'

궁왕이 본 것은 소문의 허리 아래에 위치해 있던 검이 잠시 반짝이는 모습이었다. 그러나 그가 정신을 차렸을 때 그 검은 이미 그의 팔소매를 자르고 가슴팍의 옷에도 십자로 교차되는 흔적을 남겼다.

한 호흡도 되지 않을 찰나에 팔 소매와 가슴팍의 두 부분에 흔적을 남긴 검은 무슨 일이 있었냐는 듯 제자리로 돌아가 있었다.

"허허허!"

모든 것은 너무나 짧은 시간 동안 이루어졌다. 소문이 환영시를 막고 다급히 움직이는 궁왕을 따라잡아 몸에 이런 흔적을 남기기까지 걸린 시간은 채 몇 호흡이 되지 않았다. 궁왕이 할 수 있는 것이라고는 그저 허탈하게 웃고 마는 것뿐이었다.

"양보를 해주셨습니다."

두 번째 싸움이 끝났음을 공손하게 선언한 소문은 굳어진 몸으로 자신을 바라보는 환야에게 다가갔다.

"말 그대로 혼이 느껴지는 좋은 검입니다."

"자네였기에 그렇게 느낀 것이겠지."

환야는 등을 돌리며 돌아가는 소문을 바라보며 조용히 중얼거렸다.

"방금 자네가 보여준 것은 지난 화산에서 펼친 검법과는 조금 차이가 있는 것 같은데……."

"가문에 내려오는 검법은 모두 삼 초식입니다. 지금 제가 펼친 것은 이초식과 일초식을 연속적으로 사용한 것입니다."

"흠, 그렇군. 하나하나가 보통의 것이 아니었네. 특히 환영시를 막은 검초는 난생처음 보는 것이었네. 흔히들 검기로 수비를 하는 것을 '검막(劍幕)'이라고 하네만 자네가 펼친 것은 검막과는 차원이 다른 것이었네. 그래, 그 초식의 이름은 무엇이라 하는가?"

"무애지검(無愛之劍)이라 합니다."

"무애지검이라… 아무튼 정말 대단했네. 정말 대단해. 허허허!"

무애지검이라는 말을 몇 번이나 되뇐 구양풍은 만족한 웃음을 지으며 고개를 끄덕였다. 또 한 번의 허무한 패배를 맛본 궁왕이 소문에게 다가왔다.

"이제 와 환야의 말이 이해가 가네. 이런 검법이 있을 줄이야. 나의 환영시를 막은 것은 검왕이 시전했던 것과 비슷한 면이 있지만 그 위력에선 상당한 차이가 나는군."

"어르신께서 부상을 당하셔서 제가 우위를 점했습니다."

"무슨 소릴! 내 몸이 아무리 정상이라 한들 자네의 수비에서 공격으로 이어지는 전광석화(電光石火) 같은 움직임을 어찌 감당할 수 있겠는가?"

"자자, 그만 하세나. 여기서도 시간을 너무 지체했네. 어서 가세나. 많이 기다릴 것이야."

구양풍은 제법 많은 시간이 흘렀음을 의식하고 길을 서둘렀다. 심정으로야 구양풍보다 더욱 급했던 소문이 가장 먼저 앞장을 섰다. 제법 많은 거리를 이동해 왔지만 이들이 경공을 사용하자 그 거리는 단숨에 좁혀졌다.

"응?"

앞장서서 달리던 소문이 갑자기 걸음을 멈춘 것은 삼광과 청하의 일행을 두고 온 지점에서 얼마 떨어지지 않은 곳에서였다.

"왜 그러는가?"

소문의 곁으로 다가온 환야가 의아하다는 듯 물었다. 소문은 환야의 얼굴을 바라보았다. 조금 전의 밝았던 얼굴과는 전혀 딴판의 굳은 얼굴이었다.

"아니기를 바랍니다."

떨리는 음성으로 말을 한 소문은 어깨에 걸쳐 있던 철궁을 내려 손에 잡더니 엄청난 속도로 달려갔다.

"그게 무슨 말인가?"

환야의 다급한 음성이 허공에서 움직이고 있을 땐 소문의 신형은 벌써 사라지고 없었다.

꽈과과광!

멀리서 들려오는 충돌음!

"서, 설마……!"

소문의 행동을 이해하지 못하고 있던 환야나 구양풍, 궁왕에게도 확연히 들릴 정도로 큰 충돌음이 전해지고 그제야 소문이 무슨 뜻으로 말을 했는지 알게 된 환야의 얼굴이 백지장처럼 하얗게 변해 버렸다. 그리고 소문이 달려간 곳을 향하여 빠르게 움직였다. 언뜻 보기에도 소문의 출행랑에 조금도 뒤지지 않는 그런 속도였다.

소문이 청하와 삼광이 기다리는 곳에 도착했을 때는 독혈인이 막 단견과 곽검명을 향해 손을 쓰려는 순간이었다. 머뭇거릴 여유가 없었다. 소리칠 시간도 없었다. 소문은 달리는 도중에 철궁의 시위를 잡아당겼다.

'거리가 너무 멀다. 제발!'

거리는 어림잡아 오십 장이었다. 평상시의 소문이라면 눈을 감고 쏘아도 정확하게 목표를 맞힐 수 있는 거리였다. 그러나 지금처럼 출행랑을 극성으로 펼친다면 제아무리 소문이라도 정확성에서 약간의 문제가 있을 수 있었다.

핑!

꽝!

소문의 염원을 싣고 날아간 무영시는 정확하게 독혈인의 가슴에 적중했다. 그리고 무영시의 속도에 뒤지지 않는 빠른 속도로 장내에 도착한 소문은 재빨리 단견의 앞을 가로막으며 내려섰다. 그런 소문을 바라보며 단견은 기쁨인지 슬픔인지 모를 고함을 질렀다.

"형님!!"

단견의 앞을 막아선 소문은 단견을 바라보지 않았다. 그의 눈에는 오직 잡혀 있는 청하와 그 앞에서 간간이 꿈틀거리고 있는 형조문만이 보일 뿐이었다.

"오호라! 이게 누구신가? 전 중원에 이름을 떨치고 있는 궁귀 을지 소문 어르신이 아니신가?"

"……."

"왜 말이 없으신가, 궁귀 나리? 설마 나를 모른다고 하지는 않겠지?"

"누구냐?"

한참 만에 입을 연 소문은 기수곤의 정체를 물었다. 언뜻 본 것 같기는 하지만 기억에는 없는 자였다.

"누구냐라… 그렇군. 나 같은 놈은 기억하지도 못할 만큼 변변하지 못한 인간이라는 뜻이겠군. 하긴 잘난 궁귀 나리가 나 같은 떨거지를 기억하실 리가 없겠지."

능글거리던 기수곤의 표정이 변한 것은 바로 그때였다.

"하지만! 난 네놈을 절대 잊지 못한다! 네놈에게 반이 넘는 우리 만독문의 형제들이 목숨을 잃었다! 게다가 비록 실패작이기는 하였지만 우리가 심혈을 기울인, 형제들을 강시로까지 만들며 얻고자 했던 독혈인을 모조리 처단한 네놈! 그날 한껏 어깨를 펴고 우리를 조롱하며 떠났던 네놈을 단 한시도 잊은 적이 없다!"

절규하듯 소리를 지르던 기수곤이 잠시 진정을 하더니 차분히 말을 이었다.

"나는 기수곤이라 한다. 비록 기억에는 없겠지만 독왕 사부의 대를 이어 만독문의 문주 자리를 계승한 기수곤이다."

'그렇구나. 그때 독왕의 뒤에 서 있던 자가 저자로구나. 좋지 않군, 좋지 않아.'

소문은 원한에 사로잡힌 기수곤의 눈동자를 보며 한숨을 내쉬었다. 지금 생각해 보면 그가 만독문을 막아설 하등 이유가 없었고 죽어라 싸울 이유도 없었다. 오히려 그 싸움으로 인해 내력을 잃게 되고 당가에 가서 철면피는 죽고 자신 또한 죽음을 생각할 정도로 험한 꼴을 당하지 않았는가!

자신이 만독문을 막아설 때 생각했던 명분은 이미 무너진 모래성과 마찬가지였다. 반대로 기수곤에겐 충분한 이유도 명분도 있었다. 소문은 일순 할 말을 잃었다.

"할 말이 없는 모양이군. 하지만 나는 할 말이 많다. 죽여라!"

기수곤의 명령이 떨어지고 대치하고 있던 독혈인이 소문에게 달려들었다.

"훙!"

비록 입이 열 개라도 할 말은 없었지만 이대로 당해줄 수는 없었다. 게다가 자신을 향해 덤비는 숫자가 겨우 한 명임을 알게 된 소문은 기수곤이 자신을 조롱한다는 생각이 들었다. 그 한 명의 무인이 자신이 날린 무영시를 맞고도 아무렇지도 않은 듯 일어난 자임을 생각한다면 이렇게 태연스러울 수는 없었지만 기수곤의 등장에 잠시 정신을 빼앗긴 소문은 그것을 알지 못했다. 그저 단견이 떨군 타구봉을 주워 평범하게 휘둘러 공격했을 뿐이었다.

"헛!"

자만심은 바로 후회를 불러일으키는 법이다. 소문이 그랬다. 그저 아무런 생각 없이 휘두른 타구봉은 상대에게 아무런 피해를 주지 못했다. 비단 피해뿐만 아니라 단숨에 수세에 몰리는 상황으로까지 치달았다. 소문의 기로 둘러싸인 타구봉을 단숨에 두 동강이 낸 독혈인은 손을 펴 소문의 가슴을 노렸다. 당황한 가운데에서도 소문은 재빨리 손을 들어 마주 부딪쳐 갔다.

장과 장의 격돌!

독혈인의 몸이 도검이 불침하는 금강불괴지신임은 두말할 것도 없지만 막강한 내공을 바탕으로 보호받는 소문의 손 또한 전혀 밀리지 않는 위력을 지니고 있었다. 다만 상대의 손이 이리 강할 줄 몰랐던 소문은 내심 경악을 금치 않을 수 없었다.

쾅!

동시에 두 손을 마주했던 소문과 독혈인은 약속이나 한 듯 뒤로 물러났다. 다만 내공 면에서 압도적인 위력을 보여준 소문이 뒤로 몇 걸음 물러서는 반면에 독혈인은 삼 장여를 밀려가고서야 중심을 잡았다. 하지만 그것으로 소문이 우위를 점했다고는 말할 수 없었다. 어느새 소문의 손을 타고 침투한 독기가 빠른 속도로 번지고 있었다.

"독!"

소문이 놀라 소리를 질렀을 때는 벌써 손목까지 독기가 퍼져 피부가 검게 변하고 있을 때였다.

"하하하! 저기 쓰러져 있는 놈들과는 달리 네놈에겐 독혈인이 지닌 독 중 가장 강한 독을 선물해 주라 하였다!"

기수곤은 소문이 독에 중독되자 회심의 미소를 지으며 크게 소릴 질렀다.

"독혈인? 아! 이놈이 지난번 화산에 나타났다는 그 괴물이었군."

"괴물이라니! 네놈이 지난번 없앤 독혈인은 진정한 독혈인이 아니었다. 정신도 없고 그저 겉 피부만 단단한 강시나 다름없었지. 하나 이번엔 다르다. 독으로 인해 아혈은 굳었지만 정상인과 조금도 다름없는 사고와 행동을 하지. 물론 진정한 독혈인이 지니는 강함과 함께 말이다."

"그래서 이토록 비겁하게 공격을 했나? 그렇게 자신이 있었다면 내가 자리를 비운 틈을 타지 않아도 충분했었을 텐데?"

"물론. 하나 네놈이 지난번처럼 활을 들고 날뛰면 애꿎은 나의 수하들만 다치게 될 것을 염려했을 뿐이다. 하하하!"

기수곤은 득의양양(得意揚揚)하여 사방이 떠나가라 웃음을 터뜨렸다. 그때였다.

"그래서 나를 미끼로 삼은 것이더냐?"

소문이 이곳에 도착함과 동시에 나타나 잠시 상황을 지켜보던 궁왕이 기수곤을 향해 말을 했다. 소문에게 모든 정신을 쏟다가 궁왕과 구양풍, 환야가 도착한 것도 모르고 있던 기수곤은 화들짝 놀랄 수밖에 없었다.

"아닙니다! 그것은 아닙니다. 다만 기회가 있어 공격을 한 것이지 어르신을 이용할 생각은 애초에 없었습니다."

"그게 말이 되느냐? 처음부터 이런 의도가 아니었으면 네가 어찌하여 이곳에 있더란 말이냐?"

궁왕의 질책은 추상(秋霜)같았다.

"저놈과 원한이 있음을 변명하진 않겠습니다. 다만 저는 어르신과 저놈의 싸움이 끝난 후에 저들을 공격할 생각이었습니다. 싸움이 어찌 끝나든 지친 틈을 이용해 공격을 하면 틀림없이 원한을 갚을 수 있으리라 생각했습니다. 하나 한참의 시간이 흘러도 어르신과 저자의 모습이 보이지 않자 저는 어르신의 손에 저놈의 목숨이 떨어진 줄 알았습니다. 그렇지 않고서야 저놈이 이곳에 나타나지 않을 리가 없지 않겠습니까? 저놈이 어르신께 목숨을 잃었다면 저의 원한은 거기서 끝난 것입니다. 그러나 기왕 여기까지 나온 것, 저희와 적이 되는 백도의 잔당들을 잡고자 공격했던 것입니다. 그러나 결과적으로 어르신을 이용

한 것이 되어버렸습니다. 이 죄는 달게 받겠습니다!'

기수곤의 말에는 거침이 없었다. 비굴하지도 않았고 시종 당당했다. 자신이 이긴 줄 알고 공격을 했다는 데 뭐라 할 말이 없어진 궁왕이 난처한 표정을 지을 수밖에 없었다. 궁왕이 잠시 입을 다물고 있을 때 환야가 소문에게 다가갔다.

"그나저나 자네의 손은 괜찮나? 독에 중독된 것 같던데……."

"훗, 이 정도의 독은 이제 나에게 해를 끼칠 수 없습니다."

냉소를 지은 소문의 손에서 매캐한 냄새와 함께 연기가 피어 올랐다.

"삼매진화(三昧眞火)!"

가소롭게 소문을 바라보던 기수곤이 소스라치게 놀라며 소리를 질렀다.

"난 그 딴 것은 모른다. 다만 지난번 이런 독에 낭패를 본 적이 있기에 나름대로 연구를 했을 뿐이다. 물론 여기 계신 형님이 가르쳐 주신 방법이긴 하지만 말이다."

소문은 별거 아니라는 듯 대꾸를 했다. 그러나 지난번 독에 당했을 때에 어떤 방법을 써야 하는지 물어왔던 소문의 모습이 떠오른 환야는 자기도 모르게 입가에 미소를 지었다. 그때 무심결에 일러준 것이 이런 결과로 나타날 줄은 전혀 예상하지 못했기 때문이었다.

"혀, 형님!"

갑자기 다급한 단견의 음성이 들리고 화급히 고개를 돌린 소문은 어느새 형조문을 안고 있는 곽검명과 단견을 볼 수 있었다. 청하는 여전히 기수곤에게 잡혀 있었지만 이미 죽음이 예정된 형조문은 아무도 신경을 쓰지 않고 있었다.

"형님!"

소문은 재빨리 형조문에게 달려갔다. 독에 중독되어 이미 까맣게 변해 버린 안색이 그의 처참한 상황을 잘 보여주고 있었다. 하지만 형조문이 이토록 위태로운 상황을 맞이한 직접적인 원인은 그의 가슴에 적중한 독혈인의 공격이었다. 오른쪽 가슴의 뼈가 모조리 부서진 듯 형조문의 가슴은 형체를 알아보지 못할 정도로 이지러져 있었다. 독은 그 외 부수적인 원인일 뿐이었다.

이 정도의 상태라면 그 자리에서 절명을 한다 해도 무리가 없을 정도였으나 형조문은 실로 강한 정신력과 생명력으로 지금까지 버티고 있었다. 그리고 지금 그 생명의 불꽃이 꺼지려 하고 있었다.

"자, 자넨가?"

"예, 형님!"

"흐흐, 결국 자네가… 올 때까지… 버티었네그려……."

"형님……."

"이곳에 쓰러져 있으며… 자네의 얼굴을 떠올렸네……. 나도 참 이상한 놈이지. 죽는 마당에 나를 낳아주신 부모님은 생각이 나지 않고 엉뚱하게 자네의 생각이 떠오르다니 말이네. 아마 자네의 부인을 지켜야 한다는 생각이 나의 생각을 지배한 모양이야. 자네가 왔으니 그녀 또한 무사하겠지."

힘겹게 말을 이어가던 형조문이 어느 순간부터 평상시와 조금도 다름없이 입을 열었다. 죽기 전에 딱 한 번 보여진다는 회광반조(廻光反照)였다.

"자네를 처음 만났을 때가 기억이 나는군. 말을 타면서 벌벌 떨던 자네의 모습이 말이네. 그런 자네의 모습이 왠지 나쁘지 않았어. 항상 여유있는 웃음도 좋았고."

"형님……."

"자네를 안 지는 얼마 되지 않았지만 그 짧은 시간 동안 얼마나 많이 놀랐던지… 지금도 남궁 가주를 업고 오며 인상을 찌푸리던 자네의 얼굴을 떠올리며 혼자 웃곤 한다네. 하지만 이제 그런 모습을 볼 수는 없겠지."

"형님, 그만 하십시오. 우선 치료를 받아야 합니다."

소문은 터져 나오는 울음을 참고 형조문을 안았다. 형조문의 눈동자는 이미 초점을 잃고 있었다.

"아닐세. 힘들다는 것은 내가 더 잘 아네. 후~ 후회없는 삶이었어. 자네와 두 아우들을 만날 수 있어서 정말 운이 좋았다네. 남자로 태어나 자신과 뜻이 맞는 사람과 교분을 나눴다는 것이 얼마나 행복한 일인지……."

"형님!!"

곽검명과 단견 또한 울음을 참느라고 애쓰고 있었다.

"우리야말로 형님을 알게 된 것이 얼마나 큰 기쁨이었는지 모릅니다."

"그럼요. 나나 둘째 형님은 그저 큰형님을 따라다닌 것뿐입니다."

"그리 말해 주니 고맙군."

형조문은 잠시 입을 닫았다. 그리고 다시 입을 열었을 때는 그 목소리에 점점 힘이 빠지고 있었다.

"자네는 고향으로 돌아간다고 했던가?"

"예."

"그래, 고향만큼 좋은 곳은 없지. 애초에 자네는 이곳에 어울리지 않는 사람이었어. 내가 죽더라도 싸움일랑 생각도 말게. 처음부터 모든 것이 잘못된 것이 아니던가? 그저 고향으로 돌아가게. 그래서 이곳은 잊고 행복하게 잘 살게."

"……."

"내게도… 아름다운 고향이 있는데… 봄이면 복사… 꽃이 만발하는… 그런 아름… 다운… 고향… 이……."

마치 눈앞에 고향이 보이는 듯 손을 뻗으며 읊조리던 형조문은 미처 말을 마치지 못하고 고개를 떨구고 말았다.

"형님!"

"혀, 형님!"

곽검명과 단견은 미친 듯이 달려들어 형조문을 흔들었다. 그러나 그는 더 이상 대답을 하지 않았다.

산서 형씨 가문의 삼대독자인 형조문은 그렇게 세상을 뜨고 말았다.

잠시 동안 아무런 말도 없이 형조문을 바라보던 소문의 고개가 돌려졌다. 그리고 그곳에 여전히 청하를 잡고 있는 기수곤이 있었다. 천천히 몸을 일으킨 소문이 기수곤을 향해 발걸음을 옮겼다.

소문의 손에는 어느새 검 한 자루가 들려 있었다. 그러자 기수곤이 청하를 앞에 세웠다.

"네 계집이 다치는 것을 원하지 않으면 더 이상 다가오지 마라."

"그녀의 몸에 조그만 이상이라도 있으면 네놈은 물론이고 만독문과 관계된 자들은 모조리 씨를 말릴 것이다."

걸음을 멈춘 소문이 기수곤을 노려보며 싸늘히 내뱉었다. 소문의 몸에서 끔찍한 살기가 사방으로 뻗어 나갔다.

"후후, 그 정도에 겁을 먹을 것 같았으면 애초에 나서지도 않았다."

"……."

"슬픈가?"

소문은 대답하지 않았다.

"후후, 그 정도에 슬퍼하면 내가 너무 불쌍하지 않느냐? 나는 네놈에게 형제와 같은 수하들과 친구들을 헤아릴 수 없을 정도로 많이 잃었다. 지금도 매일같이 내 꿈속에 나타나 원한을 갚아달라고 아우성을 치지. 그뿐인가? 어려서부터 나를 친손자처럼 대해주던 장로님들은 거동을 못하실 정도로 폐인이 되셨고, 사부님은 그 분통함을 못 이기시고 내게 모든 내공을 전수하고 스스로 목숨을 끊으셨다. 난 더 이상 흘리고 싶어도 흘릴 눈물이 없다. 그런데 네놈은 고작 한 명의 친구를 잃었을 뿐이다. 지나가는 사람을 붙잡고 물어보자. 과연 네놈이 옳은 것인가? 아니면 내가 옳은 것인가?"

기수곤은 궁왕이, 환야가 자신을 지켜보는 것은 신경 쓰지 않았다. 이 문제는 만독문과 소문과의 일이었다. 만독문이 아무리 패천궁에 귀속되었다고는 하나 과거의 은원은 패천궁에서도 뭐라 할 것이 못 되었다.

"그래서? 내 목숨을 달라는 것이냐?"

"흥, 달라면 주겠느냐? 마음에도 없는 말은 하지도 말아라."

기수곤은 냉소로써 소문의 말을 무시하고는 궁왕을 바라보았다.

"비록 원한 것은 아니지만 어쩌다 보니 어르신을 이용한 셈이 되어버렸습니다. 해서 모든 것을 어르신께 맡길 생각입니다. 어르신이 말리시면 싸움을 중단할 것이고 묵인해 주신다면 만독문이 이 자리에서 멸문을 하는 한이 있더라도 저자와 싸울 것입니다. 어르신께서 결정해 주십시오."

기수곤은 모든 판단을 궁왕에게 맡겨 버렸다. 갑작스런 상황의 반전이었다. 일순 모든 이의 시선을 받은 궁왕은 쉽게 결정을 내리지 못했다. 기수곤의 말을 전적으로 신뢰하는 것은 아니지만 이미 소문과 만독문에 얽힌 사연을 환야로부터 전해 들은 그로서는 뭐라 하기도 난처했다.

소문은 지금 중원을 떠나 고향으로 돌아가려고 하였다. 애초에 알았다면 무슨 수를 써서라도 막았을 것이었지만 이미 그러기엔 너무 늦은 감이 있었다. 그렇다고 이대로 싸움을 끝내자니 기수곤은 둘째 치고 소문이 참지를 않을 것이었다. 하나 조금 전 소문의 무위를 감안했을 때 싸움이 일어나면 만독문은 오늘 이 자리에서 멸문을 당하게 생겼는지라 이도 저도 결정을 내리지 못하고 망설일 수밖에 없었는데, 그때 멀찍이 떨어져 있던 구양풍으로부터 전음성이 날아왔다.

[우선 싸움을 중지시키게. 그 방법뿐이네.]

[하지만 소문이라는 친구가 동의를 하겠는가?]

[내게 생각이 있네. 당장 만독문을 뒤로 물리고 독혈인이라는 괴물도 물러나라 하게. 물론 청하도 보내야겠지.]

[알았네.]

구양풍과 전음성으로 의견을 주고받은 궁왕은 결심을 했다.

"강호에 나선 이상 은원이 난무하는 것은 불문가지지만 오늘은 상황이 좋지 않다. 그런 지금은 싸움을 중지하는 것이 좋을 듯하다. 당장 모든 병력을 뒤로 물리고 인질로 잡고 있는 소저를 보내거라."

"알겠습니다. 그리하겠습니다."

기수곤은 그럴 줄 알았다는 듯이 재빨리 대답을 했다. 하나,

"불복(不服)! 절대 그럴 수 없습니다!"

궁왕의 예상대로 소문이 강하게 반발했다. 그러자 뒤에 있던 구양풍

이 소문의 곁으로 다가왔다. 그리곤 조용히 말을 했다.

"지금은 싸움을 할 때가 아니네."

"그게 무슨 말입니까? 영감님은 끼어들지 마십시오."

형조문이 비록 만독문의 독혈인에게 당했다지만 만독문도 지금은 엄연히 패천궁의 수하 집단이었다. 당연히 소문의 말에는 가시가 뻗쳐 있었다.

"자네의 심정은 이해가 가네. 하나 자네도 인정할 것은 인정해야지. 애초에 이번 싸움은 자네가 만독문을 먼저 친 것으로 시작된 것이지 않나?"

"……"

"자네가 마음만 먹으면 저들을 몰살시키는 것은 큰 문제는 아닐 것이네. 하나 저들 또한 패천궁의 일원이 되었으니 궁왕이나 환야 또한 마냥 무시를 할 수만은 없을 것이고, 자네는 그들과도 싸우게 될 것이네. 물론 나야 중립을 지키겠지만."

"……"

"그것까지도 좋다고 치세. 그렇다면 저들은 어찌하려는가? 내가 보기엔 저들마저 목숨이 경각에 달렸네. 전신에 독이 퍼진 모양이야. 빨리 치료를 하지 않으면 저들마저 잃게 될 것이네."

소문은 재빨리 고개를 돌려 형조문을 안고 멍하니 앉아 있는 곽검명과 단건을 바라보았다. 과연 구양풍의 말대로 그들의 안색은 검게 변해 있었다. 상태가 몹시 좋지 않아 보였다.

"청하도 죽네."

소문의 고개가 다시 원위치를 찾았다.

"지금이야 풀어줄 준비를 하고 있지만 싸움이 시작되면 그 즉시 청하를 죽이고 말 것이네. 인질로라도 살려둔다면 내가 어찌해 보겠지만 저 눈을 보게. 자네에게 엄청난 원한을 품고 있는 눈이네. 모르긴 몰라도 당장에 청하의 목숨을 빼앗아 버릴 것이네. 어떤가? 모든 정황을 살펴봐도 지금은 자네가 물러설 때네. 물론 그래도 싸움을 하겠다면 자네의 뜻대로 저들을 다 죽일 수는 있을 것이네. 그러나 자네와 함께 살아날 사람은 단언하건대 아무도 없다는 것만 알아주게."

"……."

소문은 쉽게 결정을 하지 못했다. 하지만 그가 선택해야 할 길은 한 가지였고 이미 그 답은 나와 있었다. 결정한 이상 망설일 여유가 없었다. 곽검명과 단견의 목숨이 경각에 달려 있었다.

"오늘은… 돌아가겠습니다."

소문의 말이 떨어지기가 무섭게 기수곤은 잡고 있던 청하를 풀어주었다. 달려오는 청하를 품에 안은 소문은 그녀가 무사하다는 안도감과 더불어 이렇게밖에 결정을 할 수 없는 자신의 무력함에 심한 자책감을 느끼고 있었다.

"잘 결정했네."

궁왕이 안도의 한숨을 내쉬며 말을 했다.

"철수한다."

기수곤의 명령이 떨어지고 주변을 포위하고 있던 만독문도들이 빠르게 집결을 하고 천천히 뒤로 물러섰다.

"서둘러야겠네. 더 늦으면 도저히 방법이 없을 듯하네."

구양풍이 곽검명과 단견을 가리키며 급히 말을 했다. 어느새 그들은 정신을 잃고 쓰러져 있었다.

"많은 말을 나눌 상항이 아니구먼. 아무튼 자네를 만나 기뻤다는 것만은 알아주게."

"아닙니다. 저야말로 어르신을 뵙고 많은 가르침을 받았습니다."

소문은 궁왕에게 정중히 인사를 했다.

"미안하네."

소문과 청하에게 다가온 환야가 사과를 했다.

"아닙니다. 어차피 제가 뿌린 씨앗이었습니다."

"그래요, 오라버니."

"그리 말해 주니 고맙군. 그래, 이제 어찌할 생각인가? 복수라도 할 생각인가?"

"잘 모르겠습니다. 지금 당장 그런 마음이 없는 것은 아니지만 막상 물러난다고 생각하니 마음이 심란합니다. 모든 것이 저로 인해 일어난 일인지라 복수라며 날뛰기에도 뭐하군요."

대답을 하는 소문의 안색은 어둡기만 했다.

"후~ 강호의 은원이란 원래 그런 것이라네. 내 생각엔 그냥 이대로 고향으로 돌아갔으면 하네만."

"아직 뭐라 대답을 하지 못하겠습니다."

"알았네. 쉽게 결정할 일은 아니겠지. 다만 언제 어느 곳에서 만나도 자네와 나는 의형제라는 것을 잊어서는 안 되네."

환야의 안색이 잠시 흐려졌다.

"물론이지요."

소문이 빙그레 웃으며 대답을 했다. 그 또한 환야가 걱정하는 것이 무엇인지 너무 잘 알고 있었기 때문이다.

"그럼 되었네. 어서 가보게."

환야는 말을 마치고 몸을 돌리는 소문을 재촉했다.

"그럼 다음에 뵙지요."

"알았네. 청하도 몸조심하고."

"큰오라버니도 조심하세요."

소문과 청하는 삼광이 쓰러져 있는 곳으로 걸음을 옮겼다. 구양풍이 형조문의 주검을 어깨에 걸쳤고 소문이 각 허리에 축 늘어져 있는 곽 검명과 단견을 안아 들었다.

"우선 제가 먼저 화산에 오르겠습니다. 청하를 부탁합니다."

소문이 독기에 대해 저항력이 없어 한쪽에 떨어져 있는 청하를 바라보며 말을 했다.

"알았네. 한시가 급하네. 어서 가게."

"알겠습니다. 그럼."

소문이 막 출행랑을 시전해 움직이려 할 때였다.

"조만간 다시 만날 날이 있을 것이다!"

기수곤은 소문을 바라보며 소리를 질렀다. 소문 또한 지지 않고 대꾸를 했다.

"만나지 않기를 바라는 것이 좋을 것이다!"

"하하하! 두고 보면 알게 되겠지."

말을 마치고 고개를 돌리는 기수곤의 모습에 자신감이 넘쳐흘렀다. 그런 기수곤을 바라보며 환아나 궁왕은 의아한 생각을 금할 수 없었다. 아무리 원한이 깊다고 하더라도 상대가 상대였다. 원한을 갚기 전에 도리어 당할 것이 자명했다. 그들은 기수곤이 허세를 부리는 것으로 여겼다. 그러나 그 누구도, 심지어 기수곤을 옆에서 수행하고 있던 독마수 봉천마저도 기수곤이 짓는 묘한 웃음을 알아채지 못했다.

제 27 장

아귀충(餓鬼蟲)

아귀충(餓鬼蟲)

곽검명과 단견의 상태가 몹시 좋지 않았기에 한발 앞서 먼저 화산으로 달려온 소문이 가장 먼저 찾은 곽검명의 형인 곽화월이었다. 사정 얘기를 전해 들은 곽화월은 신속하게 행동했다. 명을 내려 곽검명과 단견을 한적한 방으로 옮기고 치료를 위해 재빨리 의원을 불렀다. 또한 독상이 심상치 않았기에 당가에도 도움을 요청했다.

곽화월의 조치를 지켜보던 소문은 뒤에 따라올 구양풍과 청하를 맞이하기 위해 다시 화산을 나섰다. 형조문의 시신을 안고 천천히 걸어오던 구양풍은 소문이 나타나자 어깨에 메고 있던 시신을 넘겨주었다. 소문은 처연한 표정으로 시신을 바라보다 조심스레 안아 들었다. 약간의 온기는 남아 있었지만 점점 싸늘히 식어가는 형조문의 주검을 몸으로 느낀 소문은 그제야 비로소 형조문이 죽었다는 것을 실감한 듯 비통함에 가슴 저렸다.

"독기가 너무 심하네. 빨리 매장을 하는 것이 좋을 것이야. 시간을 지체하면 지체할수록 시신이 많이 훼손될 것이네."

"알겠습니다. 청하를 부탁합니다."

"알겠네. 그럼, 앞장서게."

형조문의 시신을 안은 소문은 다시금 발걸음을 빨리했다. 시신을 소문에게 넘긴 구양풍은 연신 눈물을 흘리고 있는 청하의 허리를 붙잡고 소문의 뒤를 따랐다.

소문이 화산에 도착했을 땐 그야말로 어수선한 분위기였다. 그도 그럴 것이 곽검명이나 단견이 각 문파에서 차지하는 비중을 차치하고라도 남궁세가에서 보여준 이들의 활약은 백도의 젊은 무인들에겐 하나의 우상이 되어 있었다.

또한 일신에 지닌 무공이 뛰어나 복마단에서 주도적인 역할을 하는 사람들이었다. 그런 그들이 거의 반죽음이 돼서 돌아왔으니 큰일이 아닐 수 없었다. 게다가 연이어 비보가 들리니, 먼저 돌아온 곽검명과 단견의 의형이자 또한 복마단의 일원으로 혁혁한 공을 세운 형조문이 목숨을 잃은 것이다.

"아미타불! 어찌 이런 일이……."

영오 대사는 소문이 안고 온 형조문의 시신을 바라보며 안타까움에 연신 불호를 되뇌었다.

"죄송합니다."

"어떻게 된 일인가?"

소문과 그나마 관계가 원만한 남궁검이 다가와 질문을 했다.

"고향에 돌아가는 길이었습니다. 형님들과 단견 아우가 그런 저를 배웅하러 온 것이지요."

대답을 하는 소문의 목소리엔 힘이 없었다.

"공격을 당한 것인가? 아무리 그래도 자네가 있는데 어찌 이런 일이… 더구나 이들이 지닌 무공 또한 가벼운 것이 아니었는데."

"제가 잠시 자리를 비운 사이에 공격을 받았습니다."

"자리를 비우다니? 그건 또 무슨 말인가?"

남궁검이 이상하다는 듯 반문을 했다.

"궁왕 어르신이 저를 찾았습니다."

"헛!"

"궁왕이 말인가?"

소문과 남궁검의 대화를 지켜보던 사람들이 저마다 깜짝 놀랐다. 종남산에 궁왕이 와 있다는 것은 다들 알고 있는 사실이었다.

"아니, 궁왕이 왜 자네를 찾았다는 말인가? 싸우기 위해서였나?"

"비무를 했습니다. 자리를 비워 비무를 하고 돌아와 보니 두 분 형님과 아우가 저리되었습니다."

"허!"

남궁검은 절로 탄식을 했다.

"검명 형님과 단견 아우의 상세는 어떻습니까?"

"좋지 않네. 워낙 지독한 독인데다 시간이 많이 지체되어서… 지금 당가에서 독상을 치료하고 있지만 결과가 어찌 될런지는 아직 모르겠네."

설명을 하는 남궁검이나 말을 듣는 소문의 안색은 어둡기만 했다.

"그럴 겁니다. 독혈인의 독이라면 간단한 것이 아닐 테니……."

"그랬군, 독혈인이었군."

그제야 이들이 당한 것이 이해가 간다는 듯 고개를 끄덕이던 남궁검이 흠칫 놀라며 소문을 바라보았다.

"그럼?"

"예, 만독문입니다. 제게 원한이 있어서 온 것이지요. 저 때문에 저들이 저리되었습니다."

소문이 자책을 하며 대답을 했다.

"후~ 어쩌다가 일이 이 지경이 되었는지……."

애초에 소문과 만독문이 싸워야 하는 이유가 없었다는 것을 알고 있는 남궁검은 절로 한숨을 내쉬었다. 결과적으로 당가가 살아남기는 하였지만 소문과 만독문은 같은 하늘을 보며 살 수 없는 원한이 만들어진 것이었다. 지금 일어난 상황은 그 원한의 부수적인 산물일 뿐이었다.

"그런데… 궁왕과의 비무는 어찌 되었나?"

상황이 아무리 좋지 않아도 궁왕과의 대결이 궁금했던 남궁검이 조심스레 물어왔다. 좌중의 인물들 또한 소문이 궁왕과 비무를 했다는 말에 은근히 그 결과를 알고 싶은 눈치였다.

"제가 조금 우위를 차지할 수 있었습니다."

"허! 역시!"

남궁검은 예상은 했지만 설마 하는 마음 또한 지니고 있었다. 궁왕이 누구던가? 수십 년 동안 불패의 신화를 자랑하던 강호오왕 중의 일인이었다. 그런 그도 결국 밀려오는 장강의 뒷물결을 감당하지 못한 것이었다.

잠시 동안이지만 주변이 술렁거렸다. 젊은 무인들은 동경의 눈으로 소문을 바라보았다. 그러나 소문과 백도의 관계가 원만하지 못한 지금 그것을 내색할 수는 없었다. 그저 마음속으로 감탄에 감탄을 할 뿐이었다. 그런데 정작 궁왕의 신화를 깨뜨린 소문은 그저 담담할 뿐이었다. 그는 오히려 자신으로 인해 형조문이 목숨을 잃고 나머지 사람들이 생사의 기로에 섰다는 생각에 심한 자책을 하고 있었다. 하나 예기치 못했던 문제는 다른 곳에서도 터졌다.

"을지 시주!"

처음 목소리가 들려올 때에는 보이지 않던 신형이 말이 끝남과 동시에 소문의 앞에 나타났다. 음성의 주인공은 노승을 수행하고 있던 무무였다. 과연 수호신승이라 불리기에 조금도 모자람이 없는 무공을 보여주며 나타난 그의 모습은 평소와는 다르게 몹시 상기되어 있었다.

무무가 나타나자 영오 대사를 비롯하여 좌중의 모든 인물이 예의를 차렸다. 수호신승이 되어버린 지금 무무의 배분은 당대에 최고였다. 비록 돌림자는 여전히 무 자 배였지만 전대의 수호신승인 노승의 뒤를 이은 것으로 간주되어 지금은 영오 대사마저 하대를 하지 못했다.

"무슨 일이십니까?"

"큰일 났습니다. 어서 소승을 따르시지요."

"도대체 무슨 일이십니까?"

소문이 재차 물었다.

"청하 소저께서 쓰러지셨습니다."

"예? 그게 무슨 말씀이십니까?"

소문이 화들짝 놀라 반문을 했다.

"소승도 그 이유를 잘 모르겠습니다. 구… 어르신과 도관에 오실 때만 하더라도 괜찮았는데 갑자기 가슴을 붙잡고 쓰러지셨습니다. 지금 태사숙조님께서 살피고 계십니다. 어서 저를 따르시지요."

혹시나 하는 마음에 구양풍이라는 이름을 제대로 거명하지 못한 무무였지만 전하고자 하는 말은 정확하게 소문에게 전달되었다.

"알겠습니다."

소문은 다급한 마음에 무무가 움직이기도 전에 몸을 날렸다. 순식간에 사라지는 소문을 바라보며 한숨짓던 무무는 영문을 몰라 서 있는 영오 대사에게 말을 했다.

"아무래도 독에 당한 것 같다는 태사숙조님의 말씀이 계셨습니다. 아울러 독에 능한 당가의 사람을 물색해 달라고 하셨습니다."

"아미타불! 만독문과 다툼이 있었다더니 무공도 모르는 시주에게까지 독을 사용하다니! 알겠습니다. 그리하지요."

단숨에 도관에 이른 소문이 가장 먼저 들을 수 있었던 것은 청하의 처참한 비명 소리였다.

"아아악!"

예의를 차릴 정신이 없었던 소문은 거칠게 방문을 열고 안으로 들어섰다. 그러자 드러나는 광경. 청하는 가슴을 부여잡고 몸부림치며 비명을 지르고, 노승과 구양풍이 그런 청하의 몸을 잡고 원인을 알아내고자 살피는 중이었다.

"무, 무슨 일입니까?"

"아! 자네 왔는가? 이리 와서 청하를 진정시키게!"

발버둥을 치는 청하를 잡고 있느라 진땀을 흘리던 구양풍이 반색을 했다.

"어떻게 된 것입니까?"

소문은 재빨리 청하의 몸을 부둥켜안으며 이유를 물었다.

"나도 잘 모르겠네. 자네가 화산파로 들어가고 내가 청하를 안고 이곳에 오를 때까지는 별다른 이상이 없었는데 이곳에 도착하여 갑자기 가슴을 잡고 고통을 호소하는 것이 아니겠는가? 왜 그러는지는 스님께서 살피고 계시니 곧 알게 될 것이네.”

구양풍도 도저히 영문을 모르겠다는 듯 난처한 표정으로 대답을 했다.

“청하야! 청하야!”

소문이 연신 비명을 지르는 청하를 붙잡고 이름을 불러대자 간신히 눈을 뜬 청하가 소문을 바라보며 대답을 했다.

“오… 라버니……”

“그래, 나다. 정신이 들어? 도대체 왜 그러는 것이냐?”

“모르겠어요. 갑자기 가슴이 너무 아파… 아악!”

청하는 미처 대답을 하기도 전에 다시 비명을 지르고 말았다.

“청하야!”

영문을 몰라 당황한 소문은 노승을 바라보았다.

“스님! 도대체 무슨 일입니까?”

“아미타불! 글쎄… 처음엔 독이라고 생각했는데 아무리 살펴봐도 독의 흔적은 보이지 않으니 나 또한 답답하네.”

“이런! 그러면 이대로 바라만 볼 수밖에 없다는 말입니까? 영문도 모르고?”

“당가의 사람을 데려오라고 무무에게 일러두었네. 잠시만 기다려 보세.”

“아악!”

그사이에도 청하의 비명은 계속되었다. 하지만 아무도 손을 쓰지 못했다. 그저 안타까운 마음으로 바라만 볼 뿐이었다. 그때였다.

"고독(蠱毒)이네."

어느새 방 안으로 들어서 당천호가 무거운 음성으로 말을 했다.

"어, 어서 오십시오."

당천호를 다시 만날 줄은 몰랐던 소문이 허둥지둥 일어나 인사를 했다. 인사를 받는 둥 마는 둥 한 당천호는 급히 청하의 몸을 살피기 시작했다. 잠시 후 몸을 일으킨 당천호의 입에서 긴 장탄식이 흘러나왔다.

"후~ 이것을 여기서 만나게 될 줄이야. 자네들이 만독문과 싸운 뒤에 이리되었다는 말을 듣고 난 그저 단순한 독이려니 생각을 했는데……."

무무의 말을 들은 영오 대사는 자신이 직접 당가를 찾았다. 아무래도 당가와 소문과의 관계가 껄끄러운지라 최소한 맹주 자신이 나서야 당가 또한 거절을 못하리란 생각이 들어서였다. 그러나 만독문과 소문의 관계가 왜 그리되었는지 너무나 잘 알고 있었기에 상황을 전해 들은 당가에서는 영오 대사가 생각하는 것과는 정반대로 적극적으로 나서주었다. 특히 소문을 아꼈던 당천호는 어색함을 무릅쓰고 직접 이곳을 찾는 성의를 보여주었다.

"고독이라니요? 그것이 무엇입니까?"

난생처음 듣는 말에다 청하를 살피고 말을 하는 당천호의 안색이 심상치 않아 보이자 소문이 다급하게 물어보았다.

"고독이라는 것은 일반 독과는 달리 벌레를 직접 몸 안에 심어놓는 것이네. 고독에는 여러 가지가 있지. 말 그대로 독을 품고 있는 벌레가 있는 반면에 평소에는 아무런 이상도 없다가 시술자의 의지로 움직이는 고독도 있네. 그 종류가 너무도 많고 다양하여 아직 연구가 제대로 안 된 것이 부지기수라네."

"그럼, 청하가 그 고독에 중독되었다는 말입니까?"

"그렇다네. 하지만 이놈은 조금 더 심각한 것이지."

"그건 또 무슨 말씀이십니까?"

"당가에서는 고독의 폐해를 잘 알고 있었기에 비록 사용은 하지 않을지라도 연구는 많이 했네. 그래서 대부분의 치유법을 알고 있지. 하나 청하가 몸에 지니고 있는 고독만큼은 아직 그 연구가 미진하다네. 치유법도 발견해 내지 못한 상태고……."

말을 하는 당천호의 안색은 어둡기만 했다.

"도대체 어떤 종류의 고독이기에 그러십니까? 저도 고독에 대해서 익히 말을 들어보았지만 이런 경우는 처음입니다."

"아! 소문의 할아버님이 여기 계셨군요. 몰랐습니다. 뭐라 사죄를 드려야 할지……."

구양풍을 여전히 소문의 먼 친척으로 알고 있는 당천호가 고개를 숙였다.

"무슨 말씀을. 다 오해로 그리된 것 아닙니까? 지금은 이 고독을 어찌 처리해야 할지가 중요한 것이지요."

"그리 말씀해 주시니 고맙습니다. 이놈에 대해 제가 아는 대로 말씀을 드리고 싶지만 저 또한 아직 자세히 알지는 못하는지라 보다 자세한 것은 저보다 고독에 대해서 잘 알고 있는 친구를 불렀으니 그를 통해 설명을 듣는 것이 좋겠습니다. 아, 그러잖아도 오고 있군요."

당천호가 밖을 바라보며 환한 얼굴로 말을 했다. 방 안에 있던 사람들은 일제히 고개를 돌렸다. 그곳에서는 막 당소기와 당소명의 도움을 받으며 당일기가 들어서고 있었다. 어느 정도 몸을 회복하기는 하였지만 여전히 누워서 생활할 수밖에 없는 당일기는 지금도 바퀴가 달린 의자에 의지한 채 들어서고 있었다.

"음!"

누군가 하고 고개를 빼고 바라보던 소문이 그가 막상 당일기임을 알게 되자 짧은 신음성을 내뱉었다. 참고는 있었지만 당일기를 바라보는 그의 눈은 여전히 서늘하기만 하였다.

"오랜만이네."

힘겹게 바퀴를 밀며 도관으로 들어선 당일기가 어른들께 고개를 숙여 인사를 한 후 소문에게 아는 체를 했다.

"그렇군요."

웃는 낯에는 침을 뱉지 못한다고 했던가? 자신에게 당해 저리되었음에도 웃으며 인사를 하는 당일기에게 차마 뭐라 말을 하지 못하고 마주 인사를 한 소문의 마음은 착잡하기 그지없었다. 청하의 생명이 어쩌면 당일기의 말에 좌지우지될지도 모른다는 생각이 들어서였다.

소문과 인사를 나눈 당일기는 천천히 청하를 살피기 시작했다. 그토록 비명을 지르며 고통스러워했던 청하는 어느새 정신을 잃고 있었다.

"내가 보기엔 고독이 틀림없는 듯한데… 기억이 틀리지 않는다면 우리 당가에서도 이 고독을 연구하고 있었던 것으로 안다."

"그렇습니다. 이곳으로 오기 전까지 계속 연구를 했던 것입니다. 한데 이것을 여기서 보게 될 줄은 몰랐습니다."

찬찬히 살펴보던 당일기가 뒤로 물러나며 대답을 했다. 당일기의 안색은 몹시 굳어 있었다.

"치료할 수는 있는 것인가?"

당천호 또한 긴장하여 물어보았지만 당일기는 대답을 하지 않고 소문을 쳐다보았다.

"이 고독은 자네도 아는 것이네."

"······?"

"지난번 당가에서 직접 보지 않았나?"

"아!"

당가에서 직접 보았다는 말에 정신이 번쩍 든 소문이었다. 밀실에 갇혀 고문을 받던 중 당일기가 최후로 선택하려 했던 것은 보기만 해도 징그러운 벌레였다. 철면피가 죽는 바람에 흐지부지되었지만 그 벌레에 대한 설명은 지금도 또렷이 기억하고 있었다.

"그때 자네에게 설명을 했을 것이네. 이놈은 이름은 아귀충(餓鬼蟲)이라 하네. 다른 곳에서는 어찌 부르는지 모르나 나는 그렇게 이름을 붙였네. 끊임없이 먹을 것을 탐하는 것이 이놈들의 가장 큰 특징이지. 아귀충은 몸속으로 들어가 정확하게 두 시진 만에 알을 낳네. 알은 곧바로 부화하고 그때부터 고통이 시작되지. 다시 두 시진이 지나면 부화한 새끼들이 성충이 되어 또다시 알을 낳네. 한 번에 낳는 알이 얼마 되지 않지만 그래도 수십이네. 아무리 길게 잡아도 삼 일. 삼 일이면 인체의 거의 모든 살들이 이놈들에게 먹히고 결국 목숨을 잃게 되지. 그때 자네에게 말을 했듯이 아직 치료법은 발견하지 못했네."

"그럼 어쩐란 말이오?!"

"미안한 말이지만 그때 했던 말 그대로네. 조그만 벌레들에게 살을 파 먹힌다는 것은 인간으로서 도저히 감당하지 못하는 끔찍한 고통을 수반하네. 차라리··· 그 고통을 조금이라도 덜어주는 것이 좋을··· 듯싶네."

일견 생각해 보면 너무나 당연하지만 너무나 비극적인 말이기에 당일기는 말을 잇기가 몹시 곤란했다.

"뭐라는 겁니까? 방법이 없으니 이대로 지켜만 보라는 말입니까? 아니, 미리 죽이라는 말입니까? 말도 안 돼요! 무슨 방법이 있을 것입니다. 틀림없이 무슨 방법이 있을 것이오!"

차라리 고통을 덜어주라니! 절대로 있을 수 없는 일이었다.

"내가 자네가 아니니 뭐라 말을 하진 못하겠지만 그렇게 일축할 만한 말은 아니라고 생각하네. 지켜보는 자네도 고통이 크겠지만 직접 당하는 청하를 생각해야지."

"청하가, 만약 청하에게 무슨 일이 일어나면 패천궁은 내 손에 씨가 남지 않을 것입니다!"

소문은 구양풍을 노려보며 싸늘히 대답했다.

"패천궁을 구워 먹든 삶아 먹든 난 이미 손을 떼었으니 자네 마음대로 하고 문제는 그것이 아니지 않은가? 치료법이 없다면 차라리 고통만이라도 조금 덜어주는 것이 현명한 선택이네."

소문의 기세에 조금도 위축되지 않은 구양풍이 담담히 말을 이었다.

"그게 어디 말이나 되는 소립니까? 제길!"

결국 답답함을 참지 못한 소문이 도관을 뛰쳐나갔다.

"아아아아!"

꽈과과광!

엄청난 고함 소리와 함께 주변의 모든 것을 파괴하는 듯한 울림이 들려왔다. 화들짝 놀라 쫓아간 당씨 형제가 본 것은 미친 듯이 손발을 놀려대는 소문과 소문에 의해 파괴되는 주변의 숲이었다.

"진정 방법이 없겠는가?"

천지가 무너지는 듯 들려오는 울림이 어떤 소리인지 잘 알고 있는 당천호가 탄식성과 함께 물어왔다.

"지금까지는 없습니다. 생명을 며칠 연장시키는 방법은 생각해 볼 수 있지만 그 또한 만만치 않은 일인지라……."

당일기가 힘없이 대답했지만 그 말속에서 희망을 찾은 사람이 있었다. 구양풍이었다.

"자네 방금 무엇이라 하였나? 생명을 연장시킬 수 있다고 하였나?"

"그렇습니다."

"얼마나 연장시킬 수 있겠는가?"

당일기는 처음 보는 구양풍이 왜 저리 흥분을 하며 질문하는지 의아하게 생각을 하면서도 자신이 알고 있는 사실에 대해 차분하게 설명했다.

"확실한 시한을 말씀드릴 수는 없지만 조건만 구비된다면 꽤 오랜 시간을 버틸 수 있을 것입니다."

"조건이란 무엇인가? 빨리 말을 해보게."

구양풍이 더욱 조바심을 내며 거듭 질문을 하자 보다 못한 당천호가 만류를 했다.

"무슨 연유로 그런 말씀을 하시는지 모르겠지만 제가 보기엔 어차피 힘든 일이 아닌가 합니다. 차라리 고통을 덜어주는 것이……."

"아닙니다. 청하는 지금 임신을 했습니다. 이대로 죽어서는 안 됩니다. 생명을 연장시킬 수 있다면 어떻게 해서든 방법을 찾아야 합니다."

"허! 그런 일이. 허허……."

탄식을 하는 당천호의 얼굴엔 안타까움이 가득했다.

"정 그러시다면 말씀을 드리겠습니다. 모든 벌레의 상극(相剋)은 불[火]입니다. 아귀충 역시 마찬가지로 유일한 상극은 불입니다. 하지만 몸속에 있는 녀석을 없애기란 요원하지 않을 수 없습니다."

"그렇겠지. 최소한 삼매진화를 일으킬 고수라면 모를까……."

당천호가 중얼거렸다.

"예. 삼매진화를 일으킬 수 있을 정도의 고수라면 아귀충도 몸에서 태워 버릴 수 있을 것입니다. 하나 과연 무림에 그 정도의 무공을 지닌 사람이 몇이나 있겠습니까?"

"그것은 염려하지 말게. 그런데 삼매진화를 일으킬 수 있는 사람이 있다면 완치도 가능한 것이 아닌가?"

구양풍이 반색을 하며 말을 했다.

"아닙니다. 삼매진화를 일으킬 정도의 고수라면 자신의 몸을 치료할 수도 있고 다른 사람의 몸 또한 치료할 수 있는 힘은 있을 것입니다. 그러나 중요한 것은 그 고수의 도움을 받아 치료를 받는 사람이 지닌 무공이 얼마나 되느냐 하는 것입니다. 나름대로 경지에 이른 사람이라면 충분히 태워 없앨 수 있으나 청하 소저와 같이 전혀 무공을 모르거나 빈약한 사람은 삼매진화의 열기를 감당하지 못합니다."

"아!"

고독을 없앨 수 있다는 생각에 너무나 간단한 이치를 잊은 구양풍이 절로 한숨을 내쉬었다. 손바닥만한 그릇에 장강의 물줄기를 담을 수는 없는 노릇이었다. 마찬가지였다. 삼매진화를 받아들일 정도라면 최소 일류고수 정도의 수준은 되어야 그 뜨거운 열기를 감당해 낼 수 있을 것이었다.

"그럼 결국 이도 저도 안 된다는 말이 아닌가?"

"그건 또 그렇지 않습니다. 비록 완치를 시키지는 못하지만 생명을 연장시킬 수는 있습니다."

"아니, 그건 또 무슨 소리인가? 자네 말대로 청하는 삼매진화를 감당할 만한 수준이 못 되네."

구양풍이 고개를 흔들며 말을 했다.

"제가 애초에 생명을 연장시킬 수 있다는 말씀을 드린 것은 이것을 다 염두에서였습니다. 성충을 없애는 것은 불가능하지만 그 새끼들을 죽이는 정도라면 힘들긴 해도 버틸 수 있을 것입니다."

"새끼?"

"예. 성충을 죽이지는 못하지만 새끼들을 모조리 죽인다면 고통은 따르겠지만 쉽게 생명을 잃지는 않을 것입니다."

"최소 몇 달은 버텨야 하네. 내가 생각하기엔 무리가 아닐까 싶은데……."

당천호가 회의적인 표정을 지으며 반박했다.

"당연히 힘들고 가능성도 높지는 않지만 그 방법뿐입니다."

"우선은 당사자들의 말을 들어보는 것이 좋겠습니다. 과연 그들이 어떤 선택을 하려는지… 아미타불!"

지금까지 눈을 감고 지켜만 보았던 노승이 무무를 돌아보았다.

"가서 을지 시주를 데리고 오너라."

"네, 태사숙조님."

무무 또한 소문과 청하의 처지를 생각하며 몹시 무거운 발걸음으로 도관을 나섰다.

주변의 숲을 순식간에 폐허로 만든 소문은 이에 그치지 않고 계속해서 몸부림을 쳤다. 그렇게라도 하지 않으면 활화산처럼 타오르는 가슴의 불길을 이기지 못하리라는 듯 미친 듯이 움직이고 있었다.

푸드득!

소문의 행동에 놀란 산짐승들은 이리저리 도망가기 바쁘고 새들 또한 둥지를 박차고 날아올랐다. 그중 한 마리는 공중을 선회하며 먹이를 찾던 매에게 잡혀가기도 하였다.

"그만 진정하십시오."

다가온 무무가 소문의 팔을 잡으며 만류를 했다.

"놓으십시오, 스님! 이렇게라도 하지 않으면 도저히……."

"태사숙조님께서 부르십니다. 중요한 말씀을 하실 것입니다."

"……."

"따르시지요."

"후~"

결국 움직임을 멈춘 소문은 무무를 따라나섰다. 손을 늘어뜨리고 고개를 숙이며 힘없이 무무를 따라가는 소문의 얼굴은 온통 절망과 비통, 슬픔으로 뒤덮여 있었다.

*　　　　　*　　　　　*

"그게 무슨 소립니까?"

막 종남파의 정문을 지나던 기수곤을 우두커니 멈춰 서서 바라보는 환야의 얼굴은 경악으로 물들어 있었다.

"말 그대로요. 청하라는 계집은 절대로 삼 일을 넘기지 못하오."

"말조심하시오. 계집이라니!"

"후후, 미안하오. 하지만 당신에게는 어떤지 모르지만 나에게는 그저 원수의 계집일 뿐이오."

사과를 하는 기수곤의 얼굴에 미안한 빛이라곤 조금도 찾아볼 수 없었다.

"자세하게 말해 보거라. 삼 일이라니?"

허리에 찬 풍혼을 꺼내려는 환야의 팔을 잡은 궁왕이 말을 했다.

"저희 만독문에는 세간에서 알지 못하는 독을 비롯하여 많은 물건들이 있습니다."

"그래서?"

"특히 고독을 다루는 데에는 일가견이 있습니다. 이번에 그 계집, 아니, 청하라는 여자에게 그 고독 중 하나를 심어주었을 뿐입니다. 물론 치료법은 없습니다."

"음……."

"문파의 원수입니다. 그냥 보낼 수 없었습니다."

대답을 들은 궁왕은 짧은 탄식과 함께 두 눈을 감아버렸다. 자신과의 비무에서 그토록 당당했던 소문의 모습이 떠오르고 아내의 죽음으로 슬퍼할 모습도 그려졌다. 하나 이미 엎질러진 물이었다. 게다가 소문과 만독문의 은원 관계를 알고 있는 궁왕으로서는 내심 기수곤의 행동이 마음에 들지 않고 못마땅했지만 뭐라 말은 하지 못했다. 그러나 소문과 의형제를 맺고 청하와 친남매처럼 지냈던 환야는 사정이 달랐다.

"그래서? 소문과의 원한으로 아무런 무공도 지니지 않은 청하에게 그 고독이라는 것을 심어놓았다는 것이오?"

"그자가 우리 만독문에 한 일에 비하면 약소할 뿐이오."

"지금 그걸 말이라 하고 있소? 아무리 깊은 원한이 있다손 치더라도 그것은 당사자끼리 해결하는 것이 무인의 자세가 아니겠소? 하물며 만독문이라면 강호에서도 알아주는 문파이거늘 한다는 짓이 고작 힘없는 아녀자에게 암수를 쓰는 것이란 말이오?"

환야의 음성은 점점 격앙되어 갔다. 그러자 여태껏 웃는 낯으로 환야를 대하던 기수곤의 안색 또한 굳어졌다.

"이것은 만독문과 소문이라는 놈의 은원 관계요. 우리가 지금은 비록 패천궁에 소속되어 있다고는 하나 관여할 일이 아니란 말이오."

"쥐새끼 같은 놈! 고작 한다는 말이 그 따위 치졸한 변명에 한심한 작태란 말이냐! 그래, 만독문의 일이니 패천궁의 사람인 나는 상관하지 말라? 그렇게 하지 못하겠다면? 패천궁의 일원이 아니라 소문의 의형으로서 상관을 하겠다면 어찌하겠느냐?"

결국 환야의 분노가 폭발하고 말았다. 그래도 일문의 문주이고 패천궁에서는 제법 큰 전력이라 나름대로 대우를 하려고 하였지만 기수곤의 입에서 나오는 말 한마디 한마디가 환야의 심기를 자극했다.

"후후, 쥐새끼라… 말이 조금 과하군. 의형이라 하여 그놈의 역성을 드는 것이오? 그것이 사실이라면 당연히 생사를 논해야 하겠지만 상관은 하지 않겠소. 나는 패천궁의 사람과는 싸우고 싶지 않으니."

분노한 환야와는 달리 능숙하게 대꾸를 하는 기수곤의 몸에는 여유가 흐르고 있었다.

하나 그런 기수곤을 바라보는 궁왕은 고개를 흔들고 있었다.

'어리석은 놈! 너 따위가 저 아이의 성정을 건드리다니. 그 뒷감당을 어쩌려고…….'

어려서부터 환야를 지켜보아 온 궁왕은 누구보다도 그의 성격을 잘 알고 있었다. 웬만한 일에는 대수롭지 않게 넘기고 이해심이 많았지만 한번 화가 나면 아무도 말릴 수 없었다. 시작하지 않았으면 모를까 한

번 검을 꺼내면 피를 보지 않고는 집어넣지 않았다. 오죽했으면 패천궁에서 정식으로 활동한 시간이 짧음에도 혈검이라는 칭호를 얻었을까? 또 그만한 실력도 지니고 있는 것이 환야였다. 그랬기에 한껏 여유를 부리고 있는 기수곤이 마치 하룻강아지가 범을 놓고 짖어대는 모습으로밖에는 보이지 않았다. 아니나 다를까? 마침내 환야의 인내심이 한계를 넘었다.

"패천궁이라… 내가 패천궁의 사람이라 손을 쓰지 않는다는 것이냐? 그 말을 뒤집게 해주지."

환야는 천천히 풍혼을 꺼내 들었다. 그리고 궁왕을 바라보았다.

"죄송합니다, 궁왕 할아버지. 하지만 저의 성격을 아신다면 모른 체 해주세요."

"후~ 너를 누가 말리겠느냐? 나는 모르겠다. 너희들이 알아서 해결하도록 하여라."

그 말의 의미를 모를 기수곤이 아니었다. 실질적인 궁왕의 허락이 떨어졌다. 말은 환야에게 했지만 자신에게도 해당되는 말이었다. 궁왕이라면 패천궁에서도 최고의 지위를 지닌 사람 중 한 사람이었다.

'흐흐, 궁왕이 저리 말했으니 저 건방진 놈을 손봐줘도 책임 물을 사람은 없겠군.'

처음 볼 때부터 마음에 들지 않았던 환야였다. 게다가 그가 소문의 의형이라는 말을 들은 순간부터 그런 마음은 더욱 커졌다. 다만 패천궁의 사람이고 보아하니 신분도 제법 높은 것 같아 일을 도모하고는 싶었지만 참고 있는 중이었다. 그런데 환야 스스로가 빌미를 제공하는 것이 아닌가? 거기에 기름을 부은 것은 기수곤 자신이었지만.

'흣, 혈검이라고? 애송이 같으니… 적당히 버릇만 고쳐 주면 되겠지.'

"정히 그놈을 두둔하고 싶은 모양인데 그것을 말리지는 않겠소. 다만 그놈과 한 하늘에 있을 수 없는 나의 입장도 있으니 그에 따른 조그만 대가는 받아내겠소. 아, 너무 염려는 하지 마시오. 나의 자존심을 살리는 정도만 하고 끝내겠소."

풍혼을 들고 자신을 노려보는 환야의 몸에서 그다지 강한 모습이 보이지 않자 그가 왜 혈검이라 불리는지, 어떻게 전임 패천수호대의 대주가 될 수 있었는지는 생각하지 못한 기수곤은 환야가 그저 연줄이 좋아 행세깨나 하는 애송이로 단정 짓고 말았다. 그리고 뭔가 이상한 느낌을 받은 독마수 봉천의 만류에도 불구하고 수하들에게 적당히 상대해 줄 것을 전음으로 명을 내렸는데… 그것이 얼마나 뼈아픈 실수였는지 깨닫기까지는 채 반 각이 걸리지 않았다.

"하얏!"

"와—!"

기수곤의 고갯짓을 받은 만독문의 문도들은 소리를 지르며 환야에게 달려들었다. 환야는 조금의 미동도 하지 않고 기수곤만을 바라볼 뿐이었다.

번쩍!

움찔!

단 한 번의 움직임이었다. 환야가 어떻게 움직였는지도 모른 채 그를 공격했던 세 명의 문도들이 가슴이 양단된 채 쓰러지자 기수곤은 자신도 모르게 주먹을 움켜쥐었다. 환야와 계속 눈을 마주치고 있던 그조차도 어떻게 손을 썼는지 보지 못했기 때문이었다.

"고작 이따위 놈들을 믿고 그렇게 설쳐 댔던 것이더냐?"

풍혼의 검신을 타고 내리는 핏줄기를 힐끔 쳐다본 환야의 음성에는 강한 냉소가 포함되어 있었다.

"훗, 대단한 실력이군. 그러나 그것이 끝이 아니다."

단번에 상대의 실력이 보통이 아님을 알아본 기수곤은 자신의 경솔함을 반성했다. 사부인 독왕의 내공을 이어받은 기수곤 또한 상당한 고수로 변모하였기에 비록 한 번의 움직임이었지만 환야가 보여준 실력이 보통이 아님을 몸으로 느끼고 있었다. 자칫 잘못하면 수하들만 희생당할 것임을 염려한 기수곤은 스스로 환야와 대적하기 위해 걸어 나왔다.

"나서려는가? 내 검에는 눈이 없다. 조심하도록!"

그런 기수곤을 바라보는 환야의 눈은 무심함, 그 자체였다. 상대의 강함을 피부로 느낀 기수곤은 예의를 차릴 것도 없이 선제공격을 가하기 시작하였다.

기수곤은 따로 무기를 들지 않았다. 그는 두 손을 무기 삼아 환야를 압박했다. 정신없이 휘두르는 두 팔에서 상당한 기운이 쏟아져 나왔고 동시에 육안으로도 확인될 정도의 독기도 뿜어져 나왔다.

현란한 움직임을 보이며 공격을 하는 기수곤과는 달리 풍혼을 가슴께까지 끌어 올린 환야는 좀처럼 앞으로 나서지 못하고 뒤로, 좌우로 피하기에 급급했다.

"와아!"

만독문의 문도들은 자신들의 문주인 기수곤의 공격에 환야가 아무런 대항도 하지 못하고 물러서기만 하자 기세등등하여 함성을 질렀다. 어느새 그들의 주변에는 종남산에 몰려 있던 다른 무인들까지도 모여 있었다. 영문을 몰랐지만 싸움이라면 무엇보다 좋아하는 이들이기에 흥미롭게 지켜보고 있었다. 이들 또한 환야가 일방적으로 밀린다고 생각을 하였다. 하지만 막상 공격을 하는 기수곤이나 이를 지켜보는 독마수 봉천, 궁왕의 생각은 전혀 달랐다.

'위험하다. 문주의 공격이 조금도 미치지 못하고 있다. 저자의 실력이 예상외로 고강하구나!'

독왕의 내공을 이어받은 기수곤이 아직 그 기운을 제대로 얻지 못하여 자신에 비해 약간 손색이 있었지만 그 차이가 얼마 되지 않음을 알고 있던 봉천은 문득 두려움을 느꼈다. 지금은 저리 피하고 있지만 만약 반격이 시작된다면? 생각하기도 싫은 결과에 도리질을 한 봉천이 누군가에게 전음성을 보냈다. 그러는 사이에도 기수곤의 공격은 계속되고 있었다.

"이만하면 네놈의 실력은 잘 보았다. 역시 그런 치졸한 암습 따위나 할 실력이구나. 너 같은 놈이 패천궁에 있으면 득보다는 실이 많을 것이다."

기수곤의 공세에 멀찍이 피한 환야가 가슴에 위치했던 검을 내렸다. 그리고 그의 기도가 일변했다.

'결국 결심을 했구나!'

환야의 얼굴에서 살심을 읽은 궁왕은 살며시 한숨을 내쉬었다. 기수곤이 환야를 공격하고 있을 때도 궁왕은 애처로운 표정으로 기수곤을 바라보았다. 당랑거철(螳螂拒轍)! 남들 눈에는 어찌 보였을지 모르겠지만 자신이 보기엔 딱 그 모양새였다. 그리고 건방진 당랑을 향한 환야의 공격이 시작되었다.

명색이 만독문의 문주였다. 기수곤은 다른 이들과는 비교도 안 되는 독이 몸을 보호하고 있었기에 환야는 애초에 접근할 생각을 하지 않았다. 그저 먼 거리에서 검을 휘휘 내저을 뿐이었다. 하나 이런 단순한 동작에서도 실로 막강한 위력의 검기가 뿜어져 나와 기수곤에게 짓쳐들었다.

파파팡!

연신 밀려오는 검기를 해소하는 기수곤의 안색은 창백하기 그지없었다. 커다랗게 부풀어 올랐던 소매는 검기의 여파에 의해 어느새 형체도 알아보지 못할 정도로 찢겨져 나갔고, 뒤로 물러나는 기수곤의 발 아래에는 깊게 패인 흔적들이 뒤엉켜 있었다. 간신히 검기를 막아가는 기수곤과는 달리 환야의 기세는 좀처럼 꺾이지 않았다. 오히려 뒤로 가면 갈수록 보다 강맹한 검기가 사방을 수놓았다.

쿵!

마침내 더 이상 버티지 못한 기수곤이 엉덩방아를 찧고 말았다. 발은 무릎까지 땅에 박혀 있는 상태였다.

'제길!'

조금의 사정도 없이 날아오는 검기에 죽음을 예감한 기수곤이 눈을 감을 때였다.

꽝!

굉음이 들리고 단숨에 목을 베어버릴 듯 날아오던 검기가 씻은 듯이 사라지고 다가오지 않자 이를 이상하게 여긴 기수곤이 슬며시 눈을 떴다.

흑빛 일색의 사내! 독혈인이었다. 기수곤의 불리함을 예견하여 미리 독혈인을 준비시킨 봉천의 안배로 목숨을 구한 기수곤은 안도의 한숨을 내쉬었다.

"네놈이 그 유명한 독혈인이구나!"

자신의 검기가 너무도 힘없이 막혔음에도 전혀 동요를 하지 않은 환야의 모습에선 자신감이 넘쳐흐르고 있었다.

"결국 네놈과 만독문은 기껏해야 암수나 독 따위를 쓰지 않고는 제대로 된 싸움을 하지도 못하는 것들이다."

"흐흐흐, 그 따위 망발은 독혈인을 쓰러뜨리고 나서 지껄이거라. 내비록 아직 만독문의 무공을 다 익히지 못해 네놈에게 망신을 당했으나, 우리 만독문의 실질적인 힘인 독혈인은 사정이 다를 것이다."

봉천의 부축으로 힘겹게 몸을 추스른 기수곤이 괴소를 지었다.

"내가 저따위 괴물에게 패할 것으로 보이나? 패천궁이 네놈들처럼 독이나 약물에 의지하는 문파로 보이는 모양이군. 똑똑히 알고 보아두어라. 우리 패천궁은 네놈들과 같이 독 따위에 의지하지 않아도 그 자체로 충분한 힘이 있다."

'저것은!'

지금껏 수수방관하고 있던 궁왕의 눈에서 일순 이채가 발했다. 환야가 냉소를 지으며 취하는 기수식! 환야는 검을 비스듬히 뉘어 땅 아래에 닿게 하고 마치 발검을 하는 자세로 서 있었다. 그가 기억하기로 저와 같은 기수식에서 뿜어져 나오는 검법은 단 하나였다.

언제가 원로들 앞에서 단 한 번 펼쳐 보인 구양풍의 무공이었다. 원로들도 있는 대로 입을 벌리게 만들었던, 그들도 오직 단 한 번을 보았을 뿐인 무공이었다. 놀라는 자신들에게 만족스런 웃음을 지으며 구양풍은 말했었다.

"허허허, 이것 말인가? 나의 일생이 담긴 것이라네."

그런 것이 지금 환야의 손에서 펼쳐지려는 것이었다.

환야의 공격을 막은 독혈인은 재빠른 동작으로 환야에게 다가왔다. 그 기세가 주는 압력은 조금 전의 기수곤에 비할 바가 아니었다. 주변의 사람들이 환야가 어찌 대응할 것인지를 주목하는 가운데 축 늘어져 있던 환야의 검이 순간 시야에서 사라졌다. 아니, 사라진 것처럼 보일 정도로 빠르게 움직였다.

슈육!

그다지 큰 소리도 나지 않았다. 대지를 가르는 파공음도 들리지 않았고 천지가 개벽하는 듯한 굉음도 들리지 않았다. 하지만 모두들 똑똑히 볼 수 있었다. 무시무시한 독기를 뿜으며 환야에게 달려들던 독혈인은 더 이상 두 발을 땅에 딛지 못하고 있었다. 직접 검을 맞대고 있지 않음에도 몸은 이미 반응하고 있었다. 온몸에 소름이 돋고 자신도 모르게 검집에 손을 가져간 사람도 있었다. 그나마 이들은 고수라 불릴 자격이 있는 자들이었다. 대개의 무인들은 그 어떤 움직임도 보이지 못하고 있었다.

아무도 믿지 못했다. 심지어 한 번 본 적이 있었던 궁왕마저도 그 위력이 저처럼 절대적일 줄은 꿈에도 몰랐다. 그때 놀란 감정은 지금에 비하자면 정말 아무것도 아니었다.

독혈인이되 더 이상 독혈인이 될 수 없는 사내가 땅에 누워버렸다. 도검이 불침한다던 단단한 몸뚱이가 마치 촘촘히 저민 고기처럼 난자되어 버린 독혈인의 상체는 흔적도 없이 날아가 버렸다. 저 멀리 날아가 기수곤의 발 아래에 떨어진 독혈인의 머리는 기수곤을 천 길 낭떠러지에 떨어지는 듯한 암담함을 느끼게 만들기에 충분하고도 남음이 있었다.

"이, 이게!"

두 눈을 부릅뜨고 독혈인의 머리를 바라보는 기수곤의 눈동자는 초점을 잃어갔다. 독혈인도 독혈인이지만 자신의 한순간의 판단 실수로 어쩌면 이 자리에서 만독문의 끝을 볼 수도 있음을 생각하자 아득한 감정이 물밀듯이 밀려왔다.

"더 이상 내보일 패가 없으면 네놈이 한 행동의 대가를 받아야겠다."

단 한 번의 출수로 독혈인을 날려 버리고 좌중을 압도한 환야가 천천히 발걸음을 옮기며 다시 검을 들었다. 기수곤은 더 이상 대답을 하지 못했다.

"자비를 베푸시오! 만독문도 패천궁의 일부가 된 지 오래이오!"

모두가 굳은 석상이 되어버린 지금 봉천만이 기수곤의 앞을 가로막고 환야에게 자비를 구했다.

"이 모든 것이 저자 스스로가 초래한 것이오. 싸움을 원한다면 싸울 것이오. 그것이 아니라면 비키시오."

한번 검을 뽑은 환야는 이전의 환야와 판이하게 달랐다. 전신에서 뿜어져 나오는 살기에 숨도 쉬기 어려울 정도였다.

"제발……!"

환야의 경고에도 봉천은 물러서지 않았다. 독왕마저 죽은 지금 기수곤마저 잘못되면 만독문은 그야말로 끝장이었다. 하나 환야는 자비를 베풀 마음이 조금도 없었다.

"멈춰랏!"

기수곤에게 구원의 음성이 들려온 것은 환야가 자신을 가로막는 봉천에게 검을 내려치고 있을 때였다.

흠칫, 검을 멈춘 환야가 고개를 돌렸다. 궁사혼이었다. 천수유와 함께 다급히 달려온 궁사흔은 주변의 상황을 살피기에 앞서 우선 환야의 검을 멈추고 봐야 했다.

"도대체 이게 무슨 짓이냐?"

목이 없이 쓰러져 있는 무인이 화산파에 집결해 있는 백도를 견제하는 이곳의 가장 큰 전력의 하나인 독혈인임을 알아본 궁사흔이 역정을 냈다.

"……."

"어허! 무슨 일이기에 만독문의 문주를 저리 만들고 독혈인을 이리 만들었단 말이더냐?"

"죽을죄를 지었습니다. 그뿐입니다."

"아니, 그… 그게……."

너무나 태연하고 싸늘한 환야의 말에 일순 말문이 막힌 궁사흔을 대신하여 천수유가 나섰다.

"그게 무슨 말인가? 아무리 그렇다 하더라도 이렇게까지 손을 쓸 필요가 있었나? 더구나 자네가 지금 태상장로님을 대하는 태도는 분명히 잘못되었네."

"죄송합니다. 제가 감정이 격하여 잠시 어른께 무례를 범했습니다. 하지만 저자를 용서할 수는 없습니다."

"아니다. 네가 그리 행동하는 데에는 다 이유가 있겠지. 하나 만독문도 이제는 패천궁과 하나가 되었고 저들은 우리를 돕기 위해 기꺼이 싸워왔다. 무슨 일인지는 모르겠지만 그쯤 해두어라."

"죄송합니다. 그럴 수는 없습니다."

"흠!"

환야의 결심은 확고했다. 궁사흔은 난처하기 그지없었다. 난처하기는 천수유 또한 마찬가지였다. 패천궁의 태상장로와 이장로라는 사람이 나섰는데도 환야의 행동을 제대로 제어하지 못한다면 큰 망신이 아닐 수 없었다. 그가 아무리 궁주의 아들이라 해도 패천궁에도 엄연히 위계 질서라는 것이 존재했다. 더구나 일반 수하들은 환야가 궁주의 아들이라는 사실도 모르고 있는 터였다. 그렇다고 환야가 대놓고 싸움을 하게 할 수도 없는 노릇이었다. 결국 나서줄 사람은 궁왕뿐이었다. 그것은 궁왕 또한 알고 있었다.

"일을 수습하려면 일의 전모를 알려야겠지만 그건 다음으로 미루고 우선은 싸움을 멈추도록 해라."

"할아버지!"

"되었다. 나 또한 네 심정을 모른 바가 아니다. 하지만 공(公)은 공이고 사(私)는 사이다. 만독문과 기수곤이 제아무리 네게 잘못을 했다지만 그것은 어디까지나 사적인 일이고 공적으로 보면 만독문 또한 장로들의 말대로 패천궁의 일원이다. 적을 앞두고 이런 일이 일어나는 것은 좋지 않다. 게다가 이곳의 책임자는 나도 아니고 너도 아니고 엄연히 태상장로다. 다시 말해 지금의 태상장로는 패천궁의 궁주를 대신하는 위치이다. 네가 아무리 '궁주의 아들'이라지만 이리 행동을 한다면 태상장로의 체면이 무엇이 되겠느냐? 이 정도 해두었으면 정신을 차렸을 것이다. 그러니 이번 일은 이쯤해서 덮도록 하여라."

궁왕은 '궁주의 아들이다'라는 말에 힘을 주었다. 주변에 모인 수하들이 환야의 진정한 정체를 모르고는 궁사혼과 천수유의 구겨진 체면이 서지 않을 것임을 의식한 발언이었다.

과연 궁왕의 의도는 적중을 했다. 패천궁의 장로이자 이번 원정의 우두머리들인 두 장로가 나이도 어린 환야에게 약간은 무기력한 모습을 보이자 내심 의아해하던 수하들은 새로운 사실에 놀라워하면서도 고개를 끄덕이고 있었다. 궁주의 아들이라면 말 그대로 다음 대 패천궁을 이끌 소궁주였다. 그 신분이 결코 장로들에게 뒤지지 않는 것이었다.

"하지만 소문인 그저 고향으로 돌아가려 하였습니다. 비록 깊은 원한이 있다지만 백도라는 대적과 마주한 지금 저자의 어리석은 행동으로 백도는 물론이고 본 궁에서조차 감당할 수 있을지 의심스러운 절대고수를 적으로 만들고 말았습니다. 아니, 애초에 공격을 했으니 그것은 뒤로하고라도 그런 비겁한 짓은 하지 말았어야 했습니다. 고독이라니요! 언제부터 우리 패천궁이 무공도 없는 아녀자에게 고독을 사용하는 집단으로 전락을 한 것입니까? 전 그것을 용서할 수가 없는 것입니다!"

환야는 조금도 물러설 기미가 보이지 않았다.

"그래서 어쩌자는 것이더냐? 네 말대로 만독문이 한 짓은 용렬(庸劣)하나 그 또한 깊은 원한에 사로잡혀 잠시 앞뒤 분간을 못해서 그리된 것이다. 이자를 죽이려 하느냐? 그럼 그를 따르는 수하들은 어찌할 생각이냐? 반항하면 모조리 죽일 생각이냐? 아무리 잘못을 했다 하더라도 이제 이들은 패천궁의 사람이다. 그리고 이만하면 일문의 문주로서 당할 치욕은 다 당했다고 생각한다. 그러니 이제 그만 그 검을 거두거라."

단호했던 환야는 궁왕이 이렇게까지 나서서 말리자 끝까지 고집을 부릴 수는 없었다. 아무리 화가 나고 참을 수 없는 분노가 일어나도 궁왕의 말까지 어겨가며 행동하기엔 무리가 있었다. 물론 평소의 그였다면 자신의 결심대로 끝까지 밀고 나갈 수도 있으나 지금 이곳에는 그 말고도 많은 사람들이 있었다. 특히 궁왕의 말대로 이곳의 책임자는 궁사혼이었다. 방금 전 보여준 태도만으로도 큰 실수를 한 것이었다. 하나 이대로 물러나기도 영 마음에 걸렸던 환야는 들고 있던 검을 내리는 대신에 발을 들어 기수곤의 턱을 강타했다. 그리고 발을 들어 머리를 지그시 밟아주었다. 물론 한마디 던지는 것도 잊지는 않았다.

"오늘의 빚을 갚고자 한다면 언제든지 환영한다. 하지만 그때는 오늘처럼 끝나지는 않을 것이다."

턱을 잡고 고통스러워하는 기수곤을 뒤로하고 궁사혼에게 다가온 환야는 대뜸 무릎을 꿇고 고개를 숙여 잘못을 빌었다.

"죄송합니다. 너무 흥분을 하여 큰 실수를 범하고 말았습니다. 벌을 내리신다면 달게 받겠습니다."

자신에게 무릎을 꿇은 환야를 바라보며 한숨을 크게 내쉰 궁사혼은 씁쓸히 고소를 짓고 있었다. 몇 마디 말이 오가는 사이 일이 어찌 된 것인지 감을 잡았기 때문이다. 어쨌든 일이 최악의 파국(破局)으로 치닫기 전에 막기는 하였지만 만독문이 자랑하는 독혈인이 쓰러지고 만독문의 문주가 고개를 제대로 들고 다니지 못할 망신을 당했다. 실질적으로 다치거나 죽은 자들은 얼마 되지 않지만 적잖은 동요가 있을 것이란 생각이 들었다.

"허허, 아니다. 그만 일어나거라."

어차피 벌어진 일. 이만하면 다행이란 생각을 했다. 그래도 자신의 체면을 살려주기 위해 환야가 무릎을 꿇었다는 것을 잘 알고 있는 궁사혼은 나름대로 담담한 미소를 지으며 환야를 일으켜 세웠다. 그리고 커다란 목소리로 명을 내렸다.

"여흥(餘興)은 끝났으니 모두들 자리로 돌아가거라! 자네도 문주를 모시게."

"예, 태상장로님."

봉천은 재빨리 허리를 숙이고 쓰러져 있는 기수곤을 부축했다. 여전히 멍한 상태이기는 했지만 그다지 큰 상처를 입은 것은 아니었다.

"우리도 들어가자꾸나. 너야 이상없지만 나는 제법 깊은 상처를 입지 않았느냐?"

궁왕이 소문에게 당한 상처를 어루만지며 짐짓 고통스러운 표정을 지으며 말을 했다.

"알겠습니다. 후~"

궁왕을 뒤따라가며 대답을 한 환야의 입에서 절로 한숨이 나왔다. 흥분을 하여 잠시 잊혀졌던 사실, 기수곤의 암수에 당해 고통스러워할 소문과 청하의 모습이 뇌리에 떠올랐기 때문이다.

제 28 장

회자정리(會者定離)

회자정리(會者定離)

늦은 오후, 밝고 화창한 날임에도 불구하고 화산파의 분위기는 한바탕 소나기가 지나간 듯 적막하고 음울한 분위기에 잠겨 있었다. 그도 그럴 것이 멀쩡했던, 그리고 복마단의 일원으로 혁혁한 명성을 쌓고 있던 삼광의 맏형 형조문이 죽고 두 아우는 생사의 기로에 놓여 있으니 어쩌면 너무나 당연한 일인지 몰랐다. 개중에는 당장 복수를 하러 떠나자고 흥분하는 이도 있었으나 행동으로 움직이기에는 많은 문제점들이 있었다. 또한 대부분의 사람들은 모르지만 청하의 일을 알고 있는 백도의 핵심적인 인물들은 문제가 보다 심각하다는 것을 느끼고 있었다.

사실 심각하다기보다는 안도의 한숨을 내쉬었을지도 모른다. 겉으로 내색이야 할 수 없지만 이번 일로 인하여 소문은 쉽게 중원을 떠날 수도, 패천궁과 백도의 싸움을 외면할 수도 없게 되었다. 독혈인 하나로 패천궁이 얻은 전력이란 실로 엄청났다. 그런데 그런 독혈인을 가볍게 제압할 수 있는 소문은 그 힘이 백도에만 더해진다면 천군만마를 얻은 것보다 더한 힘을 실어줄 수 있는 존재였다. 그리고 청하의 죽음이 사실상 확정된 지금 소문이 백도를 도와 패천궁을 치는 것은 기정사실이나 다름없었다.

"을지 소협과 그 아내 되는 사람에겐 안된 일이지만 우리에겐 어찌보면 다행한 일이 아닐 수 없습니다."

"후~ 그걸 누가 모르겠습니까? 하지만 인정이 어디 그런 것입니까?"

일각 진인의 말에 가볍게 한숨을 내쉰 황보천악이 씁쓸하게 대꾸를 했다. 자신 또한 그런 마음을 지니고 있음에 절로 낯이 붉어졌다.

"그래, 그 처자의 상태는 어떻다고 하던가?"

소문에게 당한 부상을 치료하고 다시 의사청에 들어선 해천풍이 질문을 했다.

"아직 별다른 연락이 없습니다. 하나 지금까지 들려온 말에 의하면 청하라는 아가씨를 저리 만든 것은 만독문이 만들어낸 지독한 고독이라고 하는데 치료법이 없다고 합니다."

"하지만 부군사, 당가라면 만독문에 비해 조금의 모자람도 없는 용독술을 지니고 있는 터, 치료가 불가능하지만은 않으리라 보는데⋯⋯."

"저도 남궁 가주님의 말씀처럼 되었으면 하는 바램입니다. 하지만 지금 그곳에 계신 암왕 어르신과 당가의 선배님들의 말씀대로라면 그 고독은 당가는 물론이고 만독문에서도 아직 치료법을 만들어내지 못한 것이라 합니다."

"허!"

남궁검은 잠시 앞으로 향해졌던 몸을 뒤로 누이며 안타까운 탄식성을 내뱉었다.

"하면 그자가 우리를 도와 패천궁과 싸운다는 말입니까?"

"아직 그런 말은 아무도 안 했소이다. 결정된 바도 없고."

"홍, 그 계집이 죽으면 그자가 패천궁과 싸우는 것은 당연지사일 것이고, 분위기를 보아하니 그자와 함께 패천궁을 치려는 것처럼 보이외다. 아니 그렇습니까?"

목인영이 빈 소매를 펄럭이며 소리를 질렀다.

"어허, 말조심하십시오. 아무리 그 친구와 사이가 좋지 않다지만 계집이라니요?"

남궁검이 한 문파를 이끄는 자로서의 품위를 잃은 목인영을 힐난하며 노려보았다.

"호~ 언제부터 남궁세가가 그놈의 역정을 들어주는 곳으로 변했단 말입니까? 우리 종남파는 그놈에게 당한 치욕을 잊지 못합니다. 또한 그런 놈과 함께 싸우느니 이번 싸움에서 물러나고 말겠소이다."

"홍, 종남파 혼자서 종남산에 눌러 앉은 패천궁을 몰아낼 수 있다면야 그리하시지요."

"지금 뭐라고 하셨소?"

목인영이 벌떡 일어나며 남궁검을 노려보았지만 남궁검은 태연자약했다. 남궁세가와 소문의 사이도 사이였지만 애초에 목인영이라는 인물의 인물됨을 그다지 탐탁지 않게 여겼던 남궁검은 목인영이 자신보다 선배의 위치에 있었으나 아예 무시를 해버렸다.

"못 들으셨다면 할 수 없는 일이지요."

"뭣이!"

"그만, 그만 하시지요. 두 분 모두 말씀이 과하셨습니다. 어서 자리에 앉으십시오."

보다 못한 영오 대사가 중재를 하고 나섰다. 화는 났지만 맹주의 말을 무시할 수는 없는지라 목인영은 천천히 자리에 앉았다. 그러면서도 여전히 태연하게 앉아 있는 남궁검을 향해 분노의 눈빛을 보내는 것도 잊지는 않았다.

"지금 이 자리는 을지 시주의 문제를 거론하는 자리가 아니라 앞으로 있을 패천궁과의 싸움에 대해 대책을 세우고 세부적인 사항을 논하고자 하는 자리입니다. 많은 분들이 뜻하지 않은 부상으로 인해 한동안 자리를 비우셨다가 돌아오신 바, 지금 당장은 앞으로의 일에 대해 좀 더 정확한 계획을 세우는 것이 무엇보다 중요할 것입니다. 그러니 을지 시주의 일은 잠시 접도록 하십시오."

영오 대사의 설명에 많은 이들이 부끄러운 마음에 얼굴을 붉혔다. 뜻하지 않은 부상, 그것이 후배도 한참 후배인 소문과 싸우다 당한 상처라는 것을 모르는 사람은 아무도 없었다. 짧은 침묵이 흐르고 영오 대사의 눈짓을 받은 제갈영영이 입을 열면서 어색한 분위기는 사라져 갔다.

"지난 며칠, 저들이나 우리는 별다른 마찰 없이 대치 상태를 유지하고 있었습니다. 비록 큰 싸움은 없었다지만 저들과 우리가 마찰없이……."

제갈영영은 모든 이의 시선이 자신에게 집중되는 것을 느끼면서도 전혀 동요하지 않고 차분히 설명을 이어갔다. 패천궁과 백도의 현 상황과 전력, 앞으로의 대책 등에 대해서 설명을 하고 의견을 구하며 회의를 이끌어 나갔다. 자연 일촉즉발(一觸卽發)의 살얼음판을 연상케 했던 좌중의 분위기는 놀라울 정도로 진지해졌다.

백도의 앞날에 대해 논의하는 회의실과 마찬가지로 노승이 기거하고 있는 도관 또한 심각한 분위기는 다를 바 없었다.

"이제 곧 있으면 유충(幼蟲)이던 놈들이 성충으로 변할 것이고 그놈들 또한 알을 낳게 될 것입니다."

"허, 엄청난 놈들이군. 두 시진 만에 성충이 되고 알을 낳다니!"

구양풍은 당일기의 말을 들으며 놀라움을 금치 못하고 있었다. 처음 한 마리였던 아귀충이 지금은 그 수가 제법 늘어나 있었다. 잠시 지체하는 사이에 유충이 성충이 되는 것을 막지 못했기 때문이다. 지금은 그놈들이 낳은 놈들이 또다시 성충이 되려고 하는 중이었다.

"그것뿐이 아닙니다. 성충이 된 놈들은 또한 두 시진마다 알을 낳습니다. 지금은 성충의 수가 얼마 되지 않아서 그다지 많이 늘어나지 않는 것으로 보이나 먼저 태어난 놈들이 알을 낳기 시작하면 그 수는 상상할 수도 없을 정도로 불어나게 됩니다. 그에 따르는 고통은 이루 말할 수 없을 정도지요."

당일기는 말을 하며 청하 곁을 지키고 있는 소문을 살짝 쳐다보았다. 소문의 붉게 충혈된 눈은 청하의 얼굴에 고정되어 있었고, 두 손은 쥐면 단번에 부러질 것처럼 연약한 청하의 흰 손을 잡고 있었다. 고통을 호소하던 청하는 또다시 정신을 잃고 있었다.

"결정을 해야 할 때가 된 것 같네. 조금 더 시간이 지체되면 그 기회조차 잃게 되네."

당천호는 안쓰러운 눈빛으로 소문을 바라보았다.

'어떻게 해야 하는 것인가?'

소문은 쉽게 결정을 내리지 못했다. 방으로 들어선 그에게 당천호는 당일기가 한 말을 그대로 전해주었다. 어렵지만 운이 좋으면 청하의 생명도 연장할 수 있고 아기도 살릴 수 있다는 말이었다. 물론 그럼에도 청하는 목숨을 부지할 수 없다는 말과 함께.

"시간이 없네. 저놈들의 성장 속도는 실로 엄청나네. 일각이 지나지 않아 허물을 벗고 성충이 될 것이네."

당일기가 소문을 재촉했다.

"알겠습니다. 아직 결정을 하지는 못했지만 일단 한번은 해보지요. 조금의 시간이라도 벌어야 할 터이니. 어찌하면 되는 것입니까?"

소문은 뒤도 돌아보지 않고 대답을 했다. 그런 소문을 만류하며 구양풍이 앞으로 나섰다.

"아니네. 자네보다는 내가 기를 운용하는 것에선 더 뛰어나니 우선은 내가 하도록 하지."

소문은 청하의 목숨을 남에게 맡기는 것이 가슴 아프기는 했지만 구양풍의 말이 맞는지라 자리를 비켜주었다.

"지난번에 말씀드린 대로만 하면 되는 것입니다. 모든 고독은 불에 치명적인 약점을 지니고 있습니다. 그러니 삼매진화로 몸 안에 기생하고 있는 아귀충을 태워 버리면 되는 것입니다. 하나 반드시 명심해야 하실 것은 청하 소저의 몸이 버틸 수 있는 한계 내에서 그것이 이루어져야 한다는 것입니다."

"알았네. 그건 염려하지 말고 자네는 저 아이의 몸이나 잘 살피게. 혹시 성충도 죽을지 모르는 것이 아니던가?"

"알겠습니다. 그리만 된다면야 더 좋은 일은 없겠지요."

잠시 떨어져 있던 당일기는 의자의 바퀴를 밀며 힘들게 청하의 곁으로 다가왔다. 당일기가 곁으로 다가온 것을 확인한 구양풍이 청하의 손을 잡고 내공을 운용하기 시작했다.

처음엔 별다른 이상이 없었다. 내공을 운용하는 구양풍이나 정신을 잃은 청하나 그저 처음 그대로의 안색을 유지할 뿐이었다. 그러기를 잠시, 기절했던 청하의 몸이 위로 튕겨지며 입에서는 끔찍할 정도로 처절한 비명이 흘러나왔다.

"아아아악!!"

"몸을 누르게! 움직이면 안 되네!"

당일기는 소문을 향해 소리를 질렀다. 부릅떠진 눈, 고통으로 일그러진 얼굴, 도리질을 하며 몸을 비트는 청하를 안타깝게 바라보던 소문은 당일기의 말에 화급히 청하의 몸을 잡아갔다. 연약한 몸 어디서 그런 힘이 나오는지 청하를 진정시키는 소문은 진땀을 흘려야 했다.

"아아아아아아!"

청하의 비명은 그칠 줄을 몰랐다. 소문은 고통스러워하는 청하의 얼굴을 차마 마주 보지 못했다. 그저 고개를 숙인 채 몸부림치고 있는 몸을 안고 함께 고통을 나누는 것이 전부였다. 그러기를 일각, 구양풍이 잡고 있던 청하의 손을 놓고 뒤로 물러섰다. 동시에 청하의 비명 소리도 멈추었고 방 안은 잠시 침묵에 휩싸였다.

"확인해 보거라."

당천호가 머뭇거리고 있는 당일기에게 명을 내렸다. 당일기는 언제 비명을 질렀냐는 듯 평온하게 잠을 자고 있는 청하의 몸을 살피기 시작했다. 몸을 살펴가는 당일기나 소문을 비롯한 방 안의 모든 사람들은 숨소리마저 멈추고 결과를 기다렸다. 잠시 후 고개를 든 당일기의 안색은 그다지 좋지 못했다.

"어찌 되었는가?"

소문이 차마 결과를 묻지 못하자 구양풍이 나서서 말을 했다.

"좋지 않은 것인가?"

"아닙니다. 어느 정도 성과는 있었습니다."

말을 하는 당일기의 안색은 여전히 어두웠다.

"어느 정도의 성과? 답답하네. 속 시원히 말을 해보게."

구양풍은 조바심이 나는지 대답을 채근했다.

"성충이 되려고 했던 놈들은 모조리 재가 된 듯 아무런 반응도 보이지 않습니다. 하나 일전에 말씀드린 대로 최초 성충이 된 놈들은 여전히 살아 있습니다."

"지금보다 조금 더 강하게 하면 어찌 되는 겁니까?"

굳게 닫혀 있던 소문의 입이 열렸다.

"글쎄, 나도 잘 모르겠네. 그건 저 어르신만이 알겠지."

당일기는 구양풍을 바라보며 대답을 회피했다.

"힘들다네. 그 이상의 내공을 주입하게 되면 청하의 몸이 버티지 못하네. 조금 전이 그나마 최선이었네."

"……."

결국 이게 최선이었다. 성충은 역시 죽지 않았다. 혹시나 했지만 청하가 살 가능성은 없었다. 이제 남은 길은 두 가지였다. 하나는 이대로 청하를 보내는 것과 다른 하나는 어찌하든 생명을 연장하여 아기를 낳게 하는 것이었다. 둘 다 쉽지 않은 선택이었다.

"어찌하겠는가?"

당천호는 소문의 결심을 종용했다.

"잘… 모르겠습니다."

"그렇겠지. 하지만 빨리 결정을 해야 할 것이네. 시간이 얼마 없다네."

"알고 있습니다."

대답은 하였지만 소문은 여전히 아무런 결정도 내리지 못했다. 어느 하나도 그가 원하는 결과를 가져오지는 못했다. 그것이 그를 더욱 갈등케 하고 힘들게 하였다.

"허이구! 이놈은 도대체 어디 가서 처박혀 있는 것인지! 제 아비는 동에 번쩍 서에 번쩍이며 날아다녔건만 사냥이나 하라고 보냈더니 돌아올 생각을 하지 않는구나."

늦은 오후의 햇살을 받으며 화산을 오르는 노인이 있었다. 오랜 여행을 한 것인지 옷에는 뽀얀 먼지가 내려앉았고, 신고 있는 신발 또한 남루하기 그지없었다.

"그나저나 화산에 오기는 왔는데 그놈을 어찌 본다?"

노인은 멀리 화산을 바라보며 계면쩍은 얼굴이 되었다. 그도 그럴 것이 하도 집 안에 틀어박혀 빈둥거리며 세월을 보냈기에 경험이나 쌓으라고 중원으로 보낸 지 벌써 몇 년이 지났다.

문제는 오랜 시간이 흘렀다는 것이 아니라 중원에 오게 된 계기였다. 노인이야 손자에게 보다 넓은 세상에서 많은 문물을 익히고 견문(見聞)을 넓힘과 동시에 삶에 유익한 경험을 하고 오라고 보낸 것이지만 보내지는 손자는 그런 사실을 전혀 모른 채 그저 어쩔 수 없는 상황에서 집을 떠나게 되었다. 그것까지도 좋았다. 노인은 그다지 큰 걱정을 하진 않았다. 스무 해가 넘도록 지켜본 바에 의하면 이 땅에서 손자를 어찌할 상대가 그리 많지 않으리란 확신도 있었고 버릇이 좀 없기는 하지만 나름대로 눈치가 빠른 것이 어디 가서 굶어 죽지는 않으리란 확신도 있었다.

그런데 중원에 와서 접한 소식은 이런 노인의 생각이 빗나가도 한참을 빗나가고 말았다는 것을 알게 해주었다.

"휴~ 하필이면 면피가 죽을 것이 무어란 말이더냐. 소문이 놈이 얼마나 날뛰었을지 눈에 선하구나!"

노인은 땅이 꺼져라 한숨을 내쉬었다. 그런데… 면피라니? 설마 철면피를 말함인가? 소문이라니? 설마 을지소문?

"그래서 그 친구가 그렇게 궁을 잘 사용했는가?"

"아무렴요. 오죽했으면 궁귀라 불렸겠습니까?"

사발 가득 채워져 있는 죽엽청을 단숨에 마신 사내는 입에 침을 튀겨가며 설명을 하고 있었다. 오랜 표행을 마치고 집에 돌아가는 길에 잠시 만난 노인은 잠시 대화를 나누는 대가로 그럴듯한 술상을 대접했다.

무림의 소식에 가장 정통한 자라면 중원 방방곡곡을 돌아다니는 표사라는 것은 상식이 있는 사람이면 다 알 수 있었다. 사내가 표사임을 떠들어대자 은근슬쩍 그에게 다가간 노인은 간단하게 술 대접을 했고, 술이라면 자다가도 벌떡 일어나는 사내 고구(高勾)가 마다할 이유가 없었다. 몇 잔의 술이 식도를 통해 들어가자 뱃속이 따뜻해지는 것을 느낀 고구가 입을 열기 시작했다.

대저 자신은 알고 있는데 남이 알지 못하는 것을 설명하고 있을 때는 누구나가 우월한 마음과 함께 어깨에 힘이 들어가는 법이다. 더구나 고구는 자신이 설명하는 것이 근자에 중원무림에서 가장 유명하고 또 좋아하는 한 젊은이의 이야기였기에 손과 발짓을 해가며 마치 그가 그곳에 있었을지도 모른다는 착각을 들게 할 정도로 설명에 열심이었다.

"궁귀 을지 대협이 화살을 날리면 근처에 있는 적들은 감히 싸워볼 엄두도 내지 못하고 꽁지를 감추며 도망가기에 바빴지요. 날아가는 화살이 어찌나 위력이 있는지 한 개의 화살로도 수십 명의 적을 단숨에 쓰러뜨리곤 합니다. 이러니 누가 감히 궁귀에게 덤비는 자가 있겠습니까?"

"허!"

노인은 감탄인지 어처구니없는 탄식인지 모를 소리를 내뱉었다. 탄성이라고 판단한 고구는 자신의 얘기에 흥미를 더해갔다.

"누가 뭐래도 궁귀 을지 대협의 명성이 중원을 울리게 한 것은 지난 강남에서의 싸움이었죠."

"강남까지 갔단 말인가?"

노인이 황당하다는 듯 물었다.

"당금의 중원이 어찌 돌아가는지는 아시지요?"

"잘 알지는 못하네. 그저 장강을 중심으로 패천궁이라는 곳과 백도가 대치하고 있다는 것 정도만 알 뿐이네."

"예. 그 싸움의 시발점이 된 것은 패천궁이 장강 이남의 전 지역에서 기습적으로 백도를 공격한 데 있지요. 하나 다른 곳은 패천궁의 기습에 저항 한번 못해보고 지리멸렬(支離滅裂)했지만 강남에는 남궁세가라는 거대문파가 자리하고 있었습니다. 남궁세가는 옥쇄(玉碎)를 각오하고 싸웠지만 중원을 노리는 패천궁의 힘은 상상 이상이었습니다."

"흠, 그래서 어찌 되었나?"

노인은 비록 자신이 듣고 싶은 정확한 얘기는 아니지만 중원이 어찌 돌아가는지 정도는 정확하게 알아야겠다는 생각에 귀를 기울였다.

"남궁세가의 위기를 느낀 백도에서 구원병을 파견했는데 그 구원병 중 한 사람이 을지 대협이었습니다. 그러나 백도에서 아무리 구원병을 보내고 남궁세가의 사람들이 죽음을 각오하고 싸웠지만 밀려오는 적은 그 수와 강함에서 백도의 전력을 압도했지요. 두 번의 승리를 거두기는 했지만 결국 퇴각을 결정했습니다."

"에이, 난 또 뭐라고. 어차피 진 싸움 아닌가?"

노인은 약간 실망한 듯 술병으로 고개를 돌렸다.

"무슨 말씀을!! 얘기는 지금부터 시작입니다. 두 번의 승리에서 을지 대협의 공이 얼마나 컸는지는 말할 것도 없고, 진정한 신화는 퇴각에서 이루어지지요."

"신화라… 그래, 어떤 일이 있었는가?"

"싸움에서 이기기는 하였지만 역부족임을 느낀 남궁세가의 인원들과 백도의 무인들은 눈물을 머금고 퇴각을 결정했습니다. 하나 낌새를 눈치 챈 패천궁에서 추격을 시작했고, 이름은 기억나지 않지만 어느 산에선가 결국 또 한 번의 커다란 싸움이 있었습니다. 그때 싸움에서 맹위를 떨친 사람이 백도는 물론이고 중원무림에서 열 손가락 안에 든다는 검성과 암왕이었지요. 그렇지만 한 손이 열 손을 당해내지는 못하는 법, 백도는 좁은 길에 남궁세가의 가주와 그의 형제만 남겨둔 채 도망을 치고 말았습니다."

"저런! 어찌 몇몇 사람만을 남기고 도망을 간단 말인가?"

노인의 눈에는 안타까움보다는 분노가 서려 있었다.

"다 사정이 있었겠지요."

고구는 잠시 이상하다는 듯 노인을 바라보다 말을 이었다.

"어쨌든 중요한 것은 따로 남겨진 남궁가의 형제를 구하기 위해 을지 대협이 홀로 적진에 뛰어들었다는 겁니다. 상산(常山)의 조자룡(趙子龍)이 조조(曹操)의 백만 대군을 유유히 뚫고 나왔듯이 을지 대협 또한 기라성 같은 고수들이 운집한 가운데에서도 여유있게 남궁세가의 가주를 구해 나왔지요. 그를 막았던 자들의 면면을 살펴보면 하나같이 그 명성이 중원을 진동시키지 않는 자들이 없었다는 겁니다. 이 일을 계기로 을지 대협에게는 궁귀라는 칭호가 붙었고 젊은 무인들에겐 흠모의 대상이 되었지요."

말을 마친 고구는 술잔을 비우며 자신의 일인 양 자랑스러워했다.

"허험, 그랬는가? 허허! 험험!"

노인 또한 뭐가 좋은지 연신 헛기침을 해대며 잔을 비웠다. 한참 술을 마시던 고구가 얼굴을 찡그린 것은 노인이 막 두 번째의 잔을 비울 때였다.

"그런 을지 대협이 당가에 가서 봉변을 당했으니!!"

고구는 자신도 모르게 힘껏 잔을 쥐었는지 사기로 만든 술잔이 산산이 부서지고 잔에 담겨 있던 술이 깨진 잔을 타고 흘러내렸다.

"아니, 그건 또 무슨 말인가? 봉변이라니?"

노인 또한 깜짝 놀라 재빨리 반문을 했다. 질문을 받은 고구의 표정이 냉랭하게 변해갔다.

"훙, 저 어리석고 건방지고 자신밖에 모르는 당가에서 을지 대협을 해하고 말았습니다."

"뭣이! 지금 뭐라 했는가? 해하다니?!"

"아, 아니, 그게……."

어느새 고구의 멱살은 흥분한 노인에게 잡혀 있었다. 보기와는 달리 노인은 힘이 장사인 듯 옷깃을 잡힌 고구는 이러지도 저러지도 못하고 숨이 막혀 캑캑거리며 사정을 했다.

"여, 영감님… 이것 좀 놓고… 말씀을……."

"아! 미안하네. 내가 잠시 흥분을 했구먼. 그래, 방금 한 말이 무슨 의미인가? 당가에서 소문, 아니, 을지 대협을 해치다니?"

노인은 잡았던 고구의 멱살을 놔주며 미안한 표정으로 질문을 했다. 그러나 한기가 풍기는 안색은 그로 하여금 겁을 집어먹게 만들기엔 충분했다.

"어찌 된 일인지는 자세히 알 수 없으나 을지 대협이 당가에 갔는데 당가에서 을지 대협을 패천궁의 첩자로 오인하여 모진 고문과 함께 죽였다고 합니다."

"……!!"

굳을 대로 굳은 노인은 잠시 말문을 닫았다.

"조금 이상하군. 자네 말대로라면 그는 상당히 뛰어난 무공을 지닌 듯한데 어찌 그렇게 맥없이 당했다는 말인가?"

한참 만에 나온 노인의 음성엔 도무지 믿을 수 없다는 불신의 의미가 가득했다. 고구는 추호의 망설임도 없이 대꾸를 했다.

"영감님뿐만 아니라 처음 소문이 퍼졌을 때는 그 누구도 믿지 않으려 했습니다. 그러나 을지 대협이 당가에 도착하기 전에 당가를 치려하는 만독문을 필마단기(匹馬單騎)로 막아서고 결국 만독문으로부터 당가를 지켜냈다고 합니다. 물론 을지 대협도 상당한 부상을 당했고요. 그러니 무공도 제대로 쓰지 못하는 상태에서 당하고 만 것입니다.

빌어먹을! 은혜를 원수로 갚다니!"

고구는 절로 분통을 터뜨리며 탁자를 힘껏 내려쳤다.

"그 말이 틀림이 없는가?"

"그렇습니다. 벌써 육 개월이 넘은 이야기입니다. 웬만한 사람이라면 다 알고 있는 이야기지요."

"그랬군. 허허허! 그랬어……."

고구의 대답에 의심할 곳을 찾아보지 못한 노인은 허탈한 웃음을 지으며 먼 산을 바라보았다.

'이놈! 그렇게 가다니! 허허허! 내 탓이로구나! 내 탓이야!'

아무리 시골 촌구석의 표사질을 하려 해도 표사라는 직업의 특성상 눈치라는 것이 다른 사람들에 비해 월등해야만 그나마 버틸 수 있는 것이다. 뭔가 이상한 낌새를 눈치 챈 것일까? 고구는 노인의 안색이 천차만별(千差萬別)로 변해가는 것을 느끼며 슬며시 일어나 인사를 한 뒤 재빨리 자리에서 물러났다. 여전히 먼 산을 바라보고 있는 노인은 그에게 일별도 하지 않은 채 입술을 깨물고 있었다. 그런 노인의 머리 속에는 지난날의 즐거웠던 추억이 하나씩 스쳐 지나갔다.

노인이 자리에서 일어난 것은 고구가 서둘러 자리를 떠나고도 무려한 시진이나 뒤의 일이었다. 다만 이전과 달라졌다면 전에 입가에 그려졌던 미소 하며 인자한 모습은 간데없고 싸늘하다 못해 냉막한 기운이 전신을 뒤덮고 있다는 것이었다.

집 안에 키우던 개라 하더라도 며칠 보이지 않으면 한번쯤은 찾아보는 것이 인지상정이다. 하물며 위대한 을지 가문을 이을 하나뿐인 손자이자 눈에 넣어도 아프지 않을(?) 소문이 중원으로 떠난 지가 벌써 삼 년. 아무리 고생도 하고 경험을 쌓으라고 보낸 중원이었지만 걱정이 안 될 까닭이 없었다. 결국 참다 못한 할아버지는 엄동설한(嚴冬雪寒)의 추위를 이겨가며 중원으로 들어섰다.

할아버지 또한 소문이 지나온 길을 그대로 따라 지나왔다. 다만 소문과 할아버지가 다른 것은 소문은 여진족과 생활을 했다는 것과 중원의 언어와 풍습을 전혀 모른다는 것이었고, 반면에 비록 중원은 처음이지만 선조들이 모아둔 책 등을 통해 나름대로 많은 공부를 한 할아버지는 중원의 문물과 언어에도 그다지 문제를 보이지 않을 정도의 실력이 갖추어져 있다는 것이었다. 하나 막상 중원에 들어선 할아버지 또한 난감하기는 마찬가지였는데, 책을 통해서 공부한 것과 막상 접해본 중원인들의 생활상과 언어는 많은 차이가 있었기 때문이다.

중원에 들어선 할아버지가 소문의 행적을 찾는 것은 그다지 어려운 일이 아니었다. 소문에 대한 소문은 강호의 사람들뿐만 아니라 웬만한 사람들은 다 알고 있었다. 짧은 시간 동안 워낙 엄청난 일은 해낸지라 유명세를 타지 않는 것이 오히려 이상할 정도였다.

궁귀 을지소문!

이처럼 빠르게 명성을 얻은 자가 과연 몇이나 있었던가!

혜성처럼 나타난 순식간에 중원의 패자인 패천궁의 고수들을 연파하고 젊은이들을 열광시켰던 을지소문, 빠르게 나타난 것에 뒤지지 않게 너무나 어처구니없이 목숨을 잃어 그 허망함을 배가시켰던 인물!

소문이 당가에서 목숨을 잃었다는 소문이 중원을 휩쓰는 데에는 불과 사나흘이 걸리지 않았다. 그만큼 그의 등장과 쓰러짐은 극적이었고 하나의 전설이었다.

처음 듣게 된 손자의 소식, 무수히 많은 고수들을 꺾으며 궁귀로 이름을 날린다는 말에 할아버지는 그동안 들인 정성이 어긋나지 않았다는 기쁨에 내심 기꺼워했다. '과연 을지가의 후손답다' 라는 말을 연신 되뇌이며 소식을 전해준 자와 기분 좋게 술도 마셨다. 그런데 그런 기쁨도 잠시, 소문이 당가에서 죽임을 당했다는 말을 들었을 때는 더 이상 아무 생각도 할 수 없었다.

"절대로 그냥 두지 않을 것이다!"

툭!

화산을 앞두고 상념에 잠겨 있던 할아버지의 정신을 일깨워 준 것은 공중에서 떨어진 어른 손바닥보다 조금 클까 하는 자그마한 새였다. 할아버지는 발 아래에 떨어진 새를 바라보며 어이없다는 표정으로 하늘로 고개를 들었다. 그런 할아버지의 머리 위로 날개가 어른 팔보다 더 큰 매 한 마리가 유유히 유영을 하며 내려오고 있었다. 날카로운 발톱과 부리, 잿빛의 날개를 지닌 하늘의 제왕이라는 해동청이었다.

"에라이, 이놈아! 이걸 사냥이라고 해온 것이냐? 이깟 것을 잡으려고 그리 오랜 시간을 쏘다니다니. 그리고 요만한 것을 누구 코에 붙이라는 것이더냐!"

할아버지는 어느새 왼쪽 어깨에 슬그머니 내려앉아 깃털을 가다듬으며 딴청을 피우는 해동청을 바라보며 분통을 터뜨렸다.

"하는 짓이 어찌 그렇게 소문이 놈하고 똑같은 것이더냐? 네 아비는 그러지 않았건만, 닮아야 하는 아비는 닮지 않고 엉뚱한 놈을 닮아가지고서는……."

할아버지가 화를 내든 말든 할 일은 다 했다는 듯 깃털을 가지런히 정돈한 해동청은 고개를 우뚝 세우고 그대로 석상이 된 듯 움직임을 멈췄다. 그런 해동청을 바라보며 할아버지는 또 한 번 한숨을 내쉬었다.

"하긴, 사냥을 가르쳐야 하는 아비는 중원으로 떠나고 어미 또한 죽어버렸으니 네가 어디서 사냥하는 법을 배웠겠느냐? 그나마 이 정도라도 하는 것이 다행이지. 그나저나 네 아비마저 죽었으니 제대로 사냥을 배우는 것은 영영 틀린 일이 아닌지 모르겠구나."

조그맣게 탄식을 한 할아버지는 해동청이 잡아온 새를 힐끔 바라보고는 그대로 걸음을 옮겼다. 어차피 화산이 지척인 마당에 시간을 허비할 필요는 없다고 생각했기 때문이다.

중원에 들어와서 할아버지가 들은 소식은 실로 충격적인 것이었다. 손자가 죽었다는 말! 더구나 그 손자가 대를 이를 하나뿐인 손자임을 감안했을 때 할아버지가 받은 충격은 이루 표현할 길이 없었다. 게다가 그것이 자신의 거짓말로 인한 것이었기에 죄책감과 자책으로 하루하루를 보내면서 길을 걸었다.

할아버지의 목표는 오직 하나! 소문이의 목숨을 앗아갔다는 사천당가였다.

제대로 먹지도 자지도 않고 당가를 향해 길을 나서던 중 할아버지는 우연찮게 하나의 희소식을 듣게 됐다. 죽었다던 소문이 멀쩡히 살아나서 화산파를 쑥대밭으로 만들었다는 소식이었다. 소문이 화산에 나타난 지 만 하루가 되지 않아 전 중원에 퍼진 소식에 오직 복수의 일념으로 막 산서성을 지나던 할아버지는 그 자리에서 주저앉고 말았다. 오랜 여행에 지친 몸도 몸이지만 며칠 동안 입은 심적 타격으로 심신(心身)이 도저히 버티지 못할 지경에 이르렀기 때문이다.

할아비를 놀래킨 죄로 만나기만 하면 다리몽둥이를 부러뜨리겠다며 놀라운 회복력을 보인 할아버지가 자리를 털고 일어난 것은 다시 사흘이 지나서였다. 그리고 길을 재촉하여 마침내 지금 화산파를 코앞에 두고 있는 것이었다.

"휴~ 오기는 왔지만 어쩐다? 소문이 놈이 나를 보면 가만히 있지를 않을 터인데… 게다가 죽자 살자 했던 면피마저 죽었으니…….."

다리몽둥이를 부러뜨리겠다는 생각으로 길을 재촉했지만 막상 소문이를 만날 생각을 하니 뭔가 께름칙한 것이 볼일을 다 보지 못하고 중간에 끊었을 때의 찜찜함이 엄습했다. 그도 그럴 것이 지금까지 소문이 당한 고통과 위험 등 모든 일의 단초(端初)는 소문의 버릇을 고쳐 주겠다는 할아버지의 거짓말로 시작되었기 때문이다.

"흥, 자업자득(自業自得)이지. 애초에 제놈이 그 따위로 행동만 하지 않았다면 내가 제놈을 이런 식으로 보냈을 리는 없었지. 물론 중원에 한번쯤은 보내기야 했겠지만 그런 생고생을 하지는 않았을 것이고. 아무려면 어떤가? 제놈이 미련하여 그리 당한 것을."

한참을 고민하던 할아버지는 마음을 굳혔는지 처진 발걸음에 힘을 실어 넣었다. 그런데 그곳에서 십여 장 떨어진 곳 할아버지와는 전혀 다른 의미로 고민을 하는 사람이 있었다.

'흠, 역시 대단한 자다. 강호오왕이라는 명성에 걸맞는 엄청난 기도다.'

화산의 주변을 둘러보러 나온 오상은 지금 크나큰 갈등에 빠져 있었다. 지금 유유자적(悠悠自適) 화산으로 올라오는 자는 자신이 알고 있는 한 틀림없는 궁왕이었다. 한쪽 어깨에 커다란 궁을 메고 또 다른 어깨엔 보기만 해도 탄성이 절로 나올 만큼 멋들어진 매 한 마리가 앉아 있었다. 적당한 키와 나이, 그리고 하고 다니는 용모, 더구나 궁이라니!

모든 것을 살펴볼 때 최근 이곳에 나타났다는 궁왕이 틀림없었다.

'어찌한다. 지금 병력으로는 상대하기가 힘들 텐데…….'

오상은 고개를 돌려 한껏 긴장하고 있는 무인들을 둘러보았다. 자신까지 포함하여 정확하게 일곱이었다. 이 정도의 수라면 힘든 것이 아니라 불가능이라 해도 과언이 아니었다.

'그러나! 이대로 보내기엔 너무나 아까운 기회가 아닌가!'

어떻게든지 이름을 날려보고자 애를 쓰는 오상이었다. 지난번 소문과의 싸움에서 망신을 당한 이래 이를 만회하고자 기회를 엿보고 있는 중이었다. 하늘은 그런 오상을 외면하지 않았다. 명성에 있어 그 누구보다 뛰어난 궁왕이 제 발로 눈앞에 나타난 것이었다. 문제는 그가 너무 강하다는 것이었는데, 궁왕이라면 오상은 물론이고 백도에서 그를 꺾을 자가 과연 누가 있을지 의심이 갈 정도의 엄청난 고수였다.

갈등은 계속되었다. 그리고 어느새 궁왕으로 오해를 받고 있는 할아버지는 오상이 숨어 있는 숲을 지나고 있었다. 오상이 어떤 생각을 하고 있는지, 아니, 오상이 숨어 있는지조차 아는지 모르는지 아무런 반응도 보이지 않고 있었다.

'지금 당장 공격하는 것은 섶을 지고 불길로 들어가는 격이다. 조금만 더 기다리도록 하지.'

오상은 기회를 잡고자 했다. 아무리 용을 써도 자신과 자신이 지휘하는 인원으로 궁왕을 공격하는 것은 무리라는 것을 알고 있었다. 그럼에도 이번 기회를 놓치고 싶지는 않았다. 오상은 조심스레 할아버지의 뒤를 따랐다.

'흠, 역시 한창 싸움 중이라 그런지 경계가 철저하구먼.'

할아버지가 오상의 존재를 눈치 채지 못할 리가 없었다. 다만 소문을 만나러 가는 길이고 패천궁과는 전혀 상관이 없는 스스로가 떳떳하다고 생각했기에 그저 모른 체하고 지나쳐 갈 뿐이었다. 얼마를 더 갔을까? 이런 할아버지의 마음을 알 리 없는 오상이 결국 사고를 쳤다.

"멈춰랏!"

오상이 호기롭게 외치며 정면에 나선 것은 할아버지가 화산파의 정문이 어렴풋이 보이는 곳에 이르렀을 때였다. 때를 맞추어 오상의 주변으로 많은 무인들이 몰려들었다. 화산파의 주변을 경계하고 있는 것은 오상뿐이 아니었다. 다만 할아버지를 먼저 발견하고 따르던 오상이 미리 언질을 하여 아무런 행동도 하지 않고 조용히 뒤를 따라왔을 뿐이었다. 일견하여 그 수가 이십 가까이에 이르고 있었다.

'멈춰랏? 이놈이 어따 대고 반말을! 아니지. 어차피 이곳은 싸움터가 아니던가. 그럴 수 있지.'

대뜸 반말을 듣게 되어 자신도 모르게 인상을 찌푸렸던 할아버지는 당금 백도와 패천궁의 관계를 생각하고 고개를 끄덕이며 처음의 안색으로 회복하였다. 그리고 살며시 미소를 지으며 대꾸했다.

"허허, 그래, 멈추었네. 무슨 일이신가?"

흠칫!

아무리 이름난 고수라 하더라도 이 정도의 적과 마주치면 당황을 하거나 최소한 긴장된 모습을 보여주는 것이 보통이었다. 그런데 몸을 돌린 궁왕의 입에서 들려온 대답은 너무나 자연스럽고 여유로운 것이기에 오히려 앞으로 나섰던 오상이나 다른 무사들이 두려움에 몸을 떨었다. 얼마나 자신이 있기에 저런 여유로움이 나온단 말인가! 그들의 뇌리에 궁왕이라는 존재가 다시금 각인되는 순간이었다.

'제길, 역시 궁왕이라는 말인가!'

검을 움켜진 손에서 땀이 흐르는 것을 느낀 오상은 눈을 들어 화산파를 바라보았다. 한 사내가 벌써 화산파로 뛰어가고 있었다. 자신이 명을 내려 궁왕이 접근함을 알리러 가는 종남파의 제자였다.

"불렀으면 말을 해야 할 것이 아닌가?"

약간은 짜증이 섞인 음성에 자신도 모르게 뒤로 한 걸음 물러선 오상은 재빨리 대꾸를 했다.

"흥, 그것은 당신이 더 잘 알고 있을 것이 아니오?"

"아니, 그건 무슨 말인가? 내가 더 잘 알다니?"

할아버지는 영문을 모르겠다는 듯 두 눈을 껌뻑였다.

"시치미 떼도 소용없다! 나 종남파의 오상은 오늘 죽음을 각오하고 당신에게 도전을 하겠다!"

기세 좋게 외친 오상은 할아버지가 뭐라 말을 하기도 전에 날카로운 검을 앞세우며 달려들었다. 그러나 말과는 달리 할아버지에게 달려든 것은 오상 혼자가 아니라 주변의 모든 무인들과 함께였다.

"아, 아니, 왜들 이러는가?"

"닥쳐랏!"

당황한 할아버지에게 일검을 날린 오상은 재빨리 뒤로 물러섰다. 애초에 성공을 기대한 공격도 아니었다. 오상이 물러난 자리는 순식간에 다른 무인이 채워갔다.

'빨리 도착해라.'

오상의 마음은 급했다. 오직 자신이 보낸 종남의 제자가 한시라도 빨리 화산파에 있는 고수들을 불러오기만을 기대했다.

이것이었다. 오상이 던진 회심의 일수는 생색내기였다.

'궁왕이라는 고수를 앞에 두고 조금도 물러서지 않고 공격을 한 종남의 후기지수! 비록 궁왕을 물리치지는 못했지만 그 나이에 그 정도의 배짱과 의기라면 장차 종남을, 아니, 백도를 빛낼 동량(棟樑)이 되리라!'

오늘이 지나면 사람들의 뇌리에 오상이라는 이름이 아로새겨질 것이었다. 문제는 궁왕의 손에서 살아남는 것이었는데 자신의 주변으로 몰려든 여러 무인들을 감안하면 불가능한 일도 아니었다. 게다가 혹시 몰라 일부러 공격의 시점을 화산파가 눈에 보이는 곳에서 시작을 했다.

잠시 시간만 끈다면 바로 앞에 있는 화산파에서 궁왕에 버금가는 고수들이 줄줄이 쏟아져 나올 것이다. 종남의 제자가 화산에 들어간 것을 확인하고 공격을 시작했으니 일각, 아니, 몇 수만 버티면 궁왕의 손에서 무사히 벗어나고 자신은 이름을 떨치게 될 것이 확실했다. 생각만으로도 흐뭇했다. 그러나 오상과는 달리 절대로 흐뭇할 수 없는 사람이 있었다.

'아니, 이것들이! 오냐오냐했더니만 아주 기어오르는구나! 감히 나를 뭘로 알고!'

화산에 오를 때부터 좋은 기분은 아니었다. 비록 몇 년 만에 손자를 만나는 자리였지만 지은 죄가 있어 영 기분이 나질 않았다. 그래도 무례하게 나오는 오상을 보고도 웃는 낯으로 대하였다. 생각 같아서는 당장 버릇을 고쳐 주고 싶었지만 자신이 누군지도 모르고, 또한 어쩌면 소문의 동료일 수도 있다는 생각이 들어 노기를 가라앉힌 것이었다. 하나 아무리 생각해도 이것은 아니었다. 반말은 둘째 치고 뭐라 말을 해보기도 전에 살기가 번뜩이는 검이 목숨을 노리고 날아오는 상황이었다. 아무리 자신이 잘못을 했고, 혹 이들이 소문의 동료일지라도 이건 아니었다.

"나중에 삼수갑산(三水甲山)을 가더라도 네놈들의 버르장머리는 고쳐야겠다!"

어차피 공격이라 봤자 그다지 위협적이지도 않았지만 마음을 고쳐 먹은 할아버지의 움직임은 말 그대로 전광석화(電光石火)였다. 어깨에 걸친 활을 손에 들고 전후좌우로 움직이는 할아버지. 그 누구도 할아버지의 움직임을 따라잡진 못했다.

출행랑! 그 원조가 펼쳐지고 있는 것이었다.

'버텨야 한다!'

군은 눈으로 할아버지를 바라보는 오상은 힘껏 검을 움켜쥐고 입술을 깨물었다. 결사(決死)의 각오를 다지는 것이었다. 그럼에도 화산파를 슬쩍 쳐다보는 그의 눈에 어리기 시작한 것은 공포였다.

"그게 무슨 소리더냐! 궁왕이라니?!"

벌떡 일어난 것은 보고를 받는 목인영뿐만 아니라 회의실에 앉아 있던 대부분의 수뇌들도 마찬가지였다.

"확실한 것이더냐?"

"예! 그가 화산에 오를 때부터 자세하게 살펴왔습니다."

"그래, 궁왕 말고 누가 또 있느냐?"

"궁왕뿐입니다. 지금 오상 사형이 그의 앞을 가로막고 다른 제자들과 함께 싸우고 있습니다."

"어허! 그가 궁왕이라면 헛된 싸움이 아니더냐? 겨우 몇 명의 제자들이 막을 정도였으면 애초에 그가 궁왕이라는 이름을 얻지도 못했을 것이다!"

목인영은 오상의 만용(蠻勇)에 어처구니없어하며 얼굴을 찌푸리고 버럭 화를 냈다.

"제자들만 꾸짖을 게 아니네. 그 누가 궁왕에게 달려들 생각을 할 수 있겠나? 덤비는 오상이 대단한 것이지. 이럴 게 아니네. 이러다간 애꿎은 제자들만 변을 당하게 생기지 않았는가? 우리가 나서야지.”

해천풍이 화를 내는 목인영을 달래고 당장에라도 뛰쳐나갈 준비를 했다. 말을 하는 그의 음성에서 팽팽한 긴장감이 느껴졌다. 비단 그뿐만이 아니었다. 궁왕이라는 이름이 주는 위압감, 아군이고 적군이고를 떠나 그 이름이 주는 존재감은 실로 간단치 않은 것이었다.

“그래야겠습니다.”

목인영은 재빨리 대답을 하고 회의실을 뛰쳐나갔다. 해천풍을 비롯하여 대부분의 고수들이 그 뒤를 잇고 결국 정도맹의 맹주인 영오 대사와 제갈영영만이 남게 되었다.

“조금 이상합니다. 제아무리 궁왕이라 할지라도 단신으로 이곳으로 온다는 것이 말입니다.”

“아미타불! 무인, 특히 일가를 이룬 고수들은 종종 종잡을 수 없는 행동들을 하지요. 말을 들어보니 궁왕 선배가 을지 시주에게 패했다 합니다. 그 패배를 인정하지 못하고 다시 겨뤄보려고 오는 것은 아닌가 싶습니다.”

“……”

영오 대사의 말은 상당히 일리가 있는 말이었다. 눈에 보이지도 않는 후배에게 패배를 당했다면 쉽게 인정하지 못할 터, 더구나 그가 강호의 이름 높은 고수라면 어쩌면 당연한 일일지도 모른다. 하나 제갈영영은 왠지 이상한 느낌에 고개를 갸웃거렸다.

궁왕이 화산파에 접근했다는 소식을 접하고 회의실에 있던 수뇌들이 부랴부랴 나섰을 때는 오상으로부터 시작된 싸움이 어느새 그 절정을 향해 달리고 있었다.

"하앗!"

"아악!"

기합성과 비명성이 교차하고 땅에는 벌써 열에 이르는 무인들이 뒹굴고 있었다.

"저런!"

제일 먼저 현장에 도착한 목인영은 땅바닥에 쓰러져 있는 무인들이 대부분 종남파의 제자인 것을 알고 분기탱천하여 재빨리 검을 빼 들었다.

"잠시 기다리게."

목인영보다 한발 늦게 도착한 해천풍이 흥분한 목인영을 말렸다.

"어이하여 말리시는 겁니까?"

"잠시만 기다려 보게. 뭔가 이상하네."

"도대체 무슨 말씀을 하시는……."

강하게 반발을 하려던 목인영은 해천풍뿐만 아니라 따라온 다른 인물들의 표정마저 묘하게 변하자 뭔가 이상함을 느끼곤 치켜 올렸던 검을 슬며시 내리고 말았다. 그리고 이 급박한 상황에 무엇이 이들을 이리 만들었는지 알아내기 위해 흥분된 마음을 가라앉히고 전방을 주시했다.

"으악!"

그러는 동안에도 비명은 끊이지 않고 들려왔다.

"허!"

무엇을 본 것일까? 노여움에 휩싸였던 목인영의 얼굴에 황당함의 극치를 달리는 표정이 지어졌다.

"저, 저것이!"

자신이 본 것이 과연 정확한 것인지 의심을 한 목인영은 옆에 서 있는 해천풍에게 대답을 구했다.

"그리 보지 말게, 나 또한 자네와 같은 심정이니."

"그래도 사부님께서는 궁왕의 얼굴을 알고 계시지 않습니까?"

해천풍의 뒤를 따른 곽무웅이 질문을 했다. 사실 이 자리에서 궁왕의 얼굴을 알고 있는 자는 전무하다 해도 과언이 아니었다. 궁왕이 한창 이름을 날리고 있을 때 이들은 문파를 이어받기 위해 무공 수련에 정신이 없었기에 미처 만나볼 기회를 갖지 못했다. 그나마 연배가 비슷한 해천풍만이 약간의 안면이 있을 뿐 그 또한 활동한 영역이 달랐기에 깊은 관계를 맺지는 못했다. 더구나 궁왕이 활동한 기간이 그 명성에 비해 무척이나 짧았기에 그의 진정한 정체를 알고 있는 사람은 몇 되지 않았다. 곽무웅의 질문은 말 그대로 할아버지가 궁왕임을 묻는 것이었다.

"후~ 글쎄다. 워낙 오래전에 몇 번 본 것이라 정확히 알 수가 없구나. 다만 풍기는 기도나 생김새가 비슷하기는 한데……."

말을 그리하면서도 해천풍은 그다지 자신이 있어 보이는 얼굴은 아니었다. 해천풍마저 애매한 대답을 하자 좌중의 수뇌들은 곤혹스러울 수밖에 없었다. 제자가 알려온 바에 의하면 그는 틀림없이 궁왕이라 했다. 그리고 그는 그 말을 증명이라도 하듯이 커다란 궁을 들고 실로 믿기지 않는 움직임을 보이고 있었다.

그러나 이들은 그가 단지 궁을 들고 있다는 이유만으로 궁왕으로 단정 짓고 싶은 마음은 조금도 없었다.

"허, 저런!"

또 한 번의 비명이 들리고 이를 지켜보는 수뇌들의 입에선 누구라 할 것 없이 신음성이 흘러나왔다. 지금 앞에서 벌어지고 있는 것은 싸움이 아니었다. 한마디로 일방적인 구타였다.

제자들의 공격을 너무나 쉽게 피한 궁왕은, 아니, 궁왕으로 의심되는 자는 들고 있는 궁을 닥치는 대로 휘두르며 제자들을 몰아붙이고 있었다. 어찌 막아보려고 노력하는 이들도 있었으나 궁에 눈이 달린 것인지, 아니면 뭣에 홀린 것인지는 모르겠지만 피하는 곳마다 궁이 날아왔고 한번 맞기 시작하면 정신을 잃고 땅에 쓰러지기까지 온몸을 두들기는 궁은 멈추어지지 않고 춤을 추었다.

"아무리 생각을 해도 궁왕이라 여겨지지 않습니다."

"저도 그렇습니다. 이건 마치 시정잡배들의 싸움을 보는 것처럼 느껴집니다. 궁왕이라니요? 당치도 않은 말입니다."

수뇌들은 저마다 한마디씩 하며 고개를 흔들었다.

"궁왕이든 시정잡배든 이러다가 모든 제자들이 골병이 들겠소이다."

모든 제자들이 쓰러지고 마지막 남은 오상이 공격을 받자 다급해진 목소리로 말을 한 목인영이 수중의 검을 들고 싸움에 뛰어들었다.

"이제 네놈만이 남았으렷다! 감히 어른을 보고도 인사는커녕 대뜸 반말지거리라니! 다시는 고 따위 짓을 하지 못하도록 단단히 교육을 시켜주마!"

할아버지는 근엄한 말투에 어울리지 않게 싱글거리며 옴짝달싹하지 못하고 떨고 있는 오상을 향해 천천히 걸음을 옮겼다.

'왔으면 당장에 이 영감탱이를 공격할 것이지 무엇 때문에 망설이고 있단 말인가?'

오상은 다급할 수밖에 없었다. 이미 사부인 목인영을 비롯하여 많은 고수들이 이곳에 온 것을 알고 있었는데 그들은 어찌 된 일인지 움직일 생각조차 하지 않았다. 그러는 동안에 자신이 방패막이로 썼던 이들이 모조리 쓰러지고 이제 자신만이 남아 버티고 있었다.

'옳지! 드디어!'

전전긍긍하던 오상은 자신의 사부인 목인영이 단숨에 거리를 좁히며 공격을 해오는 것을 보고 회심의 미소를 지었다. 약간의 시행착오도 있었으나 결국 모든 일은 자신이 원하는 방향으로 흘러가는 데에 만족한 웃음이었다.

"자고로 주인을 부르려면 기르던 개를 두들기란 말이 있소이다. 하나 나는 애초에 적의를 지니고 이곳에 온 것이 아니니 그리 살기를 내뿜을 것은 없소. 그리고 아직 요 건방진 놈에게 어른을 공경하는 법을 일러주지 못했으니 잠시 기다려 주시구려."

빠른 속도로 다가오는 목인영을 바라보며 여유롭게 말을 한 할아버지는 싸움이 시작된 이래 처음으로 궁을 제대로 잡아갔다. 그리곤 힘도 들이지 않고 연속으로 시위를 퉁겨댔다.

"허엇!"

제자를 구하겠다는 일념으로 할아버지에게 덤빈 목인영은 갑자기 날아드는 화살에 정신을 차릴 수가 없었다. 달려오던 몸을 멈추고 재빨리 몸을 틀었다. 그러나 할아버지가 날린 화살이 애초에 한 발이 아니었기에 이리 뛰고 저리 뛰며 한참 동안 몸을 움직이고서야 날아오는 화살의 공세를 피할 수가 있었다.

"무영시!"

곽무웅은 자신도 모르게 손에 힘을 주었다. 자신의 눈이 틀리지 않는다면 노인이 날린 화살은 틀림없는 무영시였다. 화살도 없이 기로써 화살을 대신하는 궁술은 지금껏 무영시밖에 없었다.

"아니네. 무영시와는 조금 다르게 느껴지는데……."

곽무웅과 마찬가지로 경악을 한 남궁검이 대꾸를 했다.

"저 노인이 사용하는 것 또한 무영시임에는 틀림없지만 을지 소협이 사용하는 무영시에 비해 그 위력이나 빠름에 있어 상당한 손색이 있네. 그렇군. 검을 익히는 제자가 막 검기를 뿜어냈을 때와 비슷하다고 할 수 있겠군. 그래도 대단하네. 저 정도라도 되는 기의 화살을 연속적으로 쏘아댈 수 있는 자가 을지 소협 말고도 또 있었다니."

"사부님! 혹, 진짜 궁왕이 아닐런지요."

"글쎄다. 뛰어난 궁술을 지닌 것은 틀림이 없으나 궁왕으로 보기엔……."

해천풍은 여전히 고개를 흔들고 있었다.

단 한 번의 출수로 목인영을 본래 자리로 되돌린 할아버지는 들고 있던 궁을 다시 고쳐 잡았다. 그리고 이미 전의를 상실한 오상을 두들기기 시작했다.

"네놈은 어른 공경하라는 가르침도 받지 못했느냐? 어찌하여 처음 보는 노인에게 대뜸 반말이나 지껄이고 이런저런 사정은 들어보지도 않고 피 묻은 검을 들이대는 것이더냐!"

오상은 아무런 말도 할 수가 없었다. 전신을 엄습하는 고통에 비명을 질러 호소하기에 바빠 변명이고 항변이고 할 겨를이 없었다. 할아버지의 매타작은 근 일 다경이나 이어졌다. 들고 있는 궁을 한 번 휘두를 때마다 입에서는 공자(孔子)며 맹자(孟子)며 각종 성인들의 말이 쏟아져 나왔다.

모든 말의 요지는 하나! '까불지 마라'였다.

사람이 너무 황당스러운 일을 당하면 움직임은커녕 말문도 막히게 마련이었다. 지금 막 기절한 오상에게서 몸을 돌리는 할아버지를 바라보는 이들이 그랬다. 그래도 백도의 핵심 수뇌임을 은근히 자랑하던 이들이었건만 너무나 어처구니없는 상황에 누구도 입을 제대로 여는 사람이 없었다. 그나마 목인영이 잠시 달려들었던 것이 전부였다.

"허허허! 초면에 결례가 많았소이다. 이러고 싶지는 않았지만 젊은 이들이 너무 버릇이 없기에 훈육(訓育)하는 차원에서 잠시 추태를 보였소이다."

소문의 뻔뻔함은 틀림없이 할아버지의 피를 이어 받았음이 여실히 드러나는 순간이었다. 남의 집 앞에 와서 이토록 큰 소동을 벌이고도 훈육이라니!

사람을 오뉴월 개 패듯 두들기고도 훈육이라는 말로 행동을 정당화시키는 할아버지의 모습은 당당하기 그지없었다.

"무슨……."

"버릇이 없었다면 당연히 벌을 받아야겠지요. 한데 혹시 궁왕이시오?"

해천풍은 다시금 덤비려는 목인영을 붙잡고 정중하게 물어보았다.

'궁왕? 궁왕이라… 하긴 소문이 놈이 궁귀로 통하니 나는 궁왕이라 할 수도 있겠지.'

할아버지는 난데없는 질문에 스스로를 궁왕이라 단정 짓고 말았다. 이들이 자신이 소문의 할아버지임을 알아보는 것이라는 생각이 들었기 때문이다.

"그렇소이다. 궁왕이라 불릴 수도 있겠소이다."

너무나 태연스레 얼굴에 금칠을 한 할아버지는 여유로운 미소를 지으며 대답을 하였다. 그러나 돌아오는 대답은 생각했던 것과는 상당한 차이가 있었다.

"흥! 궁왕이라는 이름이 얼마나 대단한지 몰라도 새까만 후배들을 이 지경으로 만들다니 부끄럽지도 않으시오? 어디 그 알량한 실력을 내게도 보여주시오!"

"어허, 자네."

"말리지 마십시오. 저는 도저히 참을 수가 없습니다."

목인영은 해천풍의 만류에도 불구하고 다시 한 번 할아버지에게 검을 겨누었다.

"궁왕이라면 피하지 말고 실력을 보여주시오."

"혹시 저놈과 무슨 관계가 있소?"

목인영이 말을 시작할 때부터 이미 굳어진 안색을 한 할아버지가 오상을 가리키며 조용히 물어보았다.

"흥, 왜 찔리는 것이라도 있소? 그 아이는 내 제자요. 그 아이뿐만 아니라 당신에게 당해 쓰러진 나머지 아이들 중에도 상당수가 나의 제자요."

"흠, 역시 콩 심은 데 팥은 나지 않는 법이로군. 어린 놈들의 버르장머리가 어찌 그리 없었는지 사부를 보니 이해가 가는구나. 그래, 그래서 어쨌다는 것인가? 제자를 잘못 가르친 것에 대해 부끄러워할 줄도 모르고… 덤비겠다면 덤비도록! 하나 각오는 해야 할 것이다."

할아버지의 음성이 싸늘히 변해갔다.

"중원엔 어찌 이리 건방지고 예를 모르는 자들만 있는 줄 모르겠구나!"

"닥쳐라!"

더 이상 말을 들어줄 여유가 없는지 목인영은 노호성을 지르며 공격을 했다.

"저놈의 성질 하고는!"

해천풍은 마구잡이로 뛰어나가는 목인영의 뒤를 바라보며 고개를 흔들었다. 적이라도 궁왕이라면 강호의 대선배였다. 그런 선배를 대하는 말투며 태도가 무례해도 보통 무례한 것이 아니었다. 아무리 생각해도 일파의 문주로서 너무나 부족함이 느껴지는 인물이었다. 삼십여 년 전에 종남파의 성세를 구가하게 했던 목인영의 사부이자 자신의 지기인 송원(松園)을 떠올리자 그런 마음은 더욱 커지기만 했다.

빈 소매를 펄럭이며 공격을 하는 목인영의 검초는 실로 날카로웠다. 호기를 부리기는 하였지만 궁왕이라면 애초에 그의 상대는 아니었다. 예를 차리거나 빈틈을 보일 여유가 없었다. 처음 공격을 시작하자마자 자신이 알고 있는 최고의 무공을 연신 시전하며 할아버지를 압박하려고 하였다. 그리고 그런 그의 의도가 제대로 들어맞았는지 일각이 흐른 지금까지 할아버지는 이렇다 할 반격도 하지 못하고 날아오는 검을 피하기에 급급했다.

'흐흐, 궁왕이라… 역시 소문은 믿을 게 못 되는군.'

공격에서 우위를 점했다고 생각한 목인영은 회심의 미소를 지었다. 하나 그렇게 생각하는 사람은 오직 그 혼자였다. 싸우고 있는 목인영은 미처 눈치를 채지 못했지만 옆에서 지켜보는 해천풍이나 남궁검 등 검에 일가견(一家見)이 있는 사람들은 목인영이 처한 상황이 그다지 좋지 않음을 느끼고 있었다. 그 예로 연속적으로 공격을 한 목인영은 많은 내공의 소진으로 숨결은 이미 거칠어졌고 발걸음이 무거워진 반면에 상대를 하고 있는 궁왕은 처음과 조금도 다름이 없었기 때문이다.

그리고 그들의 우려는 바로 현실로 나타났다.

"쯧쯧쯧, 고작 이따위 실력으로 나를 잡겠다는 것인가? 나는 하도 자신있어하기에 저놈들과는 뭔가 다를 것이라고 생각했는데 그 밥에 그 나물이로군."

"닥쳐라!"

모욕을 당했다고 생각한 목인영은 더욱 거세게 검을 날려댔다. 하지만 그게 그의 마지막 공격이나 다름없었다. 지금껏 간발의 차이로 검을 피하기만 하던 할아버지의 발걸음이 빨라지고 예의 출행랑이 펼쳐지기 시작했다.

"나는 그대처럼 검을 쓰지 않으니 일부러 붙어 있을 필요는 없겠지. 이제 내 공격을 받아봐라."

단숨에 거리를 벌린 할아버지는 궁을 들어 화살을 날리기 시작했다. 조금 전처럼 기의 화살을 날리지도 않았다. 그저 주변에 널려 있는 모든 나뭇가지가 하나의 화살이 되었다. 처음엔 그저 단순한 나뭇가지에 불과하였지만 화살로써 날아가는 그것은 다른 어떤 무기보다 위험성을 내포하고 목인영을 공격했다. 그다지 힘이 실리지 않았음에도 날아오는 속도와 날아오는 화살의 수가 너무 많았기에 목인영은 감히 공격을 생각하지 못했다.

"수비는 잘하는군. 그럼 이것도 막아보게."

목인영에게 냉소와 함께 갈채를 보낸 할아버지는 계속해서 화살을 날려댔다. 이번엔 조금 전과 달리 화살에 많은 변화를 주었다. 세 발에 하나는 이기어시를 이용한 공격이었고 정면으로 쏘던 화살도 점차 그 높이를 달리하여 쏘아대니 당하는 목인영은 도무지 정신을 차릴 수가 없었다.

"정말 대단한 실력입니다. 궁왕이라는 이름이 어찌하여 강호를 울리는지 이제야 알 것 같습니다."

새로 당가의 가주를 맡게 된 당문영이 처음으로 입을 열었다.

"궁왕이 아니네."

"예? 그게 무슨 말씀이십니까? 궁왕이 아니라면 누가 있어 저 정도의 실력을 보여준단 말입니까?"

당문영의 반문을 받은 해천풍이 침중한 음성으로 말을 이었다.

"그가 누구인지는 모르나 한 가지 확실한 것은 궁왕은 왼손잡이라는 것이지. 다른 것은 몰라도 그것만은 뇌리에 확실히 기억하고 있다네."

해천풍과 당문영이 말을 하는 동안 곽무웅과 남궁검은 묘한 표정을 짓고 있었다. 그들의 시선은 까마득히 솟아오르는 화살과 잠깐씩 움직이면서도 어떻게든 간격을 좁히려는 목인영의 기도를 단번에 무산시키는 할아버지의 발걸음에 고정되어 있었다.

"저런 궁술은 어디선가 많이 본 듯합니다."

곽무웅의 중얼거리자 기다렸다는 듯이 남궁검이 말을 받았다.

"보법도 마찬가지네."

남궁검과 곽무웅은 서로의 얼굴을 바라보며 도저히 믿기지 않는다는 표정을 지었다. 그들이 알기에 저러한 궁술과 보법은 오직 단 한 사람만이 지니고 있는 것이었다.

"어쩐지… 그랬군. 그랬어."

"그러게 말입니다. 하하하!"

평소에 호형호제(呼兄呼弟)하는 곽무웅과 남궁검은 고개를 끄덕이며 박장대소(拍掌大笑)했다.

"무슨 일이 있습니까?"

당문영이 영문을 모르겠다는 듯 반문을 했다. 해천풍 또한 이상한 듯이 바라보았다.

"하하, 곧 아시게 될 것입니다."

"그나저나 목 장문인이 상대를 잘못 만나도 한참을 잘못 만났으니. 쯧쯧쯧."

안타까운 눈으로 목인영을 바라보던 남궁검은 종내에 혀를 차고 말았다. 처음엔 어찌어찌 막아내는가 싶더니 결국 이러지도 저러지도 못하고 일방적으로 당하고 있었다.

쨍끄렁!

결국 하나의 화살이 검을 들고 있는 손에 적중을 하면서 싸움은 끝이 나고 말았다. 검을 놓친 목인영은 그 자리에 주저앉고 말았다. 이미 체력에 한계를 보인 것이 한참 전의 일이었다. 그나마 이 정도 버틴 것이 일문의 장문인으로서 보여줄 수 있는 마지막 자존심이었다. 할아버지 역시 그 점을 감안해 비록 버릇은 없었지만 한참 전에 끝낼 수도 있는 싸움을 지루하게 끌어온 것이었다.

"그만하면 훌륭한 무공을 지녔군."

얼핏 듣기엔 비아냥거리는 것으로 들릴 수 있는 말이었지만 나름대로 진지하게 말을 한 할아버지의 뜻이 전달되기라도 한 것인지 받아들이는 이들은 그다지 거부감을 느끼지 않았다.

"혹시, 을지 소협의 조부님 되십니까?"

남궁검이 공손히 물어보았다.

"손주 놈을 아시오? 그렇소이다. 을지 소협이 소문이를 말하는 것이라면 내가 그 아이의 할아버지가 되지요."

할아버지는 반가운 음성으로 대답을 했다.

궁귀 을지소문의 조부!

더 이상 어떤 설명도 필요치 않았다.

"그, 그게 무슨 말씀이십니까? 할… 아버지라니요?"

절대 그럴 리 없다는 듯이 바라보며 대꾸를 하는 소문의 말에 말을 전한 무무 또한 고개를 갸웃거리며 말을 했다.

"글쎄요. 어찌 된 일인지는 모르겠지만 아래에서 연락이 그리 왔습니다."

"그럴 리가 없습니다. 할아버지라니요? 뭔가 착오가 있는 듯합니다."

소문은 고개를 홰홰 내저으며 부인을 했다.

"하지만 지금 같은 때에 그런 실없는 소식을 전할 리가 없지 않은가? 모르긴 몰라도 자네와 관련된 인물이 화산에 온 것은 틀림없는 것으로 보이니 자네가 직접 가서 확인을 해보게."

구양풍의 말에도 일리는 있었다. 그 누구도 접근이 허락되지 않는 이곳까지 사람을 보내 부를 정도면 무슨 일이 있기는 있는 듯했다.

"그럼 잠시 다녀오겠습니다. 청하를 부탁드립니다."

"알았네. 염려 말게. 지금은 자고 있으니 별일이야 있겠는가."

청하에게서 잠시 떨어진다는 것이 마음에 걸렸지만 일이라는 것은 선후가 있는 법, 소문은 재빨리 도관을 나섰다. 도관 밖에는 소식을 전하고자 올라온 스님이 공손하게 서 있었다.

스님을 따라나선 소문은 잠시 후 의사청에서 조금 떨어진 하나의 전각에 도착할 수 있었다. 특별히 다른 이름이 적혀 있는 것은 아니었지만 으레 그렇듯이 손님을 접대하고자 마련된 곳이려니 하였다. 전각 안에는 제법 많은 사람들이 있는지 큰 웃음소리가 들리고 몹시 소란스러웠다. 안내한 스님이 합장을 하며 발걸음을 돌리자 가볍게 인사를 한 소문은 천천히 전각 안으로 들어섰다.

"아! 왔구먼. 어서 오게. 자네 조부님께서 몹시 기다리셨네."

전각 안으로 들어서는 소문을 가장 먼저 발견한 황보천악이 반색을 했다. 하지만 소문은 아무런 말도 하지 못하고 마치 석고상이 된 듯 그 자리에 멈춰 서서 멍하니 한곳을 바라보았다.

할아버지였다. 분명히 장백산에서 낮잠이나 자고 있어야 할 할아버지였다.

"허허, 소문이구나. 그래, 그간 잘 지냈느냐?"

멍하니 서 있는 소문을 뒤늦게 알아본 할아버지는 스스로 표현할 수 있는 가장 인자하면서도 정감있는 어투와 표정으로 소문을 대했다. 하나 소문은 아무런 대꾸도 하지 못했다.

"녀석! 고생이 많았구나. 얼굴도 많이 상했고. 그러기에 집 떠나면 고생이라 하지 않았느냐? 고집을 부려 이곳에 오더니… 쯧쯧쯧! 그래도 이분들의 말씀을 들어보니 친구들을 많이 사귀고 좋은 경험 또한 하였다고 들었다. 그만하면 고생한 보람이 있구나. 이 할아비는 네가 너무나 자랑스럽다."

"이… 이……!"

사람이 너무 황당한 일을 당하면 기가 차서 말도 잇지 못하는 법이다. 지금 소문이 그러했다. 절대로 있을 수 없는 일이라 생각하고 온 자리였지만 설마가 사실이 되고 사실을 넘어 악몽(惡夢)으로 다가오고 있었다.

'집에서 편히 지내고 있는 나를 말도 안 되는 거짓말로 중원으로 내

몰아 고생은 고생대로 하고 결국 면피도 죽고 말았는데… 친구라니! 경험이라니!

소문은 입술을 부들부들 떨며 지난날을 회상했다. 너무나 태연하게 거짓말로 자신을 이곳에 보내던 할아버지의 모습이 눈에 밟혔다.

"누……."

"허허, 다 큰 녀석이 그리 몸을 떨고 있느냐. 내가 그리 반갑더란 말이냐. 허허, 녀석. 그래, 이게 얼마 만이더냐. 나 또한 이리 반가운 것을."

기가 막혔다. 어처구니도 없었다. 어찌 이리 태연하고 뻔뻔하게 말을 한단 말인가!!

"하, 할……."

"그래도 이 자리에는 너와 나만이 있는 자리가 아니니 잠시 진정을 하고 우리의 회포는 잠시 뒤로 미루자꾸나."

할아버지는 말을 마치자마자 소문이 오기 전까지 얘기를 나누던 남궁상인에게 고개를 돌리려 하였다.

"하하, 아닙니다. 몇 년 만에 만나는 손자가 아닙니까. 저희는 잠시 물러나 있겠으니 말씀들 나누시지요."

"아, 아니, 그러실 필요는……."

당황한 할아버지가 남궁상인을 만류하려 하였지만 남궁상인은 살며시 고개를 흔들며 말을 했다.

"자, 모두들 일어나게나. 자네들 눈에는 저 모습이 보이지 않는가? 당장에라도 눈물을 보일 것 같은 표정이네. 얼마나 반가우면 그리하겠는가. 눈치없이 오래 있어서는 예의가 아닐세."

남궁상인이 자리에서 일어나자 모든 사람들이 흐뭇하게 웃으며 함께 몸을 일으켰다.

"그렇군요. 저희의 생각이 짧았습니다. 하하하!"

황보천악이 대소를 터뜨리며 가장 먼저 방을 나섰다. 그 뒤를 따라 하나둘 자리를 뜨기 시작하자 방 안에 가득 찼던 사람들이 순식간에 사라졌다. 그들은 여전히 부들부들 떨고 있는 소문에게 이런 눈빛을 보내고 방을 나섰다.

'정말 잘된 일이네. 축하하네. 얼마나 반가운가!'

"험험, 그리 서 있지만 말고 자리에 앉거라."

"……."

인기척이 사라지는 것을 느낀 할아버지가 조금 전의 당당함은 어디로 갔는지 모르게 힘이 빠진 음성으로 말을 하였다. 아무래도 지은 죄가 있어서 그런지 소문의 얼굴도 제대로 쳐다보지 못하고 있었다.

"설명을 해보십시오."

자리에 앉은 소문은 다짜고짜, 그러나 무게란 무게는 다 잡고 질문을 했다.

"무, 무슨 설명을 하라는 것이냐?"

"어째서 당가엔 저의 약혼녀가 없는 것입니까? 당가 사람들의 말을 들어보니 그들은 장백산에는 코빼기도 보인 적이 없다고 하는데 할아버지와 아버지는 어떻게 해서 그들과 정혼의 약속을 하게 되셨는지요?"

소문의 음성에 강한 분노가 실려 있었다. 그는 이미 그에 대한 답을 너무나 잘 알고 있었다. 몸으로 몸소 겪었으니 알아도 너무 잘 알고 있었다.

'후~ 이놈이 화가 단단히 난 모양이군. 어쩐다……'

슬쩍 소문의 눈치를 살핀 할아버지는 저절로 한숨을 내쉬었다. 보통의 변명으로 넘어가기엔 손자의 분노가 너무나 커 보였기 때문이다. 그렇다고 이대로 물러설 기미도 보이지 않았기에 무슨 말이라도 하기는 해야 했다.

"흠, 그래, 알았다. 네가 그리 말을 하니 모든 것을 사실대로 말해 주마."

잠시 눈을 감고 생각에 잠겼던 할아버지는 천천히 입을 열었다.

"네가 알고 있다시피 모든 것은 나의 거짓말이었다. 당가와의 정혼의 말도 없었고 그들을 만난 적도 없었다."

"......!"

확신을 하고 있기는 했지만 그래도 조금은, 아주 조금은 혹시나 하는 마음을 지니고 있던 소문은 할아버지의 말에 그대로 또 한 번 말없는 석고상이 되고 말았다.

"하지만 말이다, 이런 결과를 원하여 그리 말을 한 것은 아니다. 다 너를 위하고자 한 것이었다."

"흥, 그게 무슨 말입니까? 저를 위하다니요? 그 거짓말로 인해 제가 받은 고통이 어떤 것인지 생각이나 해보셨습니까? 있지도 않은 정혼녀를 찾아간다고 빌빌거리던 제 모습이 얼마나 우스웠는지 생각이나 해보셨는지요?"

치밀어 오르는 화기를 잠시 가라앉힌 소문은 계속 말을 이었다.

"할아버지의 거짓말로 인해 얼마나 많은 일들이 벌어졌는지 아십니까? 이유도 모르고 수없이 많은 싸움을 했고 제 손에 죽은 사람이 수십이 넘습니다. 그리고 여러 번 죽을 고비도 넘겼지요. 다 좋습니다. 그거야 제가 못나서 그랬다고 쳐도 그럼 면피는 어떻게 합니까? 아무 상관 없이 따라왔다가 죽은 면피는 어찌하란 말입니까?!"

"나도 면피가 죽었다는 소리를 들었다. 미안하구나. 모두 내 잘못이다. 다 너를 위하자고 한 일인데 일이 이 지경이 돼버릴 줄이야……."

기세등등한 소문과는 달리 할아버지는 고개를 숙이고 힘없이 대꾸를 했다.

"아까부터 그러시는데 도대체 뭐가 저를 위해서란 말씀이십니까? 이렇게 하면 확실히 사람을 속일 수 있다는 것을 가르쳐 주려고 그러셨나요?"

소문은 냉소를 지으며 할아버지를 바라보았다. 조금 심한 감이 있지 않은가 생각했지만 백 번을 양보해도 자신은 충분히 이런 말을 할 자격이 있었고 할아버지는 이런 말을 들어 마땅하다고 생각했다. 그러나 그것 단지 소문의 생각일 뿐이었고 듣는 할아버지의 입장에서는 그렇지 않았다.

'이놈이! 감히 어디서!'

장백산에 있을 때만 해도 꿈도 꾸지 못할 일이었다. 때때로 말을 듣지 않고 제멋대로 행동하기는 하여도 조선은 예로부터 웃어른을 공경하는 나라. 할아버지가 정색을 하고 말을 하면 제아무리 소문이라도 찍소리 하지 못하고 따르기 마련이었다. 다소(?) 잘못을 하였지만 어른을 이리 대한다는 것은 상상할 수도 없는 일이었다.

'조금만 더 참아주마.'

할아버지는 입술을 지그시 깨물고 말을 했다.

"남자 나이 스물이면 역적질이라도 해봐야 할 나이다. 아니, 최소한 뭔가를 하겠다는 생각을 할 나이이고 혹여 실패를 하더라도 그것을 위해 한 번은 죽어라 하고 뛰어야 할 나이다. 그런데 너는 어떠했느냐?

가문의 무공을 모두 익혔다는 핑계를 대고 허구한 날 집에서 세월만 축내지 않았느냐?"

"그건……."

"물론 네 나름대로 뭔가 생각이 있었겠지만 그것을 보고 있는 사람들, 특히 할아버지 된 나로서는 지켜보기 힘든 일이었다. 그리고 너는 어차피 한 번은 중원에 왔어야 했다."

"예?"

무슨 말도 안 되는 말이냐는 듯 할아버지를 바라보는 소문의 눈빛은 차갑기만 했다.

"지난날 무위공을 익히는 방법을 찾기 위해 선조님들이 중원에 출도했던 것을 너 또한 알고 있을 것이다. 그리고 그 이후로 반야심경도해를 찾기 위해 어느 정도 나이가 되면 한번씩은 중원에 와야만 했다. 네 고조부님께서 반야심경도해를 얻으셨기에 더 이상 중원에 갈 일이 없었지만 그럼에도 고조부님은 중원을 한번씩 돌아보라는 유훈(遺訓)을 내리셨다. 이유인즉, 보다 많은 경험을 하라는 뜻이셨다. 보다 넓은 땅에서 보다 많은 사람과 문물을 익히고 배우라는 뜻이셨지. 그러나 나는 가지 못했다. 너는 그 이유를 아느냐?"

"모르겠습니다."

어째 돌아가는 분위기가 심상치 않다는 것을 몸으로 느끼고 있는 소문이었지만 달리 대꾸할 말이 없었다.

"반야심경도해를 구해오신 조부님이 돌아가시고 아버님마저 일찍 돌아가셨기에 어린 네 아비를 두고 차마 자리를 비울 수가 없었다. 또한 네 아비가 장성하여 함께 중원으로 떠나려고 할 즈음 그 녀석이 무리를 하여 연공을 하다 폐인이 되는 바람에 영영 그 기회를 놓치고 말았다. 까짓 중원을 못 오면 어떻겠느냐? 다만 그 아이가……."

할아버지는 그 당시 고통이 생각나는지 잠시 눈시울을 붉혔다. 한 방울의 눈물로 이제 대화의 분위기는 완전히 할아버지에게 넘어가고 말았다.

"…해서 너는 당연히 중원으로 와야만 했다."

"그렇다면 그리 말씀을 하셨으면 되지 않습니까?"

소문으로선 최후의 항변이요 불만의 토로였지만 그것이 마지막이었다. 아버지의 죽음을 생각하며 눈물을 보이는 할아버지에게 다른 말을 할 수는 없었기 때문이다.

"그 당시 네가 한 행동을 생각해 보거라. 모든 것을 다 귀찮아했고 세웠다는 뜻이 안빈낙도(安貧樂道)라고 주장을 했던 너였다. 과연 사실 대로 말을 했다면 네놈이 선선히 이곳으로 왔지 싶더란 말이냐? 하늘도 알고 땅도 아는 사실이니라. 네놈이 그 당시 얼마나 이 할아비의 말을 듣지 않고 제멋대로 행동을 했는지."

할아버지의 말투 속에는 어느새 육두문자가 섞이기 시작했고, 변명 비슷한 말이 아니라 꾸짖고 있었다.

"나는 그래도 네놈이 염려되어 이런저런 말을 하고 준비도 시켰건만 네가 따른 것이 무엇이 있더란 말이냐. 단 한 번이라도 나의 말을 따랐다면 조금이라도 고생을 덜 했을 것이다. 그리고 면피의 일만 해도 그렇다. 그만한 무공을 지니고도 면피를 보호하지 못한대서야 말이 되느냐?"

"하지만 그것은 할아버지의 거짓말 때문에……."

"시끄럽다! 그래, 내가 거짓말을 한 것은 부인할 수 없는 사실이지만 다른 사람들의 말을 들어보니 면피가 죽은 것은 내 탓만은 아니라는

것을 알 수 있었다. 네놈의 한심한 행동도 면피의 죽음에 일조했다는 것을 알고 있느냐?'

"그, 그건 무슨 말씀입니까?"

어이가 없었다. 면피가 죽은 것이 어찌 자신의 잘못이란 말인가? 물론 궁극적으로 면피를 보호하지 못한 잘못은 있었지만 그때는 정말 불가항력(不可抗力)이었다. 그런 상황에 처하게 된 것이 다 할아버지의 거짓말 때문이 아니던가! 소문으로선 억울하기 그지없었다.

"네가 오기 전에 자세한 말을 들었다. 당가를 찾아가기 전에 만독문이라는 곳과 싸움을 했다지?"

"예."

"듣자 하니 죽기 살기로 싸웠다고?"

"예. 처가가 될 집이었습니다. 물론 거짓말이었지만."

소문이 입꼬리를 올리며 대꾸를 했다. 그러자 맨손이었던 할아버지의 손에서 뭔가가 꿈틀거렸다.

꽝!

"아고야!"

곰방대였다. 실로 오랜만에 등장한 곰방대는 소문의 머리에 커다란 혹을 만들고 사라졌다.

"흥, 집에 있을 때는 항상 긴장을 하여 이 정도에는 충격도 받지 않더니 해이해져도 너무 해이해졌구나."

할아버지는 머리 위에 불쑥 솟은 혹을 보며 어깨를 으쓱이며 중얼거렸다.

"어쨌든 처가가 될 집이었으니 그리하는 것은 당연하겠지. 하나 나는 네놈이 만독문과 싸웠다는 것에 뭐라 하는 것이 아니다."

"그럼 도대체 무엇 때문에 그러시는 겁니까?"

까마득히 잊고 있던 곰방대가 주는 고통이 제법이었는지 잔뜩 얼굴을 찌푸린 소문이 말을 했다.

"출행랑을 가르치면서 그렇게 말하지 않았느냐? 활을 쏘는 사람은 절대로 거리를 허락해서는 안 된다고. 그런데 너는 어찌하였느냐? 절대적으로 유리한 방법을 버리고 육박전(肉薄戰)을 펼쳤다. 물론 선조님께서 남기신 검법의 위력이야 대단하겠고 나 또한 믿고는 있지만 결과는 어찌 되었느냐? 당가에 가서 죽도록 맞고 면피까지 죽고 말았다. 다시 말해 네놈이 내가 말한 방법으로 만독문을 막았다면 무공을 잃지도 않았을 것이고 당가에 가서 다소 오해를 받기는 하였겠지만 능히 해결할 수 있었을 것이다. 결국 네놈은 네 스스로 과신을 하다가 사서 고생을 하고 면피도 죽게 한 것이니라. 모든 시초가 나라고 강변하고 싶은 것이냐? 하지만 내가 너와 너의 무공을 믿지 않고 어찌 그렇게 보냈겠느냐? 내가 중원에 와서 면피의 죽음을 알았을 때 얼마나 슬퍼했는지 네놈은 알 길이 없겠지. 그리고 그것보다 더 나를 가슴 아프게 했던 것은 그토록 믿었던 네가 너무나 간단히 나의 믿음을 저버렸다는 것이었다. 나는, 아니, 우리 을지 가문의 선조님들은 절대로 너를 약하고 그렇게 어리석게 키우지 않았건만 그런 노력이 단숨에 물거품이 될 줄이야. 아! 죽어 선조님들을 어찌 뵙는단 말인가!"

말을 마친 할아버지는 비통해 마지않았다. 소매로 가리고 있어 확실한 것은 아니지만 눈물도 흐르고 있는 듯했다.

'딴은 그럴듯하지만 어째…….'

할아버지의 말은 상당히 설득력이 있었다. 자신을 믿었기에, 그래서 자신을 위해서 그런 선의의 거짓말을 했다는 말을 들은 소문은 마음이 무거웠다. 절대 용서하지 않을 것이라는 결심도 어느샌가 기억 저편으로 사라져 갔다.

"험험, 그나저나 혼인을 했다고?"

몰아붙이는 것도 적정한 수준이 있는 것이다. 할아버지는 재빨리 화제를 돌렸다.

"예? 예."

"흠, 나도 없이 혼인을 했다는 것이 마음에 걸리기는 하지만 잘했구나. 허허, 엉뚱하기는 했지만 결국 색시는 얻어가는구나. 허허허!"

"……."

갑작스런 할아버지와의 만남으로 잠시 잊었던 청하의 일이 생각나자 소문은 절로 안색을 굳힐 수밖에 없었다. 할아버지의 표정을 보니 사람들이 청하의 상태에 대해선 자세히 말을 하지 않은 모양이었다.

"그래, 혼인을 했다는 처자는, 아니지, 새아기는 어디 있느냐? 할아비가 왔으면 냉큼 와서 인사를 해야 하는 것이 아니더냐?"

"그게……."

"어허! 네가 아직도 나를 못마땅해하는 것이더냐?"

"그게 아니라……."

"그게 아니면 무엇이란 말이냐? 내가 그리 알아듣도록 말을 했건만 정녕 그리 행동을 할 수밖에 없더란 말이더냐?"

난처해진 소문은 침통한 표정으로 청하에 대해서 설명을 하기 시작했다. 특히 만독문과의 은원에 대해서 설명을 할 때에는 다소 원망이 섞인 표정으로 할아버지를 노려보기도 하였다. 모든 것을 거슬러 올라가면 그 정점에 할아버지의 거짓말이 있었기 때문이다.

"그래서… 아무런 방법도 쓰지 못하고 수수방관(袖手傍觀)만 하고 있었단 말이냐?"

"아닙니다. 저도……."

"되었다. 어서 안내하여라. 내가 보아야 하겠다."

살아오면서 드물게 보이는 할아버지의 진지하고 엄숙한 표정, 소문은 두말없이 할아버지를 청하가 있는 도관으로 안내했다.

"아아악!"

소문과 할아버지가 도관에 이르자 어느새 잠이 깨었는지 청하의 비명 소리가 들려왔다.

"이런!"

소문은 허겁지겁 도관으로 들어섰다. 할아버지 또한 무거운 안색으로 걸음을 옮겼다.

"아! 자네 왔는가? 또다시 고통이 시작된 모양이네. 아마 또 유충들이 태어난 모양이네."

청하를 잡고 있던 구양풍이 말을 했다.

"쯧쯧, 저리 고통스러워하는 것을 그냥 보고만 있다니!"

좌중의 사람들이 뭐라 하기도 전에 청하의 수혈을 짚은 할아버지는 너무나 능숙한 솜씨로 청하의 몸에 침(針)을 놓았다.

"이것으로 얼마간 고통을 느끼지 않을 것이다. 그러나 이 또한 임시방편일 뿐이니 빨리 해결책을 찾아야 할 것이다."

소문을 돌아보며 말을 한 할아버지는 다시 정중한 어투로 인사를 했다.

"일이 급해 인사를 제대로 드리지 못했습니다. 저는 소문의 할아버지로 을지명(乙支明)이라 합니다."

"아! 그러셨군요. 저는 구양풍이라 합니다. 말씀 많이 들었습니다."

"아미타불, 소승은……."

구양풍과 노승, 무무는 반가운 얼굴로 할아버지와 인사를 나누었다.

"후~ 저는 당천호라 합니다. 이 친구는 당일기라 하지요."

"혹 사천당가의?"

마주 인사를 하던 할아버지는 안색을 바꾸며 반문을 했다.

"그렇습니다. 사천당가에 적을 두고 있습니다. 면목이 없습니다."

당천호는 할아버지가 소문이 당한 일을 당연히 알고 있으리란 생각에 고개를 숙이며 미안해했다. 하나뿐인 손자를 죽이려 한 자신들을 어찌 쉽게 대하랴. 그는 어떠한 말도 들을 각오를 하고 있었다. 하나 당천호의 생각과는 달리 할아버지는 잠시 굳혔던 안색을 펴고 도리어 미안해하는 음성으로 말을 했다.

"제 손자 놈 때문에 걱정이 많으셨습니다. 제가 오히려 죄송합니다. 손자 놈이 사리분별을 못하여 이 지경으로 만들어놓았습니다. 미안합니다."

할아버지는 당일기를 바라보며 고개를 숙였다.

"아, 아닙니다. 제가 무슨……."

깜짝 놀란 당일기는 자신의 몸이 어떤지도 모르고 허둥지둥대며 몸둘 바를 몰라 했다.

"어찌?"

당천호는 어리둥절할 수밖에 없었다.

"모두 오해로 일어난 일입니다. 지난 일은 잊도록 하는 것이 좋지 않겠습니까? 소문이도 그런 줄 알고 다시는 지난 일에 왈가왈부하지 말도록 하여라."

"허!"

당천호는 예상외의 반응에 몹시 감격해하며 말을 잇지 못했다. 하나 당천호와 할아버지의 대화를 듣던 소문만은 뭔가 께름칙한 느낌을 버리지 못하고 있었다.

'이상해! 뭔가 이상해! 아무래도 뭔가……'

소문이 혼자서 이상한 생각을 하고 있을 때 할아버지는 청하의 몸 상태에 대해서 당일기로부터 자세한 설명을 듣고 있었다. 당일기의 설명이 길어질수록 듣고 있는 할아버지의 안색은 어두워져만 갔다. 할아버지 자신이 상당한 의술을 지니고 있기에 지금 당일기가 설명하는 청하의 상태가 얼마나 심각한 것이지 금방 알 수 있었기 때문이다.

"허!"

당일기의 설명을 모두 들은 할아버지는 천천히 청하의 몸을 살폈다. 그리고 그의 말에 한 치의 틀림이 없다는 것을 알게 된 할아버지는 크게 탄식을 했다.

"할아버지!"

"내 죄가 크구나. 아울러 부인을 제대로 지키지 못한 네놈의 죄 역시 크구나."

할아버지는 침중한 음성으로 말을 하며 소문을 바라보았다. 소문은 고개를 들지 못했다. 아울러 당천호 또한 고개를 들지 못했다.

"시간이 없다고 알고 있다. 그런데 새아기에게 말은 했느냐?"

"아직……"

"그럴 테지. 하나 감춘다고 될 일이 아니다. 어차피 그 문제는 우리가 결정할 일이 아니지 않느냐. 본인이 결정할 문제다."

할아버지는 천천히 손을 뻗어 청하를 어루만졌다. 그러자 깊은 잠에 빠졌던 청하가 살며시 눈을 떴다.

"오라버니……."

반 나절 만에 얼굴이 반쪽이 된 청하의 음성을 들은 소문은 자기도 모르게 눈물을 흘렸다.

"어찌 된 일이지요? 배가 너무 아팠어요."

청하는 그토록 고통스러웠던 아픔이 사라지자 오히려 영문을 모르겠다는 듯 물어왔다.

"그보다 우선 인사를 드려야 할 분이 계시다."

소문은 힘없이 누워 있는 청하의 고개를 할아버지에게 향하게 하였다.

"장백산에 계신다던 할아버지야. 나를 찾으러 이렇게 오셨어."

"반갑구나."

청하와 눈이 마주치자 인자한 미소를 지은 할아버지가 말을 하였다.

"아, 안녕하세요."

깜짝 놀란 청하는 몸을 일으키려 하였다. 그러나 지금 그녀에겐 몸을 일으킬 만한 조금의 힘도 남아 있지 않았다.

"그냥 누워 있어."

"아니에요. 어찌 처음 뵙는 할아버님께 누워서 인사를 드리겠어요. 오라버니, 저를 일으켜 주세요."

"할아버지도 청하가 아픈 것을 알고 계시니 괜찮아. 너무 어려워하지 말고 누워 있어."

"안 돼요. 혼인을 하고 처음으로 뵙는 집안 어른이세요. 어서 일으켜 주세요."

소문이 걱정스러운 마음에 아무리 만류를 하여도 청하는 막무가내였다.

"암! 나도 우리 새아가 절 좀 받아보아야겠다. 뭣 하느냐? 어서 부축하여 함께 절을 하지 않고."

할아버지는 난처한 표정을 짓고 있는 소문에게 호통을 쳤다.

"할아버지!"

"어허, 자고로 혼인을 했으면 집안 어른께 나란히 큰절을 올리는 것은 당연한 것. 더구나 나의 허락도 없이 혼인을 하였으니 내 당연히 인사를 받고 혼인을 축복해 줘야 하지 않겠느냐? 그러니 어서 새아가와 함께 절을 하도록 하여라."

할아버지는 어느새 자세를 갖추고 인사받을 준비를 했다. 그런 할아버지를 보며 고개를 흔든 소문은 청하를 안아 들고 몸을 부축했다. 힘들게 몸을 일으킨 청하는 잠시 옷매무새를 가다듬더니 공손하게 큰절을 올렸다. 소문 또한 청하를 부축하며 나란히 인사를 하였다.

"할아버님께 인사드립니다. 청하라 합니다."

"허허, 그래 잘들 살아야 한다."

흐뭇한 미소를 지으며 인사를 받는 할아버지. 웃고는 있지만 얼굴 가득 슬픈 기색이 역력했다.

'광아! 보고 있느냐? 네 아들놈이 장가를 갔다고 절을 하는구나. 한데 말이다, 이를 어쩌면 좋단 말이냐? 이를 어쩌면⋯⋯.'

아니라고 말을 하고 싶기도 했지만 따지고 보면 자신이 소문에게 한 거짓말이 원인이 되었음을 모를 리 없는 할아버지였다. 물론 그리되지 않았으면 청하를 만나지도 못했을 것이지만.

슬픈 얼굴을 하는 이는 비단 할아버지만이 아니었다. 옆에서 지켜보고 있던 구양풍이나 당천호 또한 눈시울을 붉히고 노승은 연신 불호를 외우고 있었다. 이들은 자신의 몸에 뭔가 이상함을 느낀 청하의 불안한 마음을 다독이고자 하는 할아버지의 마음 씀씀이를 잘 알고 있었다.

"허허, 인사도 받았으니 이제 눕도록 하여라."

"예."

청하는 조심스레 대답을 하며 자리에 누웠다. 부축하고 있던 소문이 몸을 일으키자 할아버지가 안타까운 심정으로 청하를 바라보았다. 청하 또한 뭔가를 느낀 듯 조용히 말을 기다렸다. 한참을 망설인 할아버지는 긴 탄식과 함께 말을 하기 시작했다.

"너도 알고 있겠지만 네 몸에 좋지 않은 일이 있다. 무슨 말인지 알겠느냐?"

"예."

"애는 쓰겠지만 아무래도 고치기 힘들 것 같다."

"할아버지!"

소문이 깜짝 놀라 소리를 질렀지만 이미 늦고 말았다. 일순 새하얗게 질린 청하가 가장 먼저 한 행동은 두 손을 배에 갖다 대는 것이었다.

"아이는… 어찌 되는 것인가요?"

"괜찮아. 아무 일도 없어."

소문이 청하를 안심시키고자 말을 하였지만 청하의 눈은 할아버지에게 고정되어 있었다.

"아이… 또한 힘들… 구나……."

아이라… 할아버지 또한 청하가 아이를 지니고 있다는 것을 조금 전에야 알게 되었기에 대답을 하는 그 음성은 허탈하기 그지없었다.

"아아!"

반 나절 동안 자신에게 밀려왔던 고통을 익히 알고 있던 청하는 죽음을 예감하고 있었다. 아니, 죽음을 예감하였다기보다는 계속해서 밀려오는 엄청난 고통에 죽고 싶은 마음을 지녔었다. 기수곤에게 잡혔을 때 억지로 먹은 그 무엇인가가 자신을 죽음으로 몰고 있다는 것도 느낄 수 있었다. 그러나 자신의 죽음을 아이의 죽음에게까지 연결하지 못했던 그녀였기에 아이를 잃는다는 소리는 또 다른 의미에서 엄청난 충격으로 다가왔다.

소문은 물론이고 할아버지 또한 잠시 말을 잇지 못했다. 그저 안타까운 눈으로 흐느껴 우는 청하를 바라볼 뿐이었다. 얼마나 울었을까? 정신을 수습한 청하가 애처로운, 그러나 단호한 어조로 말을 하기 시작했다.

"외람된 말씀이지만 할아버님께서 일부러 그런 말씀을 하신 데에는 이유가 있을 것이라 생각되옵니다."

그런 청하를 물끄러미 바라보던 할아버지는 천천히 고개를 끄덕였다.

"휴~ 이미 그런 의도로 말을 한 것, 너에게 모든 것을 알려주도록 하마."

할아버지는 잠시 뜸을 들이더니 결심을 했는지 처음부터 끝까지 모든 사실을 설명하였다.

"…치료법이 없는 지금, 결국 두 가지 길만이 남아 있구나. 하나는 조금이라도 고통을 더는 방법이고, 다른 하나는 엄청난 고통을 참고서라도 아이를 낳을 때까지 버티는 것이다. 물론 아이를 낳은 후에는 역시 고통을 덜어주는 방법을 선택해야 할 것이다. 후자는 그 결과에 대해 누구도 확신을 할 수 없다."

'허, 어찌 저런 잔인한 말을 면전에 대놓고 할 수 있단 말인가?

구양풍을 비롯하여 좌중의 인물들은 할아버지의 말을 들으며 놀랄 수밖에 없었다. 돌려 말했지만 고통을 덜자는 것은 바로 죽음을 의미했다. 아무리 시간이 급박하고 방법이 없다 한들 당사자에게 죽음에 대해 어찌 저리 쉽게 말할 수 있단 말인가? 하나 손녀의 목숨을 직접 거두어들인 당천호만은 할아버지의 마음을 이해할 수 있었다. 마음이 아파도 그들보다는 할아버지나 소문이 더 아플 것이고 걱정을 해도 더 많이 할 것이다. 그럼에도 저리 말을 할 수 있다는 것은 잔인하기보다는 엄청난 용기가 아닐 수 없었다.

　"저는 아이를 낳고 싶어요."

　"음……."

　예상은 했지만 막상 청하가 그리 말을 하자 할아버지는 절로 신음을 내뱉었다.

　"내가 너에게 모든 것을 설명한 것은 모든 결정을 네 뜻에 맡기자는 생각에서였다. 하나 이것 하나만은 알아두거라. 솔직히 이대로 두면 네 생명은 사흘을 넘기지 못한다. 그런데 아이를 낳자면 지금으로부터 수개월을 버텨야 한다. 매일같이 엄청난 고통이 엄습할 것이다. 게다가 하루에 여섯 번, 즉 두 시진마다 삼매진화로써 네 몸에 새로이 태어나는 유충들을 없애야 한다. 그 과정 또한 이루 말할 수 없이 고통스러운 것. 듣자니 벌써 그 고통을 알고 있다고 하더구나. 네가 그 고통을 참아낼 수 있겠느냐?"

　"참을 수 있습니다."

　청하가 단호하게 대답을 했다.

　"문제는 그리하고서도 아이를 무사히 살릴 수 있다는 확신을 할 수 없다는 데에 있다. 사람의 몸이란 한계가 있는 법이다. 옆에서 아무리 잘 돌본다 하더라도 그 고통 속에서 네가 살아남는다는 보장도 없고, 자칫 잘못하여 한 번이라도 유충을 죽이지 못한다면 고통이 더해짐은 물론이고 그 즉시 생명을 잃을 수가 있다. 결국 고통은 고통대로 겪고 더 큰 절망만 얻을 수 있다는 말이다."

잠시 소문을 바라본 할아버지는 다시 말을 이었다.

"해서 나는 아이를… 포기했으면 한다."

고개를 돌린 청하는 눈을 감고 말이 없었다. 얼마의 시간이 지났을까? 살며시 눈을 뜬 청하는 이전보다 더욱 확고한 어조로 대답을 하였다.

"그럴 수 없습니다. 죄송합니다, 할아버님. 고통은 참아내면 됩니다. 그까짓 고통은 아무것도 아닙니다. 저에게 필요한 것은 아이일 뿐입니다. 할아버님은 모르시지만 저와 오라버니는 참 힘들게 여기까지 이르렀습니다. 그런데 아무런 결실도 맺지 못하고 이렇게 떠날 수는 없습니다. 아이라면… 오라버니와 저의 아이라도 볼 수 있다면 전 죽어서도 행복할 수 있을 것입니다. 어쩌면 저를 이기적인, 저만 생각하는 아이라 탓하실 수도 있겠습니다. 그러나 아이는 절대로! 절대로 포기할 수 없습니다."

청하의 눈에선 어느새 눈물이 흘러내리고 있었다. 그녀는 결단코 아이만큼은 절대로 포기할 수 없다는 의지를 밝혔다.

"아이……."

무슨 말인가를 더 하려 한 할아버지가 입을 다물었다. 어느샌가 소문이 다가와 팔을 잡고 고개를 흔들고 있었다.

"청하가 선택한 것입니다. 할아버지도 청하의 의견을 존중하기 위해 모든 사실을 말씀하신 것 아닙니까? 그러니 그 생각을 따라주시지요."

"하지만 너 또한 그것이 얼마나 고통스러운 길인지 알고 있지 않느냐?"

"압니다. 알지만 어쩔 수 없습니다. 사실 저도 그 고통을 당하느니 차라리 편히 보내주었으면 하는 마음이 있었습니다. 그러나 지금은 아닙니다. 청하가 저런 마음을 지니고 있는데 제가 어찌 모른 체할 수 있겠습니까? 제가 그 고통을 함께 나누겠습니다. 고통을 함께 공유할 수는 없겠지만 최소한 고통 속에서 절망하지 않도록 옆에서 보살피겠습니다. 그러니 할아버지께서 도와주십시오."

소문의 눈에서도 진한 눈물이 흘러내리고 있었다. 할아버지는 간절한 눈으로 바라보는 청하와 소문을 번갈아 살펴보더니 이윽고 땅이 꺼져라 한숨을 내쉬었다.

"후, 그래. 애초에 너희들의 의견을 존중하고자 하였다. 다만 노파심에서 그리 말을 한 것이지. 어쨌든 힘든 결정을 내려주어서 고맙구나. 내일부터, 아니지, 당장 오늘부터 몹시 바빠지겠구나. 허허허!"

처음부터 아니라면 할 수 없는 일이지만 기왕 결정된 것, 안색을 찌푸릴 필요는 없었다. 안색을 찌푸릴 일은 앞으로 널리고 널려 있었다. 너털웃음을 지은 할아버지는 힘차게 고개를 끄덕였다.

"잘되었습니다. 하나 그리하자면 철저한 준비가 있어야 할 것입니다. 아귀충의 특징은 한시도 가만있지 못하고 계속해서 움직인다는 것입니다. 비록 한 번에 많은 양을 먹지는 않는다 해도 꾸준히 먹이를 구합니다. 고통은 물론이고 당연히 몸에 많은 무리가 따를 것입니다. 아이를 낳을 때까지 몸이 버티려면 유충을 제거하는 것은 물론이고 몸을 보호하는 많은 약들과 다른 여러 가지 방도를 함께 연구해야 할 것입니다. 다행이도 그간 저희 가문에서 연구한 결과가 있어 약간은 도움을 드릴 수 있을 것입니다."

"아미타불! 아이를 구하고자 하는 일인데 무엇이 아까우리오. 소림에선 소환단을 준비토록 하겠네."

노승은 당장 무무에게 소환단을 준비하라는 명을 내렸다. 서둘러 도관을 나서는 무무를 바라보며 구양풍이 나섰다.

"나라고 가만있을 수는 없겠지. 따로 도와줄 일도 없으니 난 몸으로 때워야겠군. 하루에 여섯 번씩 삼매진화를 일으킨다는 것이 그다지 힘든 일은 아니나 자네는 청하와 고통을 함께해야 하니 낮에는 내가 그 일을 맡도록 하지. 물론 밤에는 자네가 해야 하네."

구양풍이 약간은 짓궂은 표정을 지으며 말을 했다.

"감사합니다. 정말 뭐라 말씀을 드려야 할지……."

소문은 벌떡 일어나 모두에게 큰절을 올렸다. 청하는 아무런 말도 하지 못하고 그저 눈물만 흘리고 있을 뿐이었다.

"노부 또한 다른 말씀을 드리지 못하겠습니다. 그저 저의 못난 손주 녀석과 새아기를 위해 이토록 마음들을 써주셔서 감사할 뿐입니다."

할아버지 또한 감격한 음성으로 고마움을 표시했다.

"허허, 무슨 말씀을. 할아버님께선 잘 모르시겠지만 그간 이 친구가 저희들을 위해 애쓴 것에 비하면 아무것도 아닙니다. 마음 쓰실 것 없습니다."

백도에서 그동안 소문에게 진 빚이 얼마이던가! 더구나 당가에서 소문에게 한 일에 대한 빚 또한 갚을 좋은 기회라 여긴 당천호가 손사래를 치며 대꾸를 하였다.

"네가 이곳에 와서 헛되이 시간을 보낸 것은 아니구나."

할아버지는 소문을 바라보며 흐뭇한 미소를 지었다. 소문 또한 미소로써 대답을 하였다.

"아참, 내 정신 좀 보게나. 네게 소개할 놈이 있다."

할아버지는 무릎을 치며 도관을 나섰다. 의아한 눈으로 쳐다보던 소문은 잠시 후 다시 안으로 들어온 할아버지가 멋들어진 새 한 마리를 데리고 오는 것을 볼 수 있었다.

"웬 새입니까?"

그 옛날의 철면피가 생각나서 약간은 침통한 음성으로 묻는 소문에게 할아버지는 환한 웃음과 함께 대답을 하였다.

"허허허! 이놈을 어디서 많이 본 것 같지 않으냐?"

"예?"

"자세히 살펴보거라. 이놈의 아비가 누구인 줄 아느냐?"

소문은 고개를 갸웃거리며 멀뚱히 앉아 있는 새를 바라보았다. 장백산에서 종종 보아왔던 해동청인 것은 알겠지만 그것뿐이었다.

"쯧쯧쯧, 그런 눈썰미를 해가지고서는……."

소문이 영문을 모르겠다는 표정을 짓자 혀를 찬 할아버지는 여전히 딴 짓을 하고 있는 해동청의 뒤통수를 때리며 말을 했다.

"이놈이 면피의 아들놈이다. 면피는 닮지 않고 네놈을 닮아 얼마나 뺀질거리는지 모른다."

"예엣! 이 녀석이 면피의 아들이라구요?"

소문은 도저히 믿기지 않는 얼굴로 반문을 했다.

"그래. 네가 집을 떠나자 어디서 암컷 한 마리를 데리고 오더니 이놈을 낳았다. 하지만 면피는 이 녀석이 태어나는 것을 보지 못하고 너를 따라 집을 떠났지. 면피가 떠나고 난 뒤 사흘 후에 태어난 녀석이 이놈이다. 이놈 말고 한 마리 더 있었는데 어미가 죽자 이놈만이 살아

남았다."

"어미가 죽다니요?"

"어떤 사냥꾼에게 당한 것인지 모르겠지만 화살을 맞고 날아왔더구나. 그래도 제 새끼들이 보고 싶었는지 상당한 상처를 입고도 둥지로 돌아왔다. 결국 하루 만에 죽고 말았지만. 그 이후로 내가 이 녀석을 맡아 키웠다. 그런데 면피에 비해 덩치만 커다랗지 할 줄 아는 게 없다. 사냥도 할 줄 모르는 것이 성질만 더러워서 키우기가 여간 까다로운 것이 아니다."

"이름은 무엇입니까?"

자신의 얘기를 하는 것을 아는지 모르는지 그저 고개를 돌리고 창밖으로 보이는 먼 산만을 바라보는 해동청에게서 철면피의 체취를 느낀 소문이 떨리는 음성으로 질문을 했다.

"어려서는 철무쌍(鐵武雙)이라 불렀지만 지금은 철가면(鐵假面)이라 부른다."

"예? 철가면이요?"

지금 생각해 보면 철면피라는 이름이 얼마나 황당했던가? 자신이 어렸을 적에 지은 것이라 그렇게 되기는 하였지만 도저히 이름으로 어울리는 것이 아니었다. 그런데 철가면이라니! 철면피에 버금가는 황당한 이름에 소문은 두 눈을 휘둥그레 떴다.

"이상하기야 하지. 하나 저놈을 며칠 간 접해보면 내가 왜 이런 말도 안 되는 이름을 지었는지 알게 될 것이다. 저놈의 얼굴을 보거라. 생김새는 하늘의 제왕이라는 제 아비 면피를 그대로 빼어닮았지만 하는 짓은 전혀 아니다. 제대로 사냥을 하지 못하는 것은 둘째 치고 자기보다 훨씬 작은 새가 덤벼도 겁을 먹고 도망치기 일쑤에다 어찌나 능청스러운지 얼굴과 몸짓을 생각해 보면 도저히 어울리지가 않는다. 지금도 늠름한 척 저리 앉아 있지만 사실은 겁에 질려 어쩔 줄 몰라 하는 것이다. 해서 철가면이라 부르기로 했다. 사실 이 이름도 장씨네 꼬마아이가 지어준 것이기는 하지만 이 녀석에게 더 이상 잘 어울리는 이름은 없다고 생각하여 그리 부르기로 한 것이다."

철무쌍이면 어떻고 철가면이면 어떤가? 소문에겐 그저 면피의 피가 흐른다는 것이 중요했다. 소문은 마냥 감격에 겨운 눈빛으로 도도하게 앉아 있는 철가면을 바라보았다. 그런 소문을 바라보는 또 하나의 눈초리가 있었으니……

'이것으로 소문에게 잡힌 약점은 없다!'

어물쩍 넘어가기는 하였지만 내심 마음에 걸렸던 약점이 해결되었으나 때가 때이니만큼 내색은 하지 않았다.

'소문도 찾았고 면피의 일도 해결하였으니 이제는 어떻게 하던지 아이를 보는 일만 남았구나. 반드시 그리해야 하겠지. 저 불쌍한 아이를 위해서라도……'

할아버지는 웃고는 있지만 힘에 겨워 힘들어하는 청하를 바라보며 나직이 한숨을 내쉬었다.

제아무리 강한 권력을 지닌 왕후장상(王侯將相)이라도 시간의 흐름은 어쩔 수 없다고 하던가. 청하와 소문이 아이를 낳기로 결정하고 어느새 수개월의 시간이 흘렀다. 녹음(綠陰)이 우거지던 화산은 벌써 만추(晩秋)의 그림자가 산 전체에 짙게 드리워져 온 산을 붉은빛으로 도배를 했고 부지런한 산짐승들은 다가올 겨울을 맞이하기 위해 벌써부터 월동 준비를 하고 있었다.

그런 화산의 한 자락. 그 옛날 도를 쫓던 몇몇 도인들을 제외하고는 발길을 들여놓지 않았던 험준한 봉우리에 그다지 오래되어 보이지 않는 아담한 모옥(茅屋)이 보이고 그 앞에서 부산하게 움직이는 인영이 있었다. 소문이었다.

"미치겠네. 산을 내려간 지가 얼마인데 지금까지 소식이 없단 말인가! 도대체 어디서 뭘 하는지!"

소문은 정면의 숲 가운데에 조그맣게 뚫려 있는 소로(小路)를 바라보며 연신 발을 구르고 있었다.

"아악!"

산을 울리는 비명 소리에 저절로 고개가 돌아가고 굳게 닫혀 있는 방문을 바라보는 소문의 눈엔 안타까움이 절로 묻어 나왔다.

'조금만 참아. 이제 다 끝났어. 그리고 조금만 있으면 구양 영감님이 오실 거야.'

애써 비명 소리를 외면하며 진탕되는 마음을 가다듬고 있을 때 산 아래에서 빠르게 상승하는 기를 느낄 수 있었다. 이런 기를 발산할 수 있는 사람은 소문이 알기론 몇 되지 않았다.

"젠장, 느려 터져 가지고는!"

소문의 입에선 안도의 한숨과 함께 볼멘소리가 튀어나왔다. 그의 말이 끝나기가 무섭게 숲에서 뛰쳐나오는 사람이 있었다. 소문이 목을 빼고 기다리던 구양풍이었다. 어디를 다녀왔는지 모르지만 항상 여유로웠던 안색엔 초조함이 가득했고 단정했던 의복엔 먼지가 뿌얗게 내려앉았다. 그런 그의 등엔 겁에 질려 아무런 말도 못하고 덜덜 떨고 있는 노파가 업혀 있었다.

"청하는 어떠냐?"

등에 업은 노파를 내려놓으며 묻는 구양풍의 음성에 다급함이 묻어 있었다.

"아악!"

소문이 미처 대답을 하기도 전에 모옥에서 또 한 번 처절한 비명 소리가 들려왔다.

"듣지 않아도 알 수 있겠다. 어서 안으로 드시오. 아까 말씀드린 그대로입니다. 산모의 상황이 실로 좋지 않으니 신경을 많이 쓰셔야 할 겁니다. 부디 최선을 다해주시오."

구양풍은 아직도 정신을 차리지 못하고 있는 노파를 다독이며 모옥으로 안내했다. 아이를 받은 지 수십 년, 구양풍의 등에 업혀 난생처음으로 나무를 뛰어넘고 산을 뛰어넘는 놀라운 경험을 한 노파는 미친 듯이 요동 치는 가슴을 진정시키지 못했다. 그러나 모옥에서 들려온 단 한 번의 비명 소리는 그런 흥분된 마음을 차분히 가라앉혀 주었다. 상황이 몹시 심각하다는 것을 느낄 수 있었기 때문이다.

"우선 뜨거운 물과 함께 깨끗한 천을 준비해 주시구려. 그리고 방을 따뜻하게 지피는 것도 잊어서는 안 되우."

노파는 간단한 준비물과 주의 사항을 일러준 뒤 서둘러 방 안으로 들어갔다.

"왜 이렇게 오래 걸린 겁니까?"

"이놈아, 예서 아래 마을까지 거리가 얼마인지 알고나 있는 것이더냐? 더구나 이른 새벽에 경험 많은 산파를 구한다는 것이 보통 힘든 일이 아님을 너는 모를 것이다. 그나저나 형님은 안에 계시느냐?"

구양풍은 흐르는 땀을 닦으며 말을 하였다.

"예, 안에 계십니다."

소문은 퉁명스럽게 대꾸를 하였다.

'언제부터 형제였다고 꼬박꼬박 형님은.'

할아버지가 오기 전까지 소문은 당연했지만 구양풍 또한 소문을 대함에 있어 반존대를 하였다. 하나 할아버지와 의기투합하여 의형제를 맺은 지금은 아니었다. 도대체 어떤 이유로 의형제를 맺게 되었는지는 몰라도 할아버지와 구양풍은 처음부터 형제였다 하더라도 믿을 정도로 자연스러웠고 친근하게 행동했다. 그 덕에 또 한 명의 할아버지를 모시게 된 소문만 죽을 고생이었다. 구양풍 또한 할아버지에 조금도 뒤지지 않는 괴팍한 성미에 심술을 지니고 있었기 때문이다. 그나마 지금은 청하 때문에 그를 대하는 할아버지나 구양풍의 행동이 별다른 문제가 없었지만 나중에 어떻게 변할지 생각만 해도 끔찍했던 소문은 그저 신세 한탄만을 할 수밖에 없었다.

"에구머니나!"

방에 들어선 노파는 그 자리에서 주저앉아 비명을 지르고 말았다. 수십 년 동안 산파(産婆)를 하면서 이런저런 일들도 겪었고, 이제는 웬만한 일엔 그저 담담히 대할 수 있는 경험을 쌓고 나이가 되었다고 자부하였지만 방에 들어선 순간 그런 생각은 쏙 들어가고 말았다.

난생처음 보는 광경. 방에는 산모와 산모의 몸에 침을 놓고 있는 노인, 이렇게 두 명이 있었다. 애를 낳는 방에 남자가 있다는 것도 이상했지만 산모의 상태가 워낙 좋지 않으면 의원이 종종 돌보는 경우가 있었기에 그러려니 했다.

정작 노파를 놀라게 한 것은 산모였다. 온몸에 침을 맞은 산모. 양손을 천장에서 늘어뜨린 줄에 묶고 고통의 비명을 지르고 있는 산모는 언뜻 보기에 인간이 아니었다. 아니, 인간은 인간이되 살아 있는 인간이 아니었다. 거의 다 빠져 버린 머리카락은 둘째 치고 퀭하니 들어간 두 눈, 살이라고는 보이지 않고 오로지 뼈에 피부만 달라붙어 있는 듯한 얼굴과 몸, 말라비틀어진 팔과 다리… 도저히 살아 있는 인간이라고는 여겨지지 않을 정도로 볼품없는 몰골이었다. 다만 그럼에도 그녀가 산모임을 짐작하게 하는 것은 불쑥 불러온 배와 벌써 진통을 시작했는지 다리 아래 흥건히 묻어 나온 양수(羊水)와 하혈(下血)이었다.

"놀라지 마시구려. 어서 이리 와 산모를 돌봐주시오."

할아버지는 잠시 고개를 돌려 문 앞에 주저앉아 있는 노파를 부른 뒤에 다시 청하를 살피기 시작했다.

"어, 어찌 이런 몸으로 아이를 낳는단 말이우?"

엉금엉금 기어와 청하를 바라본 노파가 고개를 흔들며 말했다.

"이런 몸으론 절대로 아이를 낳을 수가 없수. 낳아도 사산(死産)이고 산모 또한 목숨을 건지기 어려우니……."

"어차피 각오한 일이외다. 산모가 비록 건강이 좋지 않으나 아이를 낳으려는 의지만큼은 굳건하니 노파가 도와준다면 어찌해 볼 수 있지 않겠소?"

"어림없는 소리. 장담하건대 절대로 불가능한 일이우. 보아하니 의원인 모양인데 모르긴 몰라도 뱃속의 아이는 살아 있지 않을 것이니 산모라도 살리고 싶으면 산모의 정신을 잃게 하고 억지로 아이를 꺼내는 수밖에 없다우. 그렇지 않으면 아이는 물론이고 산모의 목숨도 남아나지 않을 것이우. 어차피 살기는 힘들어 보이지만."

노파는 단언하듯 말을 했다. 웬 이상한 노인네가 아침 일찍 찾아와 부산을 떨어대는 통에 오기는 왔지만 산모가 이 지경이면 삼신할매가 강림(降臨)하지 않는 한 아이와 산모 둘 다 살기는 불가능했다.

"아, 안… 돼요. 우리 아… 기는 반드시 사, 살려야 해요……."

잠시 진통이 가라앉는지 힘겹게 눈을 뜬 청하가 애처로운 눈빛으로 노파를 바라보았다.

"부탁드려요. 아이는… 아직… 죽지 않았어요. 전… 느낄 수가 있어요……."

몇 마디 말도 하기 힘들었는지 간신히 입을 연 청하는 다시 입과 눈을 감고 가쁜 숨을 몰아쉬고 있었다. 그런 청하의 모습을 바라보는 할아버지의 눈가엔 이미 한참 전부터 이슬이 맺히고 있었다.

"이를 어쩌누. 이런 몸을 해가지고서는 도저히……."

뭔가 사연이 있음을 짐작한 노파는 그럼에도 고개를 흔들 뿐이었다.

"도와주시오. 몸에 병이 있어 어차피 산모는 살기가 힘듭니다. 저 아이 또한 그것을 알고 있지요. 다만 죽기 전에 제 아이를 보아야겠다는 마음이 저 몸을 해가지고 지금껏 버텨온 것이라오. 힘들다는 것은 나도 잘 알고 있소이다. 다만 최선을 다할 뿐이지요. 그러니 노파께서 애를 써주시구려. 은혜는 절대로 잊지 않겠소이다."

할아버지는 나직하고도 안타까운 음성으로 다시금 도움을 청하였다. 노파는 청하와 노인의 말을 들으며 더 이상 거절할 수 없음을 알았다.

"해보겠수. 잘될지는 모르겠지만 산모가 죽음을 각오하는데 그냥 지켜만 볼 수도 없는 노릇이니……."

노파는 팔을 걷어붙이며 청하에게 다가왔다.

"불을 충분히 지폈느냐?"

"예."

대답을 하는 소문의 음성에 힘이 없었다.

"후~ 힘을 내거라. 너마저 이리 힘이 없어서야 어찌하겠느냐?"

"그건 구양 어르신의 말씀이 옳네. 지금껏 잘 버티어오지 않았나. 기운을 잃으면 안 되네."

연신 끓인 물이며 깨끗한 천을 방에 집어넣고 있던 당일기가 소문에게 다가와 등을 두들겨 주었다. 소문에게 당해 평생 앉아서 생활해야 할 그였지만 할아버지의 의술은 실로 범상한 것이 아니었다. 비록 남들처럼 뛰거나 무공을 익힐 수 있는 것은 아니지만 어느 정도 걸음을 옮기는 데에는 그다지 큰 무리가 없을 정도로 회복을 할 수 있었다. 상처를 입은 후 처음으로 걸음을 걸을 수 있었을 때 당일기가 흘린 눈물을 아직도 잊지 못하는 소문은 늘 미안한 심정으로 그를 대했다.

"압니다. 저라고 그걸 왜 모르겠습니까? 하지만 이제 모든 것이 끝이 난다고 생각하니 힘이 나지 않습니다. 정말 힘들게 버텨온 나날이었는데……."

"다 잘될 것이다. 청하가 어떤 아이더냐? 인간으로선 견디기 힘든 고통을 이겨내고 지금껏 참아온 아이다. 틀림없이 건강한 아이를 볼 수 있을 것이다. 그러니 너무 염려하지 말거라."

구양풍은 힘들어하는 소문을 안쓰럽게 바라보았다. 소문은 그런 구양풍을 바라보며 씁쓸히 웃음 지었다.

"아이요? 아이에게 미안하지만 그건 중요한 것이 아닙니다. 이제 곧 청하가 죽는다는 것이 제 가슴을 아프게 하는 것이지요. 아이는 청하만 살아 있다면 얼마든지 새로 얻을 수 있습니다. 그러나 청하는… 청하는 아니지요."

"그렇구나. 하나 어찌하겠느냐? 이미 결정되고 예견된 일이 아니더냐?"

소문의 심정을 미처 헤아리지 못한 구양풍이 길게 탄식을 하였다.

"사람의 욕심은 끝이 없는 모양입니다. 죽음을 피할 수 없다는 것을 알면서도 혹시나 하는 마음을 가졌으니 말입니다. 사실 청하의 고통을 지켜보면서 아이도 포기하고 그저 청하의 고통만 덜어주었으면 하는 마음도 들었었는데 막상 죽음을 눈앞에 두자 이리 가슴이 아프니 말입니다."

"사랑하는 사람을 잃고 싶지 않은 마음을 어찌 욕심이라 하겠느냐? 그러나 지금까지 버틴 것만으로도 기적이지. 그나마 청하의 의지와 네가 청하를 사랑하는 마음이 이런 기적을 일으킨 것이라 할 수 있다. 하나 더 이상의 기적을 바란다는 것은 무리다. 그리고 이제 청하에게 필요한 것은 고통스런 생명의 연장이나 애절한 사랑보다는 편안한 휴식이라 생각되는구나."

"예. 지금까지 버틴 것도 정말 기적이었지요."

힘없이 대답을 하는 소문은 지난날의 기억이 주마등처럼 스쳐 지나갔다. 웃음이 있고 행복이 있으며 희망이 있던 나날이었다. 물론 그 가장 밑바탕에는 슬픔과 고통이 자리 잡고 있었지만.

화산의 도관에서 얼마 떨어지지 않은 인적이 없는 이곳에 자리를 잡은 것은 할아버지가 화산에 오르고 청하가 아이를 낳는다는 결심을 한 직후였다. 며칠 동안 지낸 노승의 거처는 비록 인적이 드물고 조용한 도관이었지만 아무래도 산모가 기거하기엔 불편한 점이 많았다. 해서 할아버지와 소문은 적당한 자리를 물색하고 모옥을 마련했다. 할아버지는 계속해서 청하를 돌보아야 했기에 그 일은 전적으로 소문의 책임이었다. 얼마 후 모옥이 완성되자 소문은 할아버지를 모시고 청하와 함께 새로 마련한 모옥으로 거처를 옮겼다.

청하를 돕기 위해 구양풍과 당일기가 따라나섰다. 패천궁과 싸워야 했던 무무는 화산파에 남았고 부처님을 만나뵐 날이 얼마 남지 않았다고 중얼거리던 노승은 소림으로 돌아갔다. 다만 약속한 대로 소림의 영약인 소환단을 보내왔는데 그 수가 무려 오십이었다. 장로에게 지급되는 소환단이 두어 개임을 감안하면 실로 엄청난 숫자가 아닐 수 없었다. 그렇게 청하를 위한 준비는 모두 끝이 났고 남은 것은 청하의 인내와 주변 사람들의 노력뿐이었다.

아귀충은 하루에 여섯 번의 알을 낳았고, 그 알에서 유충이 태어날 때마다 청하는 죽음보다 더한 고통을 느껴야만 했다. 그때마다 소문과 구양풍은 번갈아가며 삼매진화를 일으켜 유충을 태워 없앴다. 그 과정 또한 청하에겐 견디기 힘든 일이었다. 그나마 다행이라면 원래 왕성한 활동력과 먹성을 보이는 아귀충의 성충들이 소문과 구양풍이 일으킨 삼매진화의 열기에 상당한 타격을 받는지 비록 죽지는 않았지만 그다지 큰 움직임을 보이지 않는다는 것이었다. 물론 성충들이 주는 고통 또한 만만치 않았지만 유충들이 움직이는 순간에 비하면 고통도 아니었기에 청하는 기꺼이 참아낼 수 있었다. 많은 움직임을 보이지 않는 아귀충이었으나 그래도 두 시진마다 꼬박꼬박 알을 낳으며 어떻게든 번식을 하려고 시도를 하였다. 당일기와 할아버지는 아귀충의 끈질긴 번식력에 감탄을 하기도 하였지만 그때마다 청하는 지독한 고통에 시달려야 했다.

그렇게 하루가 가고 이틀이 갔다. 매일같이 반복되는 고통과 비명,

안타까움의 연속. 할아버지의 의술과 당일기의 독술은 청하의 고통을 조금은 덜어줄 수 있었지만 점점 야위어가고 병들어가는 몸까지 보호해 줄 수는 없었다. 아귀충이 몸에 들어온 이후 청하에게 잠이란 있을 수 없었다. 더구나 입으로 음식이라도 들어갈라치면 축 늘어져 있던 아귀충들이 요동을 치기에 음식다운 음식을 먹을 수도 없었다. 그저 약간의 물과 할아버지가 매일같이 준비해 주는 약 기운을 빌려 생명을 이어갈 뿐이었다.

이런 청하에게 아이를 볼 수 있다는 희망은 생명을 유지시키는 유일한 끈이었다. 또한 소문이 없었다면 청하는 진즉에 생명을 포기했을지도 몰랐다. 병석에 누운 청하를 돌보는 소문의 정성은 하늘도 감동시킬 정도로 눈물겨웠다. 고통을 함께 느낀다는 의미에서 잠도 자지 않고 음식 또한 거의 입에 대지 않으며 매일같이 청하의 곁을 지켰다. 부족한 잠은 내공의 운기로 채우고 청하가 고통에 몸부림을 칠 때마다 항상 곁에 함께하며 힘이 되어주었다. 그런 소문이 있었기에 지금까지 청하가 살 수 있었을런지도 모른다. 아니, 다들 그렇게 믿고 있었다.

그런 하루하루이지만 고통과 슬픔만이 있는 것은 아니었다. 모옥에서 함께 지내는 이들은 어떻게든지 웃으며 지내려고 노력했다. 몸은 힘들어도 항상 웃으며 말을 하고 행동했다. 서로를 격려하고 힘을 북돋아주었다. 그것만이 조금이라도 고통을 더는 것이라는 것을 너무나 잘 알고 있었기 때문이다. 결국 청하의 의지, 소문의 사랑, 그리고 주위 사람들의 헌신적인 노력들이 결실을 맺어 마침내 지금에 이른 것이었다.

"청하의 고통스런 모습을 보며 오늘이 빨리 오기를 기원하기도 하고, 때로는 오늘이 오지 않기를 바란 적도 있었습니다. 아이를 낳는 순간이 청하가 제 곁을 떠나는 날이기에 말이지요."

"후……."

구양풍과 당일기는 더 이상 아무런 말도 할 수 없었다. 담담히 말을 하는 소문의 모습이 너무나 슬퍼 보였기 때문이다.

"아악!"

방 안에서는 아직도 청하의 비명 소리가 들리고 있었다. 노파가 들어간 지도 한참이 지났지만 아이의 소식은 들리지 않고 이제 들려오는 비명도 거의 들리지 않을 정도로 약해져 있었다. 불안한 마음으로 서성거리던 소문이 당일기를 바라보았다.

"몇 시진째지요?"

"뭐가 말인가?"

"진통 말입니다."

소문이 재차 말을 하자 그제야 무슨 말인지 이해를 한 당일기가 대충 손가락을 꼽아보더니 대답을 했다.

"한 네 시진은 되지 않았나 싶네."

"그렇군요. 그러면 제때에 아귀충을 태우지 못한 것이 두 번이라는 말인데 청하가 고통을 견딜 수 있을까 걱정입니다."

소문은 어두운 안색을 하며 말을 하였다.

"그렇구나. 지금쯤 그놈들이 몸 안에서 활개를 칠 텐데……."

구양풍 또한 소문이 말한 의미를 알기에 긴 탄식을 하였다. 아귀충의 번식력과 위험은 익히 알고 있었지만 진통을 시작한 청하에게 삼매진화를 시전할 수는 없었다. 그리고 한참 시간이 지났으니 모르긴 몰라도 그 수가 엄청나게 불어 있을 것이었다.

"건장한 사람이라면 몰라도 산모처럼 몸이 약한 상태라면 얼마를 견딜 수 있을지 모르겠습니다. 제발 아이를 낳을 때까지만이라도 견뎌주어야 할 텐데 걱정입니다."

걱정스레 말을 한 당일기가 방에 따뜻한 물을 넣기 위해 걸음을 옮겼다.

그때였다. 모옥에서부터 힘찬 아이의 울음소리가 울려 퍼졌다.

"응애! 응애!"

발걸음을 옮기던 당일기는 물론이고 마당을 서성이던 구양풍과 소문의 움직임도 그대로 정지하고 말았다. 모든 이들의 시선은 방문을 향해 있었다.

덜컹!

힘차게 방문이 열리고 온몸이 땀으로 범벅이 된 노파가 모습을 드러내었다.

"사내라우! 그것도 아주 건강한 사내아이 말이우."

"아!"

일순 긴장이 풀린 소문은 그 자리에서 주저앉고 말았다. 어느새 눈에서 굵은 물줄기가 흐르고 있었다.

아이라니! 결국 청하가 해낸 것이다.

"이런, 뭣 하고 있느냐! 어서 안으로 들어가자꾸나."

구양풍은 마당에 주저앉아 멍하니 있는 소문을 일으켜 세우고 서둘러 방 안으로 들어갔다. 당일기 또한 급한 마음에 들고 있던 물동이를 집어 던지고 방으로 뛰어 들어갔다.

몇 시진째 힘을 쏟은 청하는 조금의 미동도 없이 눈을 감고 있었다. 할아버지는 심각한 표정으로 그런 청하의 몸을 살피고 있었다. 노파만

이 갓 태어난 아이의 탯줄을 끊고 몸을 씻기느라 부산하게 움직이고 있었다.

"자네가 아이의 아비인가? 한번 안아보게. 어미를 닮아 잘도 생겼네."

노파는 소문을 바라보며 아이를 들어 올렸다. 하나 소문이의 눈은 아이를 보지 않고 있었다. 그의 눈은 오로지 청하, 마치 죽은 듯이 누워 있는 청하만을 바라보고 있었다. 좋지 않은 생각이 뇌리를 지배했다.

"염려하지 말거라. 잠시 기절한 것뿐이다. 시간이 얼마 없구나. 아이를 낳는 동안 몸에 있던 놈들의 수가 엄청나게 불어나고 말았다. 지금도 몸에서 엄청난 고통이 있을 것인데 산통이 심해 그마저 느끼지 못하는 모양이다. 하나 정신이 들고 몸의 감각이 돌아오면 끔찍한 고통이 몰려올 것이다."

소문은 아무런 말도 없이 청하만 바라보았다. 그런 소문을 바라보던 할아버지가 장탄식과 함께 천천히 입을 열었다.

"지금부터 내가 하는 말을 잘 듣거라. 애초에 아이를 낳는다는 것이 얼마나 무리였는지는 너도 잘 알고 있을 것이다. 그동안 청하가 느낀 고통도 잘 보았을 것이고. 조상님의 은덕으로 다행히 가문을 이을 아이를 얻는 기쁨도 있었구나. 하지만 여기까지다. 더 이상 욕심을 부려서는 안 된다. 그건 네게는 물론이고 청하에게 고통만 안길 뿐이다. 이제 보내주거라."

"……"

"내가 할까도 생각해 보았지만 너에게 맡기고자 한다. 청하도 그걸 원할 것이다. 내 말이 무슨 말인지 알겠느냐?"

알지 못할 리가 없었다. 할아버지는 자신에게 청하의 목숨을 거두라 말하고 있었다. 그리고 그것만이 최선이라는 것을 소문은 알고 있었다.

"으음!"

짧은 신음성과 함께 한참을 감겨 있던 둔 눈을 뜬 청하가 가장 먼저 본 것은 환한 얼굴로 자신을 바라보고 있는 소문이었다.

"오라… 버니……."

"그래, 이제 정신을 차렸구나."

"아이… 는요?"

청하는 돌아가지도 않는 고개를 돌리고자 애쓰며 아이를 찾았다.

"하하, 이제 아이가 있으니 나는 찬밥이겠구나."

일부러 크게 웃은 소문이 노파의 손에서 아이를 받아 청하의 곁에 뉘어주었다.

오물거리는 입, 아직 뜨지 못한 두 눈, 꽉 쥔 두 손. 새 생명은 제 옆에 어미가 있는지도 모르고 곤히 잠들어 있었다.

"아아!"

조금도 움직이지 못할 것만 같았던 청하가 두 손을 움직여 아이를 품에 안았다. 따뜻한 온기가 가슴 가득 번져 왔다.

"청하를 닮아 나중에 크면 많은 여자를 울리게 생겼어."

"제가 보기엔 오라버니를 많이 닮은 것 같아요."

'좋지 않다.'

다른 어느 때보다 차분한 청하의 말을 들으며 소문은 뭔가 불길한 예감에 사로잡혔다.

"아이에게 젖을 물려도 될까요?"

청하는 할아버지를 바라보며 물었다.

"그렇게 하려무나. 어미가 젖을 준다는데 누가 뭐라 하겠느냐?"

흐뭇한 미소로써 대답을 한 할아버지의 내심은 절대 그렇지 못했다. 소문이 느낀 것을 할아버지가 느끼지 못할 리가 없었다.

'회광반조인가? 그래, 차라리 고통이 오기 전에 이렇게 가는 것이 좋을 수도 있겠구나.'

잠시 동안의 적막한 침묵이 흐르고 아이에게 젖을 물리던 청하가 씁쓸히 웃으며 아이를 몸에서 떼어놓았다.

"하늘은 제게 아이에게 젖을 줄 힘도 주지 않는군요."

청하는 고개를 돌려 소문의 뒤에서 안타깝게 바라보고 있는 구양풍과 당일기를 바라보았다.

"그동안 저 때문에 정말 고생 많으셨어요. 그 은혜는 절대로 잊지 않겠습니다."

"은혜는 무슨! 할아비가 애쓰는 것은 당연한 것이거늘!"

구양풍이 손사래를 치며 대꾸하고 당일기 또한 미소로써 대답했다. 그런 그들의 모습을 보며 희미하게 웃은 청하가 할아버지를 바라보았다.

"한 번도 모시지 못하고 이렇게 고생만 시켜드려 송구하옵니다."

"허허, 별소리를 다하는구나. 자고로 시집을 온 아낙에게 그 집안의 대를 잇는 것만큼 중요한 일은 없다. 그런데 너는 힘든 몸을 하고도 이토록 건강한 아이를 낳아주었으니 저 별 볼일 없는 소문이 놈보다는 백 배 천 배 효도를 한 셈이다. 그런 말은 하지 말거라."

할아버지는 과장된 몸짓으로 대답을 하였다. 힘없이 웃은 청하는 다시 고개를 돌려 아이를 바라보았다.

"건강하게 커야 한다. 할아버지 말씀도 잘 듣고 아버지 말도 잘 듣고, 항상 웃으며 커야 한다. 엄마가 없더라도 슬퍼하면 안 돼. 엄마는 항상 너의 곁에 있을 것이니. 그러나……."

처연하게 말을 하던 청하는 더 이상 말을 잇지 못했다. 뿌연 막이 두 눈을 가리고 슬픔에 목이 메어 아무런 말도 할 수가 없었다.

"자, 이제 다들 나가세. 우리가 눈치없이 이곳에 있어야 되겠나. 아이의 부모끼리 할 말들이 있겠지. 허허허!"

약간은 어색하게 말하는 할아버지를 따라 구양풍과 당일기는 자리에서 일어났다. 이것이 소문과 청하의 마지막이자 자신들과도 마지막이라는 것을 그들은 알고 있었다. 청하는 자신을 웃음과 함께 바라보며 자리를 떠나는 이들의 얼굴을 일일이 바라보았다. 영원히 뇌리에 각인시키고자 하는 듯했다. 마지막으로 방을 나서는 할아버지에겐 살며시 고개를 숙였다. 할아버지 또한 담담한 미소로 이에 화답했다.

"오라버니……."

"응?"

깊은 생각에 잠겨 있던 소문은 청하의 부름에 정신을 차렸다.

"결국 여기까지 왔어요. 고집은 부렸지만 힘들 줄 알았는데… 오라버니 덕이에요."

"아니야. 내가 한 일이 뭐가 있다고."

"조금 전에 꿈을 꾸었어요. 돌아가신 아버지가 오셔서 수고했다고 말씀을 하시더군요. 평생을 가족을 위해 애쓰시며 고생만 하다가 돌아가셨는데 오랜만에 뵈니 많이 편하신 모습이었어요. 너무 반가워 그만 울음을 터뜨리고 말았지요."

"그랬군. 나는 부모님의 얼굴도 기억하지 못하는데."

소문이 살짝 웃으며 대꾸를 했다.

"이 아이 또한 엄마의 얼굴은 모르겠군요."

청하는 곤히 잠을 자고 있는 아이를 바라보며 슬픈 미소를 지었다.

"……."

"하지만 나는 믿어요. 오라버니가 제 몫만큼 아이를 사랑해 줄 것을 말이지요."

"그래……."

"그리고 항상 웃음을 잃지 않게 키워주세요. 조금의 그늘도 없게 말이에요."

"약속하지."

청하는 잠시 말을 멈추고 소문의 얼굴을 빤히 쳐다보다가 두 줄기의 눈물을 흘렸다.

"다시는 오라버니를 못 본다는 생각을 하니 이렇게 가슴이 아프군요."

"청하는 항상 내 마음속에 있을 거야. 언제 어디를 가든지 항상 나와 함께 생각하고 느끼고 행동하겠지. 그러니 헤어진다는 말은 틀린 말이야."

"고맙군요. 하지만 전 그것을 바라지 않아요. 오라버니의 기억은 저만이 간직하면 되는 것이에요. 오라버니는 저를 잊어야 해요."

"그게 무슨 말이야? 내가 어떻게 청하를 잊는단 말이야!"

"아이에겐 엄마가 필요해요. 그리고 모든 살아가는 것에는 짝이 필요하죠. 난 저 때문에 오라버니가 혼자서 외롭게 지내는 것을 보고 싶진 않아요. 그러니……."

"그만! 그만 해!"

소문은 청하를 일으켰다. 그리곤 힘껏 안아주었다.

"내가 아이의 엄마도 되고 아버지도 되면 되겠지. 그리고 외롭지 않아. 청하가 내 마음속에 있는 한 절대로. 그러니 그런 말은 하지 마라."

청하는 자신의 목줄기로 떨어지는 것이 소문의 눈물이라는 것을 느낄 수 있었다.

'그래요. 지금 당장 오라버니에게 이런 말은 고통이 되겠지요.'

천천히 몸을 뗀 청하가 다시 입을 열었다.

"오라버니에게 부탁하고 싶은 것이 있어요."

재빨리 눈물을 닦은 소문이 대답을 했다.

"뭐든지."

"큰오라버니를 미워하지 말아요. 제가 이렇게 된 것은 누구의 잘못도 아니잖아요. 그리고 환야 오라버니가 저와 오라버니를 얼마나 생각하고 있는지 알잖아요."

"미워하지 않아."

"무슨 일이 있어도, 설사 큰오라버니와 싸우는 일이 있다손 치더라도 그를 미워해서는 안 돼요. 절대로 미워하면 안 돼요. 약속할 수 있죠?"

"약속할게. 절대로 형님을 미워하지 않을게."

"다행이에… 악!"

안도의 웃음을 지으며 말을 하던 청하가 갑자기 비명을 지르며 쓰러졌다.

"청하야!"

'결국!'

모옥 밖에서 청하의 비명을 들은 할아버지는 탄식을 했다. 회광반조라고 생각했는데 그것도 아닌 모양이었다. 다만 모든 것을 이룬 청하가 잠시 힘을 낸 모양이었다. 그리고 몸의 감각을 회복한 지금 아귀충의 고통을 다시 느끼는 것이리라. 그 수가 엄청나게 는 지금 지난번과는 비교도 할 수 없는 고통일 것이다.

'어쩔 수 없단 말인가!'
청하를 바라보는 소문의 눈에 고통의 빛이 떠올랐다. 그 또한 더 이상 기다릴 시간이 없다는 것을 알고 있었다. 청하에게 조금이라도 빨리 이 고통에서 벗어나게 해주는 것만이 자신이 해야 할 일이라고 생각했다. 소문은 천천히 손을 뻗었다. 청하는 고통 속에서도 그 손을 보고 있었다.
"이… 이제 끄… 끝이군요. 저, 정말로… 행복했… 어요…….."
"청… 하……."
청하는 고개를 돌려 아이를 바라보았다. 착각인지 모르지만 아이가 눈을 떠 자신을 바라본다는 생각을 하였다
"아가야, 건강해야 한다. 항상 웃으며… 살아라. 부디 행복해야 한다……."
아이는 본능적으로 어미의 젖을 찾고 있었다. 슬픈 미소로 아이를 살피던 청하의 시선이 소문을 향했다.
"비록… 짧은… 시간이었… 지만 평생을… 돌… 이켜 가장 행복… 한 순간… 이었어요. 영… 원히… 잊지… 못할 것… 이에요. 고마… 웠어… 요……."
청하의 눈에서 뜨거운 눈물이 흐르고 있었다. 소문 또한 눈물을 흘

리며 청하를 안아 들었다. 어느새 그의 손은 청하의 사혈(死穴)에 닿아 있었다. 이대로 조금의 힘만 주면 청하는 영원히 고통에서 해방되고 자신과 아이의 곁을 떠날 것이다. 힘들지만 해야 했다. 더 이상 고통을 지켜볼 수 없었다. 고통이라면 지난날로 충분했다.

"사… 랑… 해……."

"사… 랑… 해… 요……."

소문은 청하의 두 눈을 바라보았다. 영원히 기억에 담겠다는 듯한 열망을 담은 눈이었다. 그리고 청하의 사혈을 살며시 짚었다. 청하는 세상에서 가장 아름다운 미소로써 소문을 대하고 조용히 눈을 감고 말았다.

어린 나이에 가족을 위해 자신의 몸을 희생하기도 한 청하. 소문과 아름답고도 슬픈 사랑을 나눈 청하는 그렇게 소문의 곁을 떠났다.

"아아아아아—!"

힘없이 무너지는 청하를 안은 소문은 처절한 비명을 지르며 몸부림쳤다. 그의 슬픈 비가(悲歌)가 모옥을 벗어나 화산에 울려 퍼지고 있었다.

제 29 장

재출도(再出道)

재출도(再出道)

화산 어귀 한 험준한 봉우리의 하늘에선 지금 쫓고 쫓기는 숨가쁜 추격전이 벌어지고 있었다. 대저 쫓고 쫓기는 것들의 상관 관계를 살펴보면 쫓기는 것은 잘못을 했거나 힘이 약한 경우가 대부분으로, 이는 사람은 물론이고 동물의 세계에서 또한 마찬가지였다. 힘이 약한 동물은 강한 동물의 먹이가 되지 않기 위해 필사적으로 도망치는 것이 자연의 법칙이고 이치였다.

한데 지금 벌어지고 있는 추격전은 뭔가 이상했다. 덩치는 커다란 새 한 마리가 자신의 반도 안 되어 보이는 새에게 쫓기고 있는 것이었다. 물론 덩치가 크다고 강자라는 법은 없었지만 쫓기는 것이 하늘의 제왕이라 불리는 해동청이었고 쫓는 것이 까마귀라면 백 번을 양보해도 쉽사리 이해가 가지 않았다.

까악! 까악!

까마귀는 요란한 울음과 더불어 날카로운 부리로 해동청에게 덤벼들었다. 해동청은 어찌할 바를 모르고 죽어라 도망치기에 바빴다. 결국 자신의 주인이 기다리고 있는 곳에서야 까마귀의 공격에서 자유로워진 해동청은 주인의 앞에선 언제 그런 꼴을 보였냐는 듯 우아한 자태로 내려앉고는 딴청을 피웠다.

"그게 아니란 말이다! 몇 번을 말해야 알아듣겠느냐? 네 긴 부리는 밥만 축내라고 있는 것이 아니고, 날카로운 발톱은 내 옷이나 찢으라고 있는 것이 아니다! 어찌 그리 약한 모습을 보이느냐!"

하도 어이가 없는 광경을 본 소문은 입에 거품을 물고 도망쳐 온 해동청, 철가면을 나무랐다. 하나 모옥 앞에 자라고 있는 밤나무에 앉아 한숨 돌리고 있던 철가면은 그런 소문을 뉘집 개가 짖느냐는 듯 슬쩍 일별한 후 상처로 흐트러진 깃털을 고르는 데에만 신경을 썼다.

"에라이! 네가 그러고도 면피의 아들이란 말이냐! 면피는 덩치는 작았지만 저보다 훨씬 큰 독수리도 가지고 놀았다! 그런데 네놈은 어떻게 된 것이 상대가 부리만 들이대면 꽁지가 빠져라 도망치기에 바쁘더란 말이냐! 이름이 아깝구나, 이름이 아까워!"

소문은 발 아래에 놓여 있던 작은 자갈을 발로 차며 화를 냈다. 그때 모옥의 방문이 열리며 갓난아이를 안은 할아버지가 밖으로 나왔다.

"이놈아! 아깝긴 뭐가 아깝더란 말이냐. 내 그래서 철가면이라 부른다고 하지 않았느냐?"

아이를 안은 체 툇마루에 앉은 할아버지는 화가 나 어쩔 줄을 모르고 있는 소문을 바라보며 껄껄 웃었다.

"그나저나 저 녀석을 면피처럼 강하게 만든다더니 어찌 된 것이더냐? 벌써 반년이 지나도록 하나도 변하지 않질 않았느냐?"

"저 녀석은 틀렸습니다. 도대체가 무슨 말을 해도 알아먹어야 말이지요. 이제 이렇게 소리치는 것도 지긋지긋합니다."

그랬다. 할아버지가 데리고 온 철가면은 단지 면피의 핏줄이라는 이유만으로도 소문에겐 너무나 소중한 존재가 되었다. 그까짓 사냥 기술이야 가르치면 되는 것이라 생각했다. 하지만 그게 말처럼 쉬운 것이 아니었다. 아무리 친절하고 자세히 가르쳤지만 소문인 철가면의 부모가 될 수 없었다. 철가면을 훈련시킨 지 수개월이 지났지만 도무지 진전이 없었다.

더구나 할아버지의 말은 잘 들으면서 자신의 말은 죽어라 듣지 않았다. 앉으라면 서고 오라면 가버렸다. 지금도 그랬다. 까마귀에게서 쫓겨 날아왔음에도 소문에게 날아오지 않고 밤나무에 앉아 있다가 할아버지가 나오자 재빨리 날아 할아버지의 어깨에 슬그머니 내려앉았다.

'제길, 주인이나 새나 하는 행동이 어찌 저리 얄미운 것인지!'

철가면의 주인은 자신이 아니라 할아버지라 한참 전에 단정 지은 소문은 철가면이 부리로 할아버지에게 친근감을 표시하는 모양을 보더니 콧방귀를 뀌었다.

"흥!'

"허! 웬 콧방귀더냐? 이 녀석이 나만 따르니 질투가 나는 것이더냐?"

"질투라니요? 제가 무엇 때문에 질투를 한단 말입니까? 그런 소리 마시고 아이나 이리 주십시오!"

소문인 할아버지가 미처 뭐라 말을 하기도 전에 달려가 품에서 자고 있는 아이를 빼앗듯이 안아 들었다.

"흥, 할 말이 없으니 딴소리를 하는구나. 그나저나 구양 동생이 올 때가 되었는데……."

할아버지는 태양이 제법 힘을 발휘하는 하늘을 바라보며 말을 하였다.

"어디서 또 농땡이를 피우는 모양이지요."

"이놈아! 한번이라도 가보고 그 딴 말을 하여라. 제놈 아들을 먹이려고 애쓰는 것은 생각도 안 하고 말하는 싸가지하고는… 그러니 아이가 무엇을 배우겠느냐!"

툴툴거리는 소문이 영 못마땅한지 할아버지는 대뜸 곰방대를 휘두르며 역성을 내었다.

청하가 세상을 떠난 이후 남겨진 아이에게 있어 가장 큰 문제는 젖을 줄 사람이 없다는 것이었다. 당장 배고픔을 견디다 못한 아이는 산이 떠나가라 울어댔고 슬픔에 잠겨 있던 소문은 아이가 울거나 말거나 멍하니 앉아 아무런 행동도 하지 않았다. 결국 또 한 번 나선 이가 구양풍이었다.

산파를 데리고 온 것처럼 단숨에 산을 내려간 구양풍은 청하를 대신하여 아이에게 젖을 줄 유모(乳母)를 찾았다. 마을에 유모가 될 사람은 꽤 있었지만 그들에게도 아이가 있었고 생활이 있었다. 아이가 있는 곳이 어디인지를 대충 전해 들은 그들은 하나같이 고개를 절레절레 흔들었다. 하나 구양풍에겐 그것이 별다른 문제가 되지 않았다. 그가 전력을 다한다면 산을 오르내리는 데 걸리는 시간이 채 반 시진이 걸리지 않았다. 한참을 설득한 끝에 결국 그는 상당한 돈을 건네주고 건강한 유모를 산으로 데리고 올라오는 데 성공할 수 있었다.

구양풍을 따라나선 아낙은 비록 그녀의 아이가 젖을 떼기는 하였지만 집 안에 돌볼 아이들이 많았기에 한 가지 약속을 원했다. 아침에 올라와 저녁이 되기 전에는 반드시 집에 데려다 주기로 한다는 구양풍의 다짐이었다. 이렇게 해서 아이의 젖 문제는 해결되는 듯했다. 하지만 거기서 끝이 아니었다.

아이들, 그것도 태어난 지 얼마 되지 않은 아이는 어른들처럼 밥을 먹고 볼일을 보는 시간이 일정치 않았다. 시도 때도 없이 젖을 원했고 배설을 했다. 소문의 아이 역시 평범한 아이였기에 예외일 수는 없었다. 문제는 유모가 있는 낮이야 상관없었지만 그녀가 가고 없는 밤에는 대책이 없었다. 너무 어렸기에 젖 이외에 다른 것은 먹일 수도 없었다. 하룻밤도 아니고 매일같이 그러니 견디다 못한 구양풍이 모옥에서 함께 지낼 유모를 구하기도 하였지만 그 또한 요원하였다. 결국 그들 최후의 선택은 아이가 울 때마다 마을에 가서 유모를 데리고 오는 것이었다. 물론 한 사람을 정해놓고 찾아가지는 않았다. 그녀들 또한 잠을 자야 하고 가족이 있었기 때문이다. 하나 매일은 힘들지만 며칠에 한 번이라면 충분히 응할 유모들이 마을에는 제법 있었다. 또한 이미 소문이 퍼져 유모를 구하는 것이 그리 어렵지는 않았다. 그렇게 아이의 젖 문제는 해결을 볼 수 있었다.

"저야 가고 싶어도 갈 수가 없지 않습니까? 제가 없는데 이 녀석이 눈이라도 떠보십시오. 그 뒷감당을 누가 한단 말입니까?"

소문은 약간은 죄송스런 어투로 말을 하였지만 살짝 웃음 짓는 표정은 전혀 그렇지 않았다.

"허이구! 제 어미가 항상 웃으라고 하여 이름도 '휘소(輝笑)'라 지었건만 지 아비만 없으면 죽어라 울어대니 누구를 닮아 그런 건지!"

그랬다. 소문과 청하의 사이에서 태어난 아이의 이름은 '을지휘소(乙支輝笑)'였다. 죽은 청하의 유언을 따른 것이었다. 하나 그런 청하의 뜻을 아는지 모르는지 휘소는 눈만 뜨면 울어댔다. 그나마 소문이 달래면 금방 울음을 그쳤지만 할아버지나 구양풍은 물론이고 한참 전에 식솔들에게 돌아간 당일기가 아무리 애를 쓰고 별의별 짓을 다 해도 휘소의 울음을 멈출 수는 없었다. 그 이후 소문은 휘소에게서 떨어질 수 없었다. 당연히 유모를 데리고 오는 것은 할아버지와 구양풍의 몫이 되었다. 어처구니없는 노릇이었지만 어쩌랴! 할아버지와 구양풍은 눈물을 머금고 하루에도 몇 번씩 산을 오르내렸다. 휘소가 제법 큰 지금 소문이 직접 데리고 유모를 찾아갈 만도 했지만 그는 어린 휘소의 건강을 핑계 삼아 절대로 그렇게 하지 않았다. 가만히 앉아 있어도 모든 문제가 해결되는데 그 옛날 '안빈낙도'를 꿈꿔왔던 소문이 사서 고생을 할 이유가 없었기 때문이다.

'어려서부터 효도를 하다니! 내가 아들 하나는 참 잘 얻었단 말이야!'

할아버지가 뭐라 하든 말든 소문이 흐뭇한 미소로 휘소를 바라볼 때였다. 산 아래에서 빠르게 올라오는 사람이 있었다.

'쯧쯧, 저 양반도 양반이 되기는 애당초 틀렸다니까.'

고소를 지은 소문은 그러나 힘들게 올라오는 구양풍의 면전에서 그런 표정을 지을 수는 없었다. 재빨리 뛰어가 그를 맞으며 한껏 감사한 표정을 지었다.

"고생하셨습니다. 어서 오십시오."

"흥, 고생인 줄은 아느냐! 이제는 다른 방법을 강구를 해야겠다. 하루 이틀도 아니고 영!"

퉁퉁 부은 목소리로 대답을 하며 소문을 노려본 구양풍은 업고 있던 유모를 내려놓고 흐르지도 않는 땀을 닦으며 할아버지 곁으로 다가갔다.

'오늘은 분위기가 조금 이상하네.'

평소에도 귀찮아하는 말투로 방법을 강구해야 한다고 종종 말을 하는 구양풍이었지만 그것이 본심이 아니라는 것을 알고 있던 소문은 별 신경을 쓰지 않았다. 하나 오늘은 왠지 느낌이 달랐다.

"고생했네."

"고생이랄 것도 없지만 나이 들어 움직이려니 삭신이 쑤십니다그려."

"암, 나도 요즘 들어 부쩍 그런 생각을 하고 있네."

"그래서 말입니다……."

구양풍이 말꼬리를 늘리며 소문을 바라보자 문득 이상한 생각이 들은 할아버지가 목소리를 낮추었다.

"뭐가 말인가?"

"듣자니 태어난 지 보통 석 달이 지나면 젖을 먹지 않고도 지낸답니다."

구양풍은 혹시 소문이 들을까 조심스러워하며 말을 하였다.

"아니, 그게 무슨 소리인가? 유모들이 최소한 여섯 달은 먹어야 한다고 하지 않았는가? 이제 그녀들이 말한 기간이 다 되어가는 중이고. 한데 석 달이라니?"

할아버지는 깜짝 놀라 두 눈을 휘둥그레 떴다.

"그게 다 소문이 녀석의 농간입니다."

"뭣이! 농간! 농간이라니?"

구양풍은 손사래를 치며 더욱 목소리를 낮추며 말을 하였다.

"제가 도대체 언제까지 이 짓을 해야 하는지 하도 답답하여 조금 전에 데려온 아낙에게 지나가는 말로 하소연을 했습니다. 그런데 그녀의 말이 이제 젖을 먹지 않고 다른 것을 먹어도 아무런 문제가 없을 것이라는 겁니다."

"지금껏 그런 말은 하지 않지 않았는가?"

"그녀들이 아무런 말도 하지 않은 것은 다 소문이 놈이 중간에서 부린 농간 때문입니다."

"농간?"

"예. 아이는 오랜 어미젖을 먹어야 건강히 큰다고 하며 만약 형님과 제가 이런 사실을 알면 당장 젖을 뗄 거라는 말을 했다고 합니다. 그러니 입을 다물어 달라고 신신당부하는 소문이 놈을 보아 차마 말을 하지 못하고 있던 겁니다. 이제 와서 말을 하는 것은 시간도 많이 흘렀고, 벌써 며칠 전부터는 아이에게 젖과 함께 죽을 해 먹이고 있어서랍니다. 또한 형님과 제가 고생하는 것도 보기 딱하여……."

구양풍은 더 이상 말을 잇지 못했다. 말을 듣고 있던 할아버지의 반응이 심상치 않았기 때문이다. 할아버지는 더 이상 구양풍의 말을 듣지 않고 있었다. 어느새 소문의 곁으로 다가간 할아버지는 젖을 먹이는 유모에게서 약간은 떨어져 휘소를 바라보고 있는 소문의 머리를 향해 예의 곰방대를 날렸다. 나날이 커가는 휘소를 바라보며 연신 싱글거리며 웃고 있던 소문은 말 그대로 무방비였다. 또한 그만큼 곰방대를 날리는 할아버지의 동작이 타의 추종을 불허할 정도로 빨랐다.

딱!!

"아고야!"

지금까지 들어본 적이 없는 엄청난 소리와 충격이 밀려오며 소문은 그 자리에서 주저앉고 말았다. 그것이 끝이 아니었다. 기회를 잡은 할아버지는 머리고 어깨고 조금의 사정도 봐주지 않고 곰방대를 날리기 시작했다.

"이놈! 감히 고 따위 짓을 하고도 무사할 줄 알았느냐!"

어디서 기운이 나는지 크게 소리를 지르며 조금도 쉬지 않고 곰방대를 휘두르던 할아버지의 손을 피해 간신히 몸을 뺀 소문이 영문을 모르겠다는 듯이 쳐다보았다.

"아니, 대관절 왜 그러시는 겁니까?"

"네가 정녕 그 이유를 모르겠느냐?"

할아버지는 두 눈을 부라리며 호통을 쳤다. 그 옆에선 어깨를 으쓱이며 구양풍이 웃고 있었다. 살짝 고개를 돌린 소문은 휘소에게 젖을 물리다 말고 자신을 바라보며 미안한 표정을 짓는 유모와 눈이 마주쳤다.

'제길, 들통이 나고 말았구나. 어쩐다……'

눈치로 살아온 한평생이었다. 모든 사정을 단번에 알아챈 소문은 난감하기 그지없었다. 자칫 잘못하면 이 일을 빌미로 어디까지 당할지 몰랐다. 자신이 아는 한 할아버지는 한번 잡은 기회로 최소 몇 달은 우려먹는 실력을 지니고 있었다. 그가 내린 결론은 한 가지였다.

'끝까지 잡아뗀다! 자백은 없다!'

결의에 찬 소문은 담담하게 대답을 했다.

"소손은 할아버님이 무슨 연유로 그리하시는지 정녕 모르겠습니다."

갑자기 정중해진 말투. 구양풍은 돌변한 소문의 태도에 고개를 갸웃거렸다. 하나 소문이 눈치로 지금껏 살아왔다면 그 눈치를 준 사람은 할아버지였다. 벌써 소문의 심리와 마음을 눈치 채고 있었다.

'흥! 네놈이 잡아뗄 모양인데 그렇다면 나도 생각이 있다.'

지그시 소문을 바라본 할아버지는 엄숙한 목소리로 다시 질문을 했다.

"네가 정녕 그 이유를 모른다는 것이냐?"

"잘 모르겠습니다."

소문 또한 당당하게 대답을 했다.

"내가 그리한 것은 다 이유가 있어서였다. 설마 아무런 이유 없이 그리했겠느냐?"

"어떤 이유입니까?"

"네가 알지는 모르겠지만 넌 틀림없이 잘못을 했다. 하니 그런 줄만 알고 있어라!"

말을 마친 할아버지는 더 이상 할 말이 없다는 듯 몸을 돌려 앉아 쉬고 있던 곳으로 돌아가 버렸다. 홀로 남겨져 멍하니 서 있는 소문의 얼굴은 마치 소태를 씹은 듯 일그러져 있었다.

'젠장할!'

'그런 줄만 알고 있어라!' 참으로 오랜만에 듣는 말이었다. 장백산에 있을 때 할아버지는 조금 불리한 일이 생겼다거나 얼버무릴 말이 있으면 이 말을 전가(傳家)의 보도(寶刀)처럼 사용하였다. 어른이 그런 줄만 알고 있으라는 데 더 이상 토를 달아 무엇 하리. 제아무리 날고 기는 소문이었지만 그 말 앞에선 입을 다물고 말았다.

지금도 그랬다. 꿀리는 것이 있기에 오히려 강하게 나가고자 한 소문이었지만 단지 이 말 한마디에 꿀 먹은 벙어리처럼 입을 다물고 말았다. 물론 무사히 넘어가긴 했지만 영 뒷맛이 개운치 않았다. 더구나 그런 자신을 뭐가 좋은지 계속 바라보며 웃고 있는 구양풍의 태도가 그를 더욱 찜찜하게 만들었다.

"에휴!"

소문의 입에선 절로 한숨이 흘러나왔다.

그렇게 하루하루가 지나고 휘소가 젖을 먹지 않아도 된다는 것을 알게 된 후 다시 한 달이 지났다. 처음엔 젖을 주로 찾던 휘소는 지금은 젖보다는 주로 죽을 먹으며 자라고 있었다. 그리고 어제부터는 완전히 젖을 떼고 있었다.

청하를 보내고 홀로 아이와 남은 소문이 이곳을 떠나지 않은 이유는 휘소 때문이었다. 아무리 그가 정성을 다해 돌본다 하더라도 갓 태어난 아이에게 여행이란 힘든 것이었다. 더구나 어미가 없는 아이라면 더욱 그랬다. 하지만 이제는 아니었다. 죽을 먹으니 가장 큰 문제였던 것이 하나 해결된 것이었고 날씨도 따뜻해지고 있었기에 충분히 여행을 떠나도 될 여건이 조성되었다.

며칠을 고민 끝에 마침내 소문은 모종의 결심을 하였다. 휘소에게 아침을 먹인 소문은 할아버지와 구양풍을 청했다. 소문의 분위기가 심상치 않다고 생각하고 있던 할아버지와 구양풍은 두말하지 않고 방에서 소문을 맞이했다.

"이제 떠나야 할 때가 된 것 같습니다."

소문은 무릎을 꿇고 조심스레 말을 했다. 그런 소문을 물끄러미 바라보던 할아버지가 넌지시 질문을 하였다.

"그래, 나도 이제는 움직일 때가 되었다고 생각하고 있었느니. 어디로 갈 작정이냐?"

"우선은 화산에 들러 그간 도움에 인사를 드릴 예정입니다."

"그리곤?"

잠시 머뭇거린 소문은 구양풍을 슬쩍 바라보고는 대답을 하였다.

"정도맹으로 가겠습니다."

"복수를 하려느냐?"

"……."

소문은 대답을 하지 않았다.

"복수를 하려 하느냐 물었다."

"많이 생각했습니다. 모든 것이 오해로 벌어진 일이라는 생각도 했습니다. 그리고 그런 오해 또한 청하와 저를 만나게 하려는 하늘의 안배라 생각했습니다. 또한 만독문과 다투게 된 것도 어쩔 수 없는 필연(必然)이란 생각도 했습니다. 그들과 저는 일신에 지닌 무공으로 다투었습니다. 그들이 복수를 하고자 한다면 당연히 저에게 무공으로써 덤벼야 했습니다. 그것이 소위 무공을 익히는 자들의 자존심이자 철칙입니다. 그렇게 저들이 저에게 복수를 하고자 했다면, 그래서 제가 병신이 되고 설사 목숨을 잃는 한이 있다손 치더라도 저는 별다른 불만은 없었을 것입니다. 하지만 저들이 목표로 삼은 것은 한 줌 힘도 없는 청하였습니다. 아무리 복수심에 사로잡혔다 하더라도 그래서는 안 되는 것입니다. 그것도 인간으로선 차마 견디기 힘든 고통을 주며 목숨을 빼앗았습니다. 그래도 참아보려고 했습니다. 하지만 여기까지가 저의 한계인 모양입니다. 백 번을 양보하고 천 번을 생각해도 이대로 돌아가지는 못하겠습니다."

말을 하는 소문은 그다지 흥분을 하지 않았다. 하지만 할아버지와 구양풍은 잘 알고 있었다. 오랜 세월의 경험을 통해 담담히 드러내는 분노만큼 무서운 것은 없다는 것을 익히 알고 있었다.

"그럼 패천궁은 어찌하려느냐? 네가 아무리 만독문만을 목표로 한다고 하여도 그들은 지금 엄연한 패천궁의 사람이다. 같은 식구가 당하는데 그들이 가만히 지켜만 보고 있겠느냐?"

"……."

소문은 쉽게 대답을 하지 못하고 구양풍의 눈치를 살폈다.

"허허! 내 눈치 볼 것 없다. 이제 패천궁과 나는 전혀 상관없는 사람이니 네가 하고 싶은 대로 하여라."

구양풍은 너털웃음을 터뜨리며 계속 말을 이었다.

"하나 그리 쉽지는 않을 것이다. 패천궁은 아직 진정한 힘을 보여주지 않았다. 원로원의 원로들이 움직여야 진정한 패천궁의 힘이 나타날 것이다. 일전에 보았을 것이다. 궁왕을 비롯한 검왕 권왕이 원로원의 원로이고 그들 외에 일신에 상당한 실력을 지닌 원로들이 다섯이 더 있다. 개개인의 수준이 검왕에 비해 다소 손색이 있지만 그 정도로도 감히 상대할 자가 몇이나 있겠느냐? 그들 한 명 한 명이 한 문파와 버금간다고 해도 과언이 아니니라."

"그런 것은 상관이 없습니다. 패천궁이 저를 막는다면… 쓰러뜨려야지요."

구양풍의 말에 조금의 동요도 없이 대꾸하는 소문의 모습에는 강한 자신감이 드러나 있었다.

"암! 당연하지. 당연하고말고. 누가 있어 을지 가문의 후예를 막는다는 말이냐! 그리고 잘 생각했다. 네가 만약 이대로 고향으로 돌아가려 하였으면 내 주리를 틀려 하였건만 스스로 옳은 결정을 하였구나. 암, 이유야 어찌 되었든 조강지처(糟糠之妻)를 잃었는데 참고만 있으면 사내가 아니지. 고향으로 돌아가는 것은 당연히 복수가 끝난 이후가 되어야 할 것이다."

"……!!"

소문은 황당한 눈으로 할아버지를 쳐다보았다. 구양풍 또한 의외라는 듯 놀란 눈을 치켜떴다.

"하지만 하나 명심할 것이 있다. 너의 복수의 상대는 오직 만독문에 국한되어야 할 것이다. 물론 그리되면 패천궁과의 싸움을 피할 수는 없겠지만 가능하면 사람을 해하지 말고 적당한 선에서 물리치도록 하여라. 네가 지닌 무공이라면 굳이 목숨을 빼앗지 않아도 될 것이다. 복수라는 것도 적정 수준이 있는 것이다. 복수를 한답시고 상대도 안 되는 아무 사람의 목숨이나 빼앗는다면 청하에게 손을 쓴 그놈들과 다를 바가 없다. 그러니 어쩔 수 없는 상황이 아니라면 최대한 참도록 하여라. 알겠느냐?"

할아버지의 말은 간단했다.

'복수를 하되 상대를 가려서 해라.'

소문 또한 마구잡이로 인명을 해칠 생각은 없었다. 더구나 반대를 할 줄 알았던 할아버지가 쉽게 허락을 해주자 굳었던 얼굴을 활짝 폈다.

"알겠습니다. 저 또한 그리 생각하고 있었습니다."

"허! 천하의 패천궁을 이리 가볍게 생각하는 사람이 있을 줄이야! 그건 아마 형님과 이 녀석뿐일 것입니다."

구양풍이 패천궁은 생각도 하지 않고 있는 할아버지와 소문을 바라보며 입맛을 다셨다. 비록 몸도 떠나고 이제는 패천궁과 상관이 없다는 말을 하기는 하였지만 속내는 아직 그렇지 않은 모양이었다.

'그나저나 패천궁으로선 최악의 상대를 적으로 돌린 셈인가? 과연 어찌 대처를 할지가 몹시 궁금하군.'

"그래, 언제 떠날 생각이냐?"

"이것저것 준비도 하고 해야 하니 한 이삼 일은 걸리지 않을까 생각합니다."

"알았다. 그리 알고 있으마."

할아버지와 소문의 대화는 더 이상 이어지지 않았다. 잠을 자고 있던 휘소가 깨어났기 때문이었다.

'후~ 솔직히 저 녀석을 말릴 자신이 없어 허락을 하기는 하였지만 휘소를 데리고 다니려면 여간 힘든 것이 아닐 텐데……'

울고 있는 휘소와 그런 휘소를 달래고 있는 소문을 바라보는 할아버지의 입에선 절로 한숨이 새어 나왔다.

＊　　　＊　　　＊

화산대회전이라 명명된 싸움도 벌써 일 년 전의 이야기가 되어버린 당금의 강호는 혼란 그 자체였다. 과거 싸움의 발발 직후 장강을 사이에 두고 대치했던 패천궁과 정도맹은 여전히 남북으로 대치하고 있었다. 무슨 이유에서인지 모르나 패천궁은 기습 작전을 통해 얻은 종남파를 버리고 뒤로 후퇴를 하였는데 이로 인해 정도맹의 수뇌들은 그들이 염려한 패천궁의 포위 공격에 대한 우려를 떨쳐 버릴 수 있었다. 그 이후 제갈세가에 패천궁 강북 총타를 세운 그들은 좀처럼 움직이지 않고 세를 늘리고 있었다. 북쪽으로 꾸준히 세를 넓히는 반면에 이미 차지한 강남이나 호북의 인근 지방을 보다 완벽한 세력권으로 굳히기 위하여 곳곳에 분타를 세우고 주요 인물들을 보내 관리케 하였다.

사실 제갈세가와 무당파의 연합을 격파했을 때만 하더라도 당장에 정도맹의 근거지까지 진격할 기세였던 패천궁이 주저앉은 이유는 따로 있었다.

예상치 못한 피해!

그들이 생각하기에 화산의 정벌이 불가능했다면 그곳을 지원하기 위해 생긴 병력의 공백을 나머지 병력으로 단숨에 쓰러뜨릴 수 있다고 믿었던 생각이 제갈세가의 진법, 무당파와 기타 백도인들의 결사항전에 의해 가로막혀 버린 것이다. 그들의 저지선을 무너뜨리는 데에는 성공을 하였지만 그에 따른 패천궁의 피해 또한 실로 막심해서 차마 정도맹의 본거지까지 밀고 올라갈 수 있는 여력이 없었다. 더구나 만독문에 대한 환야의 분노가 워낙 컸기에 화산에 파견한 병력들이 계속 분열되고 있다는 보고를 받은 관패는 많은 반대에도 불구하고 종남산에 진을 치고 있는 병력을 철수시켰다.

사실 겉으로 드러난 이유야 환야와 만독문의 분란이었지만 소문이라는 절대고수를 적으로 만들어 버린 지금 그곳의 병력만으로는 백도를 막을 수 없었기 때문이다. 물론 궁왕과 환야라는 고수가 함께 있었지만 명령이 미치지 않는 원로 궁왕은 물론이고 소문과 의형제를 맺었다는 환야가 과연 어떤 반응을 보일지 몰랐기에 어쩔 수 없는 선택이었다. 결국 패천궁의 궁주인 관패는 눈물을 머금으며 화산에 파견했던 병력을 뒤로 물렸고, 또한 전력의 재정비를 위해 공격의 중단을 명했다. 그리고 지금은 전력의 회복을 위해 불철주야 노력을 하는 중이었다.

이 좋은 기회를 놓칠 백도가 아니었다. 어쩌면 패천궁보다 치명적인 피해를 입은 그들은 전력의 강화를 위해 고심하지 않을 수 없었다. 각 문파의 전대 고수들이 다시 전면에 나서는 것은 물론이고 초야에 묻힌 은거 기인들이 속속 모여들었다. 특히 거의 궤멸되다시피 한 무당파의 상황을 알게 된 전대 장로들이 그들의 안식처를 떠나 강호로 뛰쳐나왔다.

무당파!

소림과 함께 사실상 백도를 이끌고 있는 강호 최대의 검파였다. 그런 곳이니만큼 역대에 걸쳐 뛰어난 검도 고수들을 수없이 배출한 곳이 또한 무당이었다. 나이가 들어 일선에서 물러난 이들은 검선(劍仙)의 경지를 꿈꾸며 무당을 떠났다. 물론 무당의 어른으로 남아 후학을 살피는 이들도 있었으나 이들은 그중 소수에 불과했고 대부분의 고수들은 자신들의 존재가 제자들에게 하나의 장애가 될 것을 두려워한 나머지 무당을 떠나 세속의 일을 잊고 자연을 벗삼아 고고(孤高)히 묻혀 지냈다.

하나 무당이 위기에 처한 지금이라면 사정이 달랐다. 이들이 하나둘씩 돌아온 것이었다. 게다가 문파의 존망이 흔들렸기에 어쩔 수 없이 싸움에 참여하지 못했던 점창파와 청성파에서도 문파의 참상을 수습하자 복수를 다짐하며 다시금 제자들을 파견하였다. 다만 봉문이 결정된 아미파에서만큼은 별다른 움직임을 보이지 않고 있었다.

백도에서 이렇게 힘을 키우고 있는 동안 패천궁을 중심으로 한 흑도에서도 발 빠른 움직임을 보여주고 있었다.

백도에 은거하고 있는 기인들이 많다면 흑도라 하여 그러지 말라는 법은 없었다. 일반적으로 흑도의 고수라 하면 과시욕이 남달라 은거 같은 것은 하지 않을 것이란 생각이 지배적이지만 그것은 어디까지나 스스로를 백도라 부르며 그들을 흑도라 규정한 이들의 생각일 뿐이었다. 백도인들도 인정하는 궁왕이나 검왕 등이 은거하고 있는 것이 좋은 예라 할 것이다. 물론 그들은 패천궁의 원로라는 신분을 지니고 있지만 그것은 구양풍을 존경하여 쓰고 있는 감투일 뿐이지 실질적인 어떠한 행동도 하지 않고 그저 자신들이 추구하는 목표를 위해 묵묵히 수행하는 사람들이었다.

관패나 귀곡자는 이 점을 놓치지 않았다. 그들이 알지 못하는 많은 전대의 고수들이 초야에 묻혀 있을 것이라 생각한 그들은 백방으로 사람을 풀어 그들을 수소문하고 패천궁으로 초빙하고자 노력을 아끼지 않았다. 권력과 부를 외면한 그들이었지만 설득하는 것은 그다지 어렵지 않았다.

'지금 백도와의 싸움은 그동안 억눌렸던 흑도의 지위를 찾는 것이다. 그리고 강한 자와 싸우게 해주겠다!'

무림의 역사를 보면 몇몇 문파로 대변되는 백도로 인하여 그들과 조금이라도 성격이 다른 문파들과 무인들은 철저하게 흑도라 외면을 받았고 무시를 당했다. 지금까지 단 한 번도 백도의 위에 서보지 못한 흑도의 사람들은 억울함과 울분을 터뜨렸지만 힘이 약했기에 어쩔 수 없이 참을 수밖에 없었다. 하나 흑도의 힘을 하나로 통일하고 중원의 절반을 차지한 패천궁은 지금까지의 상식을 단숨에 뒤집을 힘이 있었다. 그리고 무엇보다 이들을 혹하게 한 것은 강한 자와 싸우게 해준다는 말이었다.

무인이라 하면 무릇 자신보다 강한 사내에게 강한 도전 의식을 느끼고 보다 강한 고수와의 비무를 갈망하게 된다. 하지만 이들이 개인인 반면 그들은 집단을 이루고 있었기에 싸움은커녕 단순한 비무조차 지레 포기할 수밖에 없었다. 그런 이들에게 패천궁에선 패천궁이라는 단체를 등에 업고 그들이 원하는 강자와 싸울 수 있는 장을 마련해 준다는 것이었다. 그럼에도 고개를 흔든 자들이 있었으나 대부분의 고수들은 하나둘 패천궁의 뜻에 따르기로 결정을 하였다. 이들의 가세로 패천궁은 지난 싸움에서 잃었던 전력을 회복하고도 훨씬 강한 힘을 지니게 되었다.

그리고 최근 들어 서서히 힘을 키우며 자중의 세월을 보낸 이들의 움직임이 심상치 않았다. 물론 그동안에도 중원 곳곳에서 크고 작은 다툼과 분란은 많았지만 그것이 전면전으로 번지는 것을 은연중 저어하던 이들이 마침내 본격적인 행동을 하기 시작했다. 먼저 움직인 곳은 역시 패천궁이었다.

패천궁의 행사는 백도의 자금줄을 끊는 것부터 시작이었다. 자고로 큰 싸움을 하려면 그에 따르는 많은 군자금이 들어가기 마련이다. 관의 지원을 받는 소림이나 무당을 제외하고는 별다른 수입원이 없던 백도의 문파에서 그들을 지탱할 수 있도록 해주는 것은 문파에서 배출한 제자들이 운영하는 표국이나 객점, 상점들이었다. 그중 규모가 큰 표국에서 본산으로 보내지는 돈은 실로 만만치 않았다. 패천궁에서 이를 차단하고 더불어 패천궁에 필요한 군자금을 얻고자 한 것이었다.

일반적으로 표국을 하나의 문파로 보기에는 무리가 있어 패천궁이 각 표국을 공격하는 것엔 명분이 없었지만 그들은 그것을 꺼리지 않았다. 궁주인 관패와 몇몇 장로들이 반대를 하였지만 그것이 승리의 관건이라는 귀곡자와 다른 흑도문파의 강력한 요청을 끝내 꺾지는 못했다. 과거의 관패라면 어림도 없는 노릇이었겠지만 전 흑도를 이끌게 된 지금의 관패로서는 승리라는 절대 명제를 생각하지 않을 수도 없는 모양이었다. 결국 귀곡자의 주장대로 표국을 공격하기로 한 패천궁의 행동은 일사불란(一絲不亂)했다. 강남의 이남에 산재해 있는 표국들을 단숨에 점령한 이들은 활동에 피해를 주지 않는 조건에서 필요한 군자금(軍資金)의 상납을 다짐받았다.

중원 오대표국이자 최고의 표국이었던 화상표국(和商鏢局), 남궁세가의 제자가 운영하던 그곳이 지난날 남궁세가가 무너지면서 함께 무너졌기에 강남에는 더 이상 백도와 직접적으로 관련이 있는 표국이 없었다. 눈치를 볼 곳도 없었기에 패천궁이 내건 조건은 문제가 되지 않았다. 이들이 패천궁에 조건을 허락한 것은 어쩌면 너무나 당연했다. 하나 강북에 있는 표국들은 상황이 달랐다. 중원 오대표국으로 이름나 있는 천리표국, 은마표국은 소림과 무당과 직접적으로 연관이 있는 곳이었다. 이들이 패천궁의 요구를 받아들일 리 만무했고 패천궁은 실력 행사에 들어갔다. 관의 눈치가 있었기에 강남에서처럼 직접 쳐들어갈 수는 없었지만 표국의 행사를 철저하게 방해했다.

천리표국을 비롯하여 대부분의 표국들은 안전을 염려해 강남으로의 표행은 금했지만 아직 패천궁의 영향력이 완전치 못한 사천이나 호북, 남경(南京)으로는 표행을 하고 있었다. 그러나 가만히 지켜만 볼 패천궁이 아니었다. 패천궁에선 소수의 인원으로 표행에 나서는 이들을 기습했다.

표물의 운송이 한번 실패할 때마다 표국이 입는 피해는 실로 막심했다. 단 몇 번의 실패로 천리표국이나 은마표국, 기타 여러 표국은 그 기반이 뿌리째 흔들리고 있었다. 그럼에도 공격을 해오는 패천궁의 무인들을 막을 방법이 없었기에 이들은 속수무책으로 당할 수밖에 없었다. 보다 못한 정도맹에선 이들 표국을 돕기 위해 정도맹의 고수들을 파견하기에 이르렀다.

결국 대대적인 기습과 대규모의 전투로 시작한 지난 싸움과는 달리 제이차 흑백대전은 이렇게 소규모의 군자금 싸움으로 일어나고 있었다.

"제길, 내가 이따위 표물이나 옮기고 있어야 한단 말인가! 천하의 오상이!!"

일행의 가장 뒤에서 따라오고 있는 오상은 입이 거의 한 자나 튀어 나왔다. 그가 패천궁의 습격에서 표물을 보호하기 위해 천리표국의 표행을 뒤따른 지가 벌써 사흘이나 지나고 있었다.

이번 천리표국의 표행지는 사천과 호북의 경계가 되는 곳으로 그 규모가 상당하였다. 지난 몇 번의 실패로 재정 위기에 빠진 천리표국이 표국의 운명을 걸고 나선 표행으로 표행은 천리표국의 국주인 전원삼이 직접 이끌었고 천리표국의 쟁쟁한 표두들이 대거 참여하였다. 일의 중요성을 익히 알고 있는 정도맹에서도 오상을 비롯한 복마단원 삼십을 파견하기에 이르렀다. 하나 일의 중함을 떠나 표행을 따라나선 오상은 불만으로 가득 찼다. 명문대파의 대제자라는 자부심으로 살아가는 그로서는 고작 표물이나 보호하고자 나온 이번 길이 도저히 참기 힘든 여정이었다. 체통이 서지 않는 것은 물론이고 나타나면 단숨에 목을 베어버릴 패천궁의 무리들마저 등장할 생각을 하지 않고 있었다. 자연 무료하고 따분하여 견디기 힘들었다.

오상의 목소리가 제법 컸기에 앞서 가는 전원삼에게까지 들리지는 않았지만 대부분의 표두와 표사들은 그 소리를 들을 수 있었다.

"제길, 제놈이 잘났으면 얼마나 잘났기에 저리 발광을 하는 것인지!"

표물을 실은 수레에 붙어가던 한 표사가 고개를 돌리며 불만을 토로하자 옆에 가던 동료가 그를 만류했다.

"쉿! 조용히 하게. 행여나 저자의 귀에 자네의 말이 들어가면 경을 칠지도 모르는 일이네. 어제 쟁자수 하나가 심부름을 제대로 하지 못했다고 온갖 소리를 듣는 것을 보지 못했는가?"

"흥, 들으려면 들으라지. 그나저나 국주님께서는 어찌하여 저자의 행태를 그냥 보고 계시는 것인지 그 연유를 모르겠네."

젊은 표사는 땅에 놓인 돌멩이를 걷어차며 울분을 토했다.

"어찌하겠나. 지금은 저런 자의 도움이라도 필요한 때이니. 이번 표행은 말 그대로 우리 표국이 사느냐 죽느냐 하는 기로에 선 중요한 표행이 아니던가? 아니꼬워도 참아야지 어찌하겠나. 그렇기에 국주님께서도 어쩔 수 없이 참고 계시는 것일 게야."

"후~ 힘이 없는 것이 죄다, 죄!"

표사는 들고 있는 검을 움켜쥐며 힘이 없음을 한탄했다. 하나 오상에 대해 불만을 가지고 있는 사람들은 비단 이들뿐만이 아니었다. 오상과 함께 표행길에 나선 복마단의 무인들 또한 오상의 안하무인(眼下無人) 격의 행동에 적잖은 불만을 지니고 있었다. 그러나 파견 나온 삼십의 복마단원 중 가장 많은 수가 속한 문파가 종남파였고 오상은 그들의 대사형이었다. 불만이 있어도 혹시 내분을 염려한 이들은 참고 또 참았다.

"정말 꼴 같지 않아서 보고 있으려니 아침에 먹은 소면이 넘어오려고 하는구나."

오상과 얼마 떨어지지 않은 곳에 있던 한 사내가 입을 열었다. 깨끗한 청의를 입고 금빛 수실로 치장된 고검(古劍)을 차고 있는 청년으로 검을 익힌 무인으로는 드물게 몸이 비대한 그는 얼굴 하나 가득 못마땅한 표정을 짓고 있었다.

그는 이번에 다시 정도맹으로 돌아온 청성파의 대제자로 최진원(催

眞源)이라는 이름을 지니고 있었다. 비록 덤벙덤벙한 성격에 말도 많아 떠벌리기를 좋아하고 한번 화가 나면 앞뒤 분간을 못 가릴 정도로 다혈질인 자였지만 일신에 지닌 무공이 실로 뛰어나고 강호의 선배들이나 사제들을 대하는 데에 예의가 있어 동도들 사이선 인정을 받고 있었다.

"그만 해요. 들으면 어찌하려고."

오상을 바라보며 얼굴을 찡그리는 최진원의 소매를 잡은 것은 같은 청성파의 제자이자 사매인 부용(芙蓉) 차상일(車霜佚)이었다. 남자 같은 이름과는 달리 무공은 그다지 강하지는 않았지만 미모가 상당한 그녀는 일찍부터 사형인 최진원과 정혼을 약속한 사이로 불 같은 성격의 그를 다룰 수 있는 거의 유일한 사람이었다. 철이 들면서부터 함께 다니기 시작한 이들을 일컬어 청성파의 제자들은 바늘과 실이라 불러대며 웃었고, 짓궂은 장난을 좋아하는 사형제들은 청성파 사상 가장 어울리지 않는 짝이라 놀려댔는데 사실 나란히 서 있는 이들을 보고 있노라면 토실토실 살이 오른 돼지가 어여쁜 꽃을 들고 다니는 그림이 자연 그려졌기 때문이었다. 혹자는 최진원이 사매의 약점을 잡았다는 소리도 하였고, 때로는 자신에게 매달리는 최진원의 인생을 불쌍히 여긴 그녀가 어쩔 수 없이 데리고 다닌다는 소리도 하였다. 하지만 아직 정확한 사연이 밝혀진 것은 아니었다.

"지금 뭐라 하였소?"

오상이 최진원의 말을 들은 모양이었다. 하긴 무공이 없는 자들도 들을 수 있을 정도로 커다란 목소리였으니 오상이 못 듣는다면 그것이 오히려 이상할 정도였다.

"뭐가 말이오?"

"방금 나에게 뭐라 하지 않았소?"

능청스레 대답을 하는 최진원을 바라본 오상이 굳은 얼굴로 다가왔다.

"아! 방금 내가 사매에게 한 말을 들은 모양이구려. 아침에 먹은 소면 때문에 속이 좋지 않다고 말을 하였소. 그게 뭐 잘못된 것이오?"

최진원은 영문을 모르겠다는 듯 시치미를 떼고 오상을 바라보았다. 그리곤 말을 이었다.

"그나저나 귀도 밝으시구려. 그 먼 거리에서 사매에게 한 말을 듣다니. 혹, 이쪽으로만 귀를 열어놓으신 것은 아니오? 흠. 사매, 말조심해야지 이러다간 큰일 나겠어."

최진원은 호들갑을 떨며 차상일을 바라보았다. 어느새 몰려든 복마단의 무인들과 차마 고개를 돌리고 있지는 않았지만 귀를 기울이고 있던 표사들은 헛기침을 하며 웃어댔다. 최진원의 이 한마디로 오상은 남의 연인 사이에 끼어서 몰래 말을 엿듣는 파렴치한으로 전락을 하고만 것이었다. 안 그래도 굳은 오상의 얼굴이 싸늘하게 식어버렸다.

"네놈이 지금 나를 놀리는 것이냐?"

"어허, 무슨 말씀을! 그냥 웃자고 한 말이외다. 그 먼 거리에서 오형이 제 말을 들은 것 같아 신기하기도 해서 말이오."

오상이 냉기를 뿌리거나 말거나 최진원은 여전히 능청스레 대꾸를 했다.

"네놈이 정녕!"

챙!

분을 참지 못한 오상이 검을 빼 들었다. 동시에 오상의 주변에 있던 종남파의 제자들도 일제히 검을 빼 들었다.

"이게 지금 무엇 하는 짓이오?"

오상을 바라보는 최진원의 얼굴에서 웃음이 사라졌다.

"보면 모르느냐? 네놈의 버릇을 고쳐 주마. 덤벼라!"

"호오~ 그러시오? 고칠 수 있으면 한번 고쳐 보구려. 조금 힘들 것이라 생각되는데 그렇다고 날 원망하지는 마시구려."

굳은 안색과는 달리 입에서 나오는 말은 여유가 넘쳐흐르고 있었다.

"그만 하세요."

상황이 좋지 않게 흘러가자 최진원의 곁에 있던 차상일이 그의 옷소매를 붙잡곤 말을 하였다.

"사매는 저 친구가 하는 말을 듣지도 못했어? 내 버릇을 고치겠다잖아."

"그래도 그만 하세요. 같은 편끼리 싸워서 뭐 해요? 사부님이 이 사실을 아시면 적잖이 노여워하실 거예요."

차상일은 한층 더 강한 어조로 싸움을 말렸다.

"하지만……"

"그만 하세요."

최진원은 난처한 표정으로 자신의 사매를 바라보았다. 표정을 보아하니 많이 참고 있는 모양이었다. 저 버릇없고 허풍만 떨어대는 오상따위야 언제 상대해도 겁날 것이 없었지만 눈앞에 있는 사매가 화내는 것은 감당할 자신이 없었다.

불 같은 성격의 최진원. 그는 사매의 말이라면 팥으로 메주를 만들라 하여도 능히 해낼 만한 인물이었다. 사매가 싸움을 하지 말라는데 그 말을 거역할 엄두를 내지 못했다.

"사매가 그리 말하면 그만 하지 뭐. 미안하오. 내 사과하리다."

졸지에 바보가 된 것은 오상이었다. 갖은 폼을 다 잡고 검을 꺼내 들었는데 상대가 대뜸 사과를 하니 딱히 뭐라 할 말이 없었다. 당장 칼부림을 하더라도 시원찮을 마음이었지만 아까 차상일이 한 소리가 마음에 걸렸다. 누가 뭐라 해도 그들은 정도맹의 일원이고 그전에 구파일방이라는 이름으로 맺어진 사이였다. 더구나 지금은 명을 받아 중요한 일을 수행하는 중이었다. 괜히 싸움을 해봐야 명분도 없고 후환만 생길 것이었다. 그렇다고 이대로 물러서자니 체면이 서지 않았다.

"흥, 고작 계… 사매의 등에나 숨는 소인배(小人輩)였군."

"뭐, 마음대로 생각하시오. 오 형은 사랑하는 사매가 없어서 그런지 몰라도 세상에 사매의 말보다 무서운 것은 없다오. 하하하!"

어찌 보면 팔불출 같은 말, 하나 유쾌한 최진원의 말에 긴장된 눈으로 둘을 지켜보던 좌중의 인물들이 저마다 큰 웃음을 터뜨렸다. 심지어는 칼을 뽑고 있던 종남파의 제자들마저 살며시 미소를 짓고 있었다.

"흥! 괜히 시간만 허비했군."

오상은 더 이상 시비를 했다가는 자신만 더욱 속 좁은 인간으로 보일까 염려하며 뒤로 물러섰다. 그러나 두 눈은 여전히 최진원을 매섭게 노려보고 있었다.

"끝난 것 같습니다."

전원삼의 곁으로 다가가 말을 하는 표두 연성문(沈惺文)의 얼굴엔 불만이 가득했다.

"저 오상이라는 친구는 너무 건방집니다. 아무리 표행을 도와주러 왔다지만 표행의 주체는 엄연한 저희 아니겠습니까? 한데 저토록 안하무인이니 일반 표사는 물론이고 쟁자수들 사이에서도 곱지 않은 말이 나오고 있습니다."

이번 천리표국의 국주이자 이번 표행을 직접 이끌고 있는 전원삼은 그런 연성문의 얼굴을 물끄러미 바라보았다.

"후~ 그래서 어찌하자는 것인가? 내가 나서서 야단이라도 치라는 말인가?"

질문을 받은 연성문은 곧바로 대답을 하지 못했다.

"꼭 야단이라기보다는 최소한 주의는 주어야 한다고 생각합니다."

"주의라… 나도 저들의 행동이 마음에 드는 것은 아니나 이번 표행 길은 우리 천리표국의 명운이 걸려 있다 해도 과언이 아닐 정도로 중요하네. 저들은 그런 우리를 돕기 위해 동행한 것이고. 그러니 도움을 받고 있는 우리의 입장에선 약간의 불만 정도는 감수해야 하지 않겠는가? 힘이 없는 것이 죄이지. 힘만 있었다면 우리가 왜 이 꼴이 되었겠나?"

말을 하는 전원삼의 안색은 그다지 좋지 못했다. 이들의 심정을 모르는 바는 아니나 자신은 그들이 원하는 대답을 해줄 수 없었다.

"하지만 언제까지 그럴 수는 없지 않겠습니까?"

"조금만 더 참도록 하지. 이제 목적지가 얼마 남지 않았으니 표행도 곧 끝이 날 것이 아닌가? 그만 하도록 하고 길을 서두르세."

전원삼은 더 이상 말은 무의미하다는 듯 입을 다물고 잠시 동안의 소란으로 늦춰졌던 길을 재촉했다. 그러나 그런 그의 의도는 얼마 못가 깨지고 말았다.

잠시 동안의 소란이 가라앉고 길을 재촉한지 일각여, 앞서 가던 전원삼은 정면에 갑자기 모습을 드러낸 사내를 볼 수 있었다.

"호~ 어디를 그리 바삐 가시오?"

사내는 길 한가운데 서서 표행단을 가로막았다.

"누구시오? 왜 길을 막고 있는 것이오?"

전원삼의 목소리는 긴장감으로 은은히 떨리고 있었다.

"누구라면 딱히 말을 하기가 뭣하지만 볼일이 좀 있어서 말이오."

"볼일? 그대와 우리는 아무런 관계도 없는 것으로 알고 있는데, 무슨 볼일을 말하는 것이오?"

"아무 관계가 없다는 것은 당신의 생각일 뿐이고 나의 생각은 다르오. 당신들이 내가 생각하는 무리들이 맞는다면 말이오."

사내는 허리춤에 차고 있는 칼집을 툭툭 치며 유들스러운 목소리로 대꾸를 했다.

'흠, 우리를 노리고 온 것인가? 하나 그리 보기엔 숫자가 너무 적지 않은가?'

전원삼은 사내와 사내의 주변을 둘러보며 생각에 잠겼다. 좌우 숲에 숨어 있는 자들의 기척을 살펴볼 때 많아야 스무 명 남짓 되는 인원이었다. 표행에 따라나선 천리표국 표사의 수만 해도 그 정도는 되었고 쟁자수, 또는 표사로 변신하여 따라오는 정도맹의 무인들이 삼십이었다. 자신들을 노리고 왔다면 겨우 이 정도의 인원으로 앞을 막지는 않았을 것이라는 생각에 이르자 전원삼은 내심 안도의 한숨을 쉬었다.

'단순한 산적인 모양이군.'

생각이 여기에 이르자 한결 여유가 생긴 전원삼은 느긋하게 말을 받았다.

"당신이 생각하는 무리가 어떤 무리인지는 모르나 우리는 아닌 것 같소. 다만 급한 길을 가야 하는 마당에 쓸데없는 분란을 일으키고 싶지는 않으니 길을 비켜주시오."

"하하! 내가 보기엔 꼬박 하루를 기다린 사람들이 맞는데 아니라고

그러시오. 내 눈이 틀리지 않았다면 당신은 천리표국의 전원삼 국주가 아니시오?'

챙! 채챙!

사내의 말이 끝나기가 무섭게 사방을 경계하던 표두들과 표사들은 일제히 무기를 꺼내 들었다. 자신들이 천리표국임을 알고 사전에 기다리고 있다는 것은 한 가지 의미로밖에 해석되지 않았다. 벌써 몇 번의 표행을 방해하여 천리표국의 근간을 흔들어놓은 패천궁의 무리들이었다.

"흥, 고작 그 정도의 인원으로 우리를 막겠다는 것인가?"

상대가 자신들을 노리고 있다는 것을 알게 된 이상 예의를 차릴 필요가 없었다. 그것이 더구나 패천궁의 무리라면 더욱 그랬다.

"난 이 정도의 인원으로도 충분하다고 보는데… 윗사람들이 하도 성화를 부려서 그렇지 솔직히 너무 많이 데리고 왔소."

사내는 한껏 여유를 보이며 입가에 미소를 지우지 않았다. 어느새 사내의 뒤로 몸을 숨겼던 무인들이 나타났다. 전원삼의 생각은 틀리지 않아 그 수가 정확히 이십이었다.

"그 정도의 인원으로 우리를 막을 생각을 하다니 자존심이 상하는군."

전원삼은 그들이 천리표국을 무시한다고 생각했다. 비록 그들로 인해 몇 번의 실패를 맛보긴 했지만 국주인 자신까지 나온 마당에 대등한 전력도 아닌 겨우 이십의 수로 자신의 앞을 가로막은 것은 자신과 천리표국을 무시해도 너무 무시한다는 생각이 들었다.

"그대들의 자만심이 얼마나 헛된 것인지 보여주겠소."

전원삼은 천천히 전의를 가다듬었다. 자존심이 상하긴 해도 싸움을 앞두고 흥분을 하는 우를 범하지는 않았다. 저만한 수로 자신들을 막아선 것은 그만큼 자신감이 있다는 말도 되기 때문이다. 일견 보기에도 자신과 말을 나눈 사내의 기도가 보통이 아니었다.

"하하핫! 일수철권이란 명성이 드높은 국주와 손속을 나누게 되어 영광이오. 나는 음자문의 삼대 중 일대의 대주 배명(輩冥)이라 하오."

사내는 호기롭게 웃으며 검을 빼어 들었다. 그의 검은 일반적인 검의 날보다 폭이 좁고 끝이 뾰족한 것이 마치 꼬챙이를 연상시켰다.

"음!"

전원삼은 사내의 정체를 알게 되자 절로 신음성을 내뱉었다. 상대는 음자문이었다. 지금은 정식으로 문파의 이름을 걸었지만 과거에는 어둠 속에 숨어 혁혁한 명성을 날린 중원 살수계의 최고 문파였다. 청성파를 무너뜨리면서 단숨에 명성을 얻은 이들은 최근엔 표행에 나서는 표국을 급습하여 악명을 날리고 있었다. 다만 살수라는 전적에 어울리지 않게 운반하는 표물만을 털어가거나 불태울 뿐 사람들의 목숨을 빼앗지는 않았다. 물론 죽음을 각오하고 대항하는 표사들까지 살려줄 자들도 아니었다. 그런 음자문이 자신의 앞을 가로막았으니 전원삼이 놀라지 않을 수 없었다.

"분위기가 좋지 않아요."

고개를 빼고 무슨 일인가 살피던 복마단의 무인들의 얼굴엔 오랜만에 긴장의 빛이 넘치고 있었다. 천성이 무인인 이들에게 지난 며칠 동안의 무료한 여행길은 실로 견디기 힘든 일이었다. 그러던 참에 적이 나타났으니 당장에라도 적에게 달려가려는 분위기가 팽배해졌다. 오상은 이미 검을 들고 앞으로 걸어가고 있었고 몇몇 무인들이 그 뒤를 따랐다. 그중의 한 명인 최진원의 소매를 잡은 차상일이 주변을 살피며 말을 하였다.

"뭐가? 저 정도의 적이라면 염려할 것 없잖아."

최진원은 늦게 가면 자신이 움직일 기회가 없어질지도 모른다는 생각에 마음이 급해졌다. 사매의 손을 살짝 뿌리친 그는 단숨에 앞으로 달려가려 하였다. 하나 날카로운 사매의 눈초리를 보고 힘차게 땅을 박차려던 다리엔 힘이 빠지고 공중을 날고 있어야 할 몸은 여전히 움직일 줄 몰랐다.

"왜 그러는데? 오상이야 쓸데없는 공명심에 사로잡혀 그런 것이지만 난 그게 아니잖아. 며칠 동안 무료해 죽을 지경이었단 말이야."

울상을 지으며 말을 하는 최진원을 외면한 차상일은 여전히 주변을 경계하며 입을 열었다.

"무료하기는… 흥, 사형의 표정을 보세요. 복수심에 사로잡혀 살기가 번뜩이는군요."

"험험, 부인하진 않겠어. 하나 사매는 저놈들이 우리 청성에 어떤 짓을 했는지 잊지는 않았겠지?"

먹을 것을 훔치려다 들킨 아이처럼 낯을 붉힌 최진원이 퉁명스레 대꾸를 했다.

"물론이지요. 그러나 그건 지금 중요한 것이 아니에요. 저자가 하는 말을 들었어요? 분명 음자문의 대주라고 하였지요?"

"응. 그런데?"

"음자문은 총 세 개의 대로 나누어져 있어요. 각 대마다 백 명의 살수들이 있지요. 그중 한 개는 이미 지난 싸움에서 피해를 입었고 지금은 실질적으로 두 개만 남아 있어요."

"그런데?"

무슨 소리를 하고 싶으냐는 듯한 그의 음성엔 약간의 짜증이 섞여 있었다. 벌써 앞에서는 싸움이 일어났는지 요란한 병장기 부딪치는 소리가 들렸고 주변에 있던 복마단의 무인들 또한 앞으로 달려가고 있었다. 그러나 자신의 사매는 여전히 이상한 소리만 하고 있었다.

"사형은 이상하지 않나요? 사소한 일에 한 문파의 문주나 장로들이 움직이지 않듯 음자문에선 장로 격인 대주가 움직이는 일은 별로 많지가 않아요."

"저기 움직였잖아. 사실 이번 표행은 그만큼 중요하다고."

최진원의 말에 차상일은 아무런 말도 하지 않았다. 그저 이런 인간에게 평생을 의지하며 살아야 하는지 잠시 생각을 해볼 뿐이었다. 그런 생각도 잠시, 이미 눈앞에 있는 곰처럼 미련하고 성질만 불 같은 사내를 사랑하게 된 그녀는 나직이 탄식하고 말을 이었다.

"그래요. 그만큼 이 일은 중요하죠. 그래서 음자문의 대주가 움직인 것이고. 그런데 일도 중하고 대주가 움직였는데 어째서 수하는 겨우 스무 명에 불과할까요? 스무 명이면 대주가 이끌 필요도 없는 인원 아닌가요?"

"그야… 그럼?"

그제야 사매가 말하고자 한 의도를 파악한 최진원은 누구라 할 것도 없이 큰 소리로 외쳤다.

"기습이다! 기습에 대비하라! 사방을 경계하고 적의 암수에 대응할 준비를 하라!"

그랬다. 일의 경중을 따져 보고 상황의 중차대함을 감안하면 고작 이십의 수는 너무 적었다. 틀림없이 매복이 숨어 있을 터였다. 더구나 나타난 상대가 음자문이라면 상황은 더욱 심각했다. 은신(隱身)과 매복은 살수의 가장 기초적인 능력 아닌가? 몸을 드러낸 인원이 이십, 그렇다면 주변엔 최소 팔십 명의 살수들이 숨어 있다는 말이었다.

'젠장! 어디에 있는 거지?'

최진원은 번뜩이는 눈을 들어 사방을 노려보았다. 그러나 주변에서 아무런 기척도 낌새도 느껴지지 않자 절로 초조해질 수밖에 없었다. 자신이 이러할진대 나머지 사람들이야 어떤 상황일지 뻔했기 때문이다.

오상의 개입으로 단숨에 싸움으로 번진 정면의 상황은 몹시 긴박했다. 음자문을 이끌고 온 대주 배명과 천리표국을 이끌고 표행에 나선 전원삼은 서로를 노려보며 아직 움직이지 않고 있었지만 나머지 수하들은 치열하게 싸우고 있었다. 특히 오상은 물을 만난 물고기가 펄떡이듯 동에 번쩍 서에 번쩍이며 대단한 활약을 보여주고 있었다. 그리고 그를 따라나선 종남의 제자들 또한 각각 상대하는 음자문의 살수들을 압도하며 일방적으로 몰아붙이고 있었다. 겨우 몇 호흡 지나지 않아 배명이 이끌고 온 살수들 중 살아남은 자는 아무도 없었다. 반면에 천리표국이 입은 피해는 표사 둘이 약간의 상처를 입은 것뿐이었다.

"하하하! 이제 네놈만이 남았다! 고작 이따위 허수아비들을 이끌고 나타나서 우리를 노린 것이더냐? 나 오상이 보호하고 있는 표행단을 말이다!"

오상은 핏물이 줄줄 흐르는 검을 들고 배명에게 다가왔다.

"이제 네놈의 목이 떨어질 차례다. 각오는 되어 있겠지?"

배명은 느긋하게 전원삼을 쳐다보았다. 수하가 모조리 죽임을 당했음에도 조금의 동요도 없는 모습이었다.

'이상하다. 어째서?'

최진원이 소리친 것을 미처 듣지 못한 전원삼은 의아한 마음으로 배명을 쳐다보았다. 그런 그의 머리를 강타하는 것이 있었다.

"서, 설마!!"

"흠, 오상이라면 종남파인가? 역시 정도맹이 끼어들었군. 가만있어 보자. 보아하니 한둘이 아닌 모양인데……."

배명의 눈은 어느새 단단히 주변을 경계하고 있는 최진원을 살피고 있었다.

"혹시나 했더니 역시나였어. 시험해 보길 잘했군."

배명은 회심의 미소를 지으며 말을 했다.

"역시 저들은 미끼였군."

전원삼이 침음성을 내뱉으며 말을 했다.

"물론, 우리 음자문의 제자들이 저따위 한심한 놈들이라고 생각한 것은 아니리라 믿겠소. 저놈들은 근처의 산채에 있던 산적 나부랭이에 불과하오."

"음!"

전원삼은 자신의 생각이 들어맞자 안색을 굳히며 입을 닫았다.

"흥, 헛소리하지 마라. 어차피 네놈이 살 가능성은 없다. 저놈들이 산적이든, 아니면 음자문의 살귀들이든 나에겐 그저 한주먹거리라는 것은 변하지 않는 사실이다. 그러니 쓸데없는 말을 하며 이 자리를 도망칠 생각은 하지 말고 덤벼라."

어느새 배명의 앞으로 나선 오상이 검을 치켜들며 자신감 넘치는 표정으로 서 있었다.

"훗! 대단한 놈이군. 버릇도 없고. 좋다! 상대해 주지. 하나 말처럼

실력이 받쳐 주는지 한번 볼까?'

배명의 말이 끝나기가 무섭게 오상이 서 있는 자리에서 불과 일 장이 떨어지지 않은 곳의 땅바닥이 갈라지며 머리에서 발끝까지 흑색의 천으로 휘감은 사내가 튀어나왔다. 땅에서 솟아오른 사내는 주저없이 오상에게 덤벼들었다. 배명이 들고 있는 것과 같은 꼬챙이가 목을 노리며 다가오자 당황한 오상은 얼떨결에 검을 들어 꼬챙이를 막았다. 우연인지 필연인지 검에 막힌 꼬챙이는 스치듯 옆으로 비껴 나갔지만 그럼에도 오상은 왼쪽 목 언저리에 상당한 부상을 입혔다.

"크악!"

오상은 주저할 것 없이 뒤로 물러나며 비명을 질렀다. 사내는 물러나는 오상을 가만히 놔두지 않았다. 공격의 탄력을 받아 또 한 번의 결정타를 날리려는 찰나 사내를 막아서는 이가 있었다. 전원삼이었다. 어느새 다가와 오상을 위기에서 구해낸 전원삼은 사내의 허리에 일권을 내질렀다.

퍽!

일수철권이란 말이 무색하지 않게 단 한 번의 주먹질로 오상을 쫓던 자객을 절명시킨 전원삼의 안색엔 냉기가 피어 올랐다.

"허! 명불허전. 대단하오. 피가 끓어오르는구려."

배명은 천천히 전원삼을 향해 다가왔다. 그리곤 힘찬 기합성과 함께 몸을 움직였다. 전원삼 또한 피하지 않았다. 배명의 공격을 몸을 날려 간단히 피한 전원삼은 재빠른 동작으로 일권을 찔러갔다. 그것이 시작이었을까? 잠복해 있던 음자문의 살수들이 속속 모습을 드러냈다.

땅속에서, 나무 위에서, 풀숲에서……

바로 지척에 있으면서도 도저히 알아차리지 못했던 표사들과 복마단의 무인들은 당황하지 않을 수 없었다. 더구나 그 수가 자신들을 압도할 정도로 엄청났기에 절로 기가 꺾였다. 하나 미리 대비를 하고 있던 최진원만큼은 달랐다. 오상에게 상처를 입힌 자가 땅에서 튀어나온 것을 본 최진원은 자신의 발 아래를 예의 주시하고 있었다. 아니나 다를까, 배명과 전원삼의 싸움을 시작으로 모습을 드러내기 시작한 이들 중 하필 최진원이 기다리고 있는 땅속에서 기어나오는 자가 있었으니, 그는 모습을 채 드러내기도 전에 정확히 목을 강타한 최진원의 발길질과 함께 세상을 하직하고 말았다.

"한 놈!"

살수의 목숨을 단번에 날려 버린 최진원은 어느새 모습을 드러낸 음자문의 살수들을 노려보고 있었다.

사정은 몹시 좋지 않았다. 전문적인 살수들을 맞이하여 처음부터 일대 일로 상대를 했으면 모를까 기습을 당한 상태에선 대등한 상태로 싸운다는 것은 애초에 무리였다. 대부분의 표사들은 뒤로 몰려 간신히 목숨을 부지하기에도 벅차 보였고, 그 짧은 시간에도 벌써 상당수의 표사들이 땅바닥을 뒹굴고 있었다. 다만 정예들로 이루어진 복마단의 무인들은 기습을 당했음에도 불구하고 처음의 열세를 만회하며 점차 여유있는 모습을 찾아가고 있었다. 특히 음자문에 의해 철저하게 농락당한 바 있던 청성파의 장문제자 최진원의 검은 조금의 인정도 찾아보기 어려울 정도로 냉혹하게 움직이고 있었다. 그리고 비록 음자문에게 당한 것은 아니지만 같은 처지인 점창파의 제자들 또한 복수심에 불타 무섭게 공격을 하였다.

근 반 시진에 이른 치열한 공방 끝에 장내의 전황이 극명하게 드러나기 시작했다. 애초에 지닌 무공이 복마단의 무인들은 물론이고 음자문의 살수들에 비해 손색이 있던 표사들은 그 대부분이 이미 목숨을 잃거나 중상을 입고 쓰러져 있었고 오직 표두 몇 명과 복마단의 무인들만이 힘겹게 밀려오는 적을 맞이하여 싸우고 있었다. 그들 또한 무사한 것은 아니어서 삼십에 이르던 인원이 지금은 그 반으로 줄어 있었고 그나마 살아남은 사람들도 몸 이곳저곳에 크고 작은 상처를 입고 있었다. 반면에 음자문의 피해도 적지 않아 상당히 많은 수의 살수들이 차가운 땅에 누워 있었다.

"혹, 국주께서 사용하시는 무공이 소림권이 아니오?"

자신과 싸우고 있는 전원삼이 조금도 꿀림없이 당당하게 맞서 싸우자 잠시 숨을 가다듬기 위해 뒤로 물러선 배명은 감탄의 표정으로 말을 하였다. 전원삼은 고개를 끄덕이는 것으로 대답을 대신하였다.

"소림의 속가 중 일수철권이 으뜸이라는 말이 있더니 과연 대단하오."

"과찬이오. 귀하의 솜씨 또한 놀라운 것이구려."

사실 배명보다는 전원삼의 놀람이 더욱 컸다. 보통 살수라 하면 이렇듯 일 대 일로 맞설 경우 그다지 위협이 되지 못하는 경우가 많았다. 살수의 무서운 점은 보이지 않는 곳에서의 기습이지 정상적인 무공은 그다지 뛰어나지 못하다는 것이 강호의 통념이었다. 하나 배명, 아니, 음자문의 살수들은 그런 통념을 비웃기라도 하듯 상당히 뛰어난 무위를 보여주고 있었다. 전원삼 스스로 무공에 대한 강한 자부심을 지니고 있었기에 그런 놀람은 더욱 컸다고 할 수 있었다.

"자, 다시 가오."

배명이 신형을 움직이고 잠시 중지되었던 싸움은 다시 시작되었다.

"꺼지란 말이다!"

"끄윽!"

터지지 않는 비명을 지르며 한 살수가 쓰러지고 그 앞에 지친 기색이 역력한 오상이 서 있었다. 힘들게 또 한 명의 살수를 저세상으로 보낸 오상은 더 이상 움직일 힘도 없었다. 상처를 입었음에도 싸움이 시작되자 적은 그를 가만히 놔두지 않았다. 그가 간신히 몸을 움직여 이동코자 한 곳은 한쪽 구석에서 떨고 있는 쟁자수들에게였다. 이곳에 있으면 비교적 안전할 것이란 생각에 힘겹게 피해왔지만 적은 그런 그를 가만히 놔두지 않았다. 목숨의 위협을 받게 된 오상은 언제 부상을 입었냐는 듯 미친 듯이 검을 놀려대며 도망을 쳤다. 그런데 하필 도망친 곳이 전장의 중심부였다.

오상이야 미칠 노릇이었지만 가만히 손 놓고 목숨을 헌납할 수는 없는 일. 죽지 않기 위해서라도 싸울 수밖에 없었다. 그런 오상을 바라보며 최진원과 다른 무인들은 그에 대한 그들의 평가가 약간은 잘못되지 않았나 의심을 할 정도였다. 하나 더 이상은 무리였다. 상처에서 많은 피가 흘러나와 정신이 혼미해지고 들고 있는 검이 천 근은 되는 듯 무겁게 느껴지기 시작했다.

'빌어먹을! 천하의 오상이 이 꼴이 되다니!'

손가락 하나 까딱할 수 없었던 오상은 그 자리에서 주저앉아 휴식을 취하고 싶었지만 전장 한복판에서 그런 짬은 도저히 나질 않았다. 또 한 명의 살수가 무섭게 공격을 해왔기 때문이었다.

"미치겠네!"

힘들게 검을 막은 오상은 절로 울상이 되었다.

그런데 아무도 눈치 채지 못했지만 이들과 얼마 떨어지지 않은 곳에서 한가로이 싸움 구경을 하는 이들이 있었다. 흥미진진하게 싸움을 바라보고 있는 세 쌍의 눈. 화산을 떠나온 소문 일행이었다.

청하가 죽고 휘소가 젖을 떼게 되자 소문은 마침내 길을 떠났다. 그러나 그가 발걸음을 옮긴 곳은 정도맹도 아니고 그렇다고 고향인 장백산도 아니었다. 근 한 달에 걸쳐 소문이 도착한 곳은 청하의 고향이었다. 아무리 집을 떠나왔어도 소식만은 알려줘야 할 듯싶어 찾아온 청하의 고향에는 아직도 그녀를 찾고 있는 청하의 어머니와 이제 장성한 두 동생이 그와 휘소를 기다리고 있었다. 소문에게서 모든 정황과 청하가 세상을 떴다는 소리를 들은 청하의 어머니는 청하가 남긴 일점혈육인 휘소를 안고 삼 일 밤낮을 서럽게 울었다.

그들과의 만남도 잠시, 이별을 아쉬워하는 청하 식구들을 뒤로하고 다시 길을 재촉한 소문 일행이 호남을 지나 호북에 들어서고 지금 이 자리에까지 이른 것이었다.

"나설 생각이냐?"

구양풍의 물음에 소문은 고개를 흔들었다.

"별로 그러고 싶지 않습니다. 저자를 돕고 싶은 마음이 일지 않는군요."

소문이 바라보고 있는 것은 힘겹게 검을 움직이며 피하기에 급급한 오상이었다. 이미 미운털이 단단히 박힌 오상을 구하고 싶은 마음이 소문에겐 조금도 없었다.

"호오~ 그러고 보니 화산의 싸가지없는 바로 그놈이구나. 나에게 대뜸 칼을 들이대더니만. 암! 저런 놈은 단단히 혼이 나야 하는 법이지."

할아버지는 비틀비틀 뒤로 물러서는 오상을 일별한 뒤 치열하게 싸우는 배명과 전원삼을 바라보았다.

"자알들 싸우는구나! 자고로 불 구경 하고 싸움 구경만큼 재미있는 구경이 없다더니 틀린 말이 아니야."

"그렇지요. 자기에게 피해만 없다면 이처럼 재밌는 구경도 없지요."

맞장구치는 구양풍을 바라보는 소문은 그저 어이가 없었다. 비록 자신이 그리 말은 하였지만 당연히 싸움을 말리라 하는 것이 정상이 아닌가! 그런데 할아버지와 구양풍은 말리기는커녕 재밌게 구경을 하고 있었다. 언제 저리 죽이 잘 맞았는지 할아버지와 구양풍이 서로 의견을 달리하는 것을 본 적이 없었다. 생각이며 행동이며 모든 것이 너무나 비슷하여 소문마저 헷갈릴 정도였다.

"체통을 좀 지키십시오. 저들은 목숨을 걸고 싸우는데 재미라니요?"

"허! 누가 싸우라고 제를 올린 것도 아니고 지들이 죽어라 싸우는 것 아니더냐."

"그래도 그런 게 아니지요. 저들에게도 다 가족이 있고 가정이 있을 것이 아닙니까? 싸움을 말릴 생각은 하지 않고 구경만 해서야 도리가 아니지요."

소문은 할아버지와 구양풍을 못마땅히 바라보며 대꾸를 했다.

"그래? 그럼 네가 가서 말려보거라. 어찌 말리는지 구경이나 하자."

구양풍은 소문이 나서는 것 또한 재미있을 듯하여 고개를 끄덕였다. 소문은 자신이 한 말도 있어 잠시 머뭇거렸다. 다른 사람을 생각하면 당장 나서고 싶었지만 막상 오상의 신형이 눈에 잡히자 재빨리 고개를 흔들었다.

"하지만! 구경도 재미는 있을 것 같군요."

그러나 어느 한곳으로 고개를 돌리던 소문은 땅이 꺼져라 한숨을 내쉬며 자리에서 일어났다.

"젠장!"

"아니, 왜 그러느냐? 구경을 한다면서?"

구양풍은 갑자기 변한 소문의 행동에 의아심을 가지며 물었다.

"구경만 하려고 하였지요. 한데 저기를 보십시오, 누가 있는지. 젠장, 중원에 와서는 한시도 편히 쉴 날이 없다니까. 휘소나 잘 보고 계십시오."

소문은 안고 있던 휘소를 구양풍에게 건네주더니 발에 걸린 돌을 냅다 차버리고 장내로 걸어나갔다.

"아니, 도대체 있기는 누가 있다고… 흠, 있군."

소문이 가리킨 곳으로 고개를 돌리던 구양풍은 그제야 볼 수 있었다. 한쪽 구석에 모여 있는 쟁자수들 중에 그도 소문도 알 만한 사내가 공포에 떨고 있었다.

"천리표국이었군. 하긴 이 정도 규모의 표행을 나설 표국이 중원에 몇이나 되겠느냐마는 하필 천리표국이라니… 네놈들도 참 운이 없구나."

"아고야!"

몸을 돌려 걸음을 옮기던 소문은 갑자기 자신의 허리를 강타한 충격에 비명을 지르고 본능적으로 그 고통의 원인을 찾고자 하였다.

머리에 느껴지는 통증에 신경질적으로 고개를 돌린 소문의 눈에 곰방대를 돌리는 할아버지의 모습이 들어왔다.

"왜 또 그러세요?"

"쯧쯧, 제 버릇 개 못 준다고 여전히 멍청하구나!"

할아버지는 들고 있는 곰방대를 당장에라도 휘둘러 댈 것 같은 표정으로 소문을 바라보았다.

"저들은 제가 중원에 와서 처음 도움을 받은 천리표국의 사람들입니다. 도와줘야 된다구요."

"이놈아! 누가 돕지 말라더냐?"

"그런데 왜 그러세요?"

"그렇게 당하고도 정신을 차리지 못했구나. 저 싸움터에 나가서 또 한바탕 검을 휘두를 셈이냐? 네놈의 어깨에 메고 있는 것은 궁이 아니라 그저 작대기에 불과한 것이더냐? 여기서 도와도 충분한 것을 굳이 나서려는 것은 무엇이냐? 그렇게 앞뒤 분간 못하고 덤비니 지난번처럼 박살이 나는 것이다, 이놈아!"

할아버지는 지난 만독문과의 싸움으로 인해 당가에서 당한 낭패를 상기시키는 듯했다. 딴은 그러했는지라 소문은 아무런 말도 못하고 자리에 주저앉았다.

"이곳에 와서 얼마나 솜씨가 늘었는지 보도록 하자. 우선 저놈!"

할아버지는 아무나 찍어 잡고는 곰방대로 그 사람을 가리켰다.

"살인은 하지 않는다고 했으니 적당히 하거라."

소문은 대답을 하지 않고 손에 잡히는 대로 꺾은 나뭇가지를 시위에 재었다.

퉁.

미세한 소리와 함께 시위가 튕겨지고 나뭇가지는 쏜살같이 목표로 하는 살수에게 날아갔다.

"으윽!"

힘겹게 버티고 있던 표두의 목숨을 끝장내려던 음자문의 살수는 난데없이 밀려오는 통증에 정신을 차릴 수가 없었다. 들고 있던 무기를 떨군 사내는 공격을 멈추고 재빨리 뒤로 물러섰다. 그런 사내의 어깨에 하나의 나뭇가지가 꽂혀 있었다. 소문이 날린 나뭇가지가 정확히 어깨를 관통(貫通)한 것이다. 그런데 사내의 비명과 함께 소문 또한 비명을 지르고 있었다.

"욱!"

소문은 그가 할 수 있는 최대의 속도로 고개를 돌렸다. 또다시 자신의 머리를 강타한 할아버지의 행동에 대한 이유를 묻는 강력한 의사 표시였다.

"이놈아! 그렇게 평범하게 쏘면 저 녀석들이 바보가 아닌 다음에야 우리가 여기에 있는 것을 알아차릴 것이 아니더냐!"

"그래서요?"

소문은 퉁명스레 대꾸를 했다.

"그래서요? 이놈 말버릇 보게나. 어린애도 아니고 애 아버지가 된 놈이 말버릇이 영! 쯧쯧쯧, 휘소가 네놈의 뭘 보고 배울지 걱정이 되는구나. 어쨌든 저놈들이 알지 못하게 화살을 날리거라. 괜히 이곳으로 몰려와 피곤하게 만들지 말고."

말이야 그럴듯했지만 요지는 '움직이기 귀찮으니 알아서 해라'였다. 그리고 소문은 적들이 알아차리지 못할 궁술을 지니고 있었다.

'않느니 죽지.'

어떤 말이 나올지 몰라 내색은 하지 못하고 속으로 투덜거린 소문은 철궁을 들어 거의 수직으로 세웠다.

'그러나 저러나 오랜만이군, 이런 자세는. 잘 되려나……'

퉁.

시위를 떠난 화살은 까마득히 하늘로 솟구쳐 올랐다. 얼마나 올라갔을까? 정점에 이른 듯한 화살이 무서운 속도로 떨어지기 시작했다. 화살의 바로 아래에는 종남파의 제자와 치열한 격전을 펼치고 있는 두 명의 살수가 있었다. 이미 표사들을 전멸시킨 음자문의 살수들은 수적인 우위를 앞세워 두어 명씩 짝을 지어 복마단의 무인들을 협공했다. 개개인의 무공으로 치면 살수들보다 우위에 있었던 복마단원이지만 두 명, 세 명이 에워싸고 협공을 하자 손발이 어지러워 힘든 싸움을 하고 있었다.

"억!"

동료가 공격하는 틈을 타 적의 허점을 노리고 있던 살수는 갑작스런 통증을 느끼며 고개를 돌렸다. 어느 틈엔가 무기를 들고 있는 어깨에 나뭇가지 하나가 깊숙이 박혀 있었다. 어깨에 나와 있는 길이가 한 뼘에 불과하나 밀려오는 통증을 감안할 때 드러난 길이보다 훨씬 긴 것이 몸에 박힌 것을 알 수 있었다.

"역시! 언제 보아도 너의 솜씨는 놀랍기만 하구나!"

"호오! 그동안 놀지는 않은 모양이구나."

구양풍이 엄지손가락을 치켜 올리며 찬사를 하자 할아버지 또한 짐짓 감탄의 탄성을 내뱉었다. 하나 그것이 감탄이 아님을 소문은 알고 있었다. 묵묵히 입을 다문 소문은 다시 세 개의 화살을 시위에 재었다.

퉁.

시위를 떠난 화살은 제각기 높이와 속도를 달리하여 적에게 날아갔다. 그리고 어김없이 들려오는 비명성! 소문이 날린 화살은 단 한 발의 화살도 빗나가지 않고, 그것도 정확하게 무기를 들고 있는 살수들의 어깨를 관통해 버렸다.

"대단, 정말 대단하다!"

일찍이 소문의 솜씨를 알고는 있었지만 절로 입이 벌어지는 것은 어찔 수 없는 모양이었다. 구양풍은 고개를 홰홰 돌리며 놀라워했다.

"뭘 저 정도를 가지고 놀라워하나? 저것도 못하면 애초에 이곳으로 보내지도 않았지."

심드렁히 대꾸를 하는 할아버지의 음성엔 그러나 약간은 자부심이 담겨 있었다. 할아버지와 구양풍이 말을 나누는 사이에도 소문의 손은 놀고 있지만은 않았다. 연신 시위를 떠난 화살은 자유자재로 날아가 공격에 열을 올리는 음자문의 살수들을 무력화시켰다. 소문이 잠시 철궁을 내릴 때까지 쓰러진 살수들의 수가 무려 스무 명 가까이 되었다.

표사들을 상대하며 셋, 복마단을 상대하며 마흔이 죽거나 다친 것을 감안하면 잠깐 동안 등장한 소문으로 인해 입은 음자문의 피해는 실로 막대했다. 백 명의 살수들 중 이제 남은 자는 채 사십이 되지 않았다. 하나 이미 지칠 대로 지친 복마단원들은 그들의 상대가 될 수 없었다. 그 수도 처음보다 현격하게 줄어 있음을 감안하면 음자문 살수들의 수가 비록 반이 넘게 줄었지만 결코 상대할 수 없는 숫자였다. 그러나 장내에 더 이상 싸우고 있는 사람은 아무도 없었다. 근 한 시진이 넘게 치열하게 싸우던 배명과 전원삼의 싸움도 어느샌가 멈추어져 있었다. 그도 그럴 것이 소문이 아무리 은밀히 화살을 날렸다지만 눈 깜짝할 사이에 스물이 넘는 전력이 쓰러졌으니 바보들이 아닌 이상 눈치 채지 못할 그들이 아니었다.

"조심해라. 암수가 있다."

배명은 화급히 명을 내려 수하들을 단속했다.

"훗, 대단하시오. 어느 틈엔가 저런 방비책을 마련하시고 말이오."

배명은 싸늘히 웃으며 전원삼을 노려보았다.

"하하, 피차일반이 아니겠소. 난 저들이 땅속에서 나올 줄은 생각도 못했으니 말이오."

전원삼은 음자문의 살수들을 바라보며 한껏 여유있는 표정을 지었다. '너희들이 암수를 폈으니 우리 또한 준비를 했다' 라는 말이었는데 내심은 전혀 그렇지 않았다. 그 또한 어찌 된 영문인지 전혀 모르고 있기는 배명과 마찬가지였다.

'누군가 우리를 돕고 있는 것은 분명한데… 누구인가?'

화살이 날아오진 않았지만 싸움은 더 이상 이어지지 못했다. 음자문은 언제 어디서 화살이 날아올지 모르니 함부로 움직이기엔 무리가 있었고, 간신히 살아남은 복마단원은 더 이상 싸울 여력이 없었다. 더구나 도움의 손길이 끊기기라도 한다면 말 그대로 절단이 날 상황이었다.

'어찌해야 하는가? 이번 표행은 어떤 일이 있어도 막으라는 명이 떨어졌는데. 하나 이대로 싸우다간 애꿎은 수하들만 죽게 생겼으니… 그렇다고 여기서 그만둘 수도 없는 노릇이 아닌가?'

배명은 이러지도 저러지도 못하고 갈등을 하고 있었다. 그러나 그런 배명의 갈등을 단숨에 날려 버린 사내가 있었으니 간신히 죽다 살아난 오상이었다. 정신없이 도망치던 오상은 잠시 기운을 회복했는지 공격을 멈추고 갈등하고 있는 음자문의 살수를 다짜고짜 공격하였다. 명령이고 뭐고 필요없었다. 목숨이 오락가락하는 판에 가만히 당할 바보는 아무도 없었다. 동시에 오상의 검을 막은 살수는 곧바로 반격을 개시했고 잠시 멈추어졌던 싸움은 다시 시작되었다.

"저런, 멍청한 자식!"

무공이 약한 사매를 돌보랴 자신에게 덤비는 적을 막으랴 남들보다 세 배는 부산히 움직였던 최진원은 지칠 대로 지쳐 있었다. 창피한 일이었지만 싸움이 이대로 끝났으면 좋겠다는 생각도 하고 있었다. 그런데 때마침 저 멍청한 오상이 나서서 꺼져 가는 불씨에 기름을 들이붓는 것이 아닌가! 그리고 기다렸다는 듯 적의 공격은 다시 시작됐다. 최진원의 입에서 절로 욕이 튀어나왔다.

싸움이 시작되었지만 배명은 전원삼을 상대하지 않았다. 전원삼을 상대한 것은 다른 네 명의 살수들이었고 배명 자신은 주변을 뚫어지게 살피고 있었다. 지금 그에게 중요한 것은 전원삼이 아니라 화살을 날리는 자들이 위치한 곳을 찾는 것이었다. 오늘 일의 성패는 자신이 얼마나 빨리 그들을 발견하느냐에 달려 있다고 생각을 하였다. 배명은 자신은 물론이고 여유가 있는 몇 명의 수하에게도 적의 위치를 예의 주시하라고 일러두었다.

"크악!"

난데없는 비명이 터지고 또 한 명의 살수가 어깨를 부여잡고 쓰러졌다.

[발견하였느냐?]

[모르겠습니다.]

[별다른 이상이 없습니다.]

[자세히 보지는 못했지만 동쪽 하늘에서 날아온 것처럼 보입니다.]

배명과 함께 주변을 살피던 수하들은 재빨리 전음을 보내왔고 그중 한 명이 어렴풋이나마 화살이 날아온 곳을 알려왔다. 하나 확실한 것은 아니었다.

[동쪽을 중심으로 집중적으로 살핀다.]

배명의 명령과 함께 수하들의 이목이 일제히 그곳으로 향했다.

"으악!"

그러는 동안 다시금 비명성이 들리고 동시에 보고가 올라왔다.

[동남쪽입니다.]

"이런!"

자신의 위치를 찾으려고 한다는 것을 어느 틈엔가 눈치 챘는지 적은 자신의 위치를 이동하며 공격을 하고 있었다.

"후후, 아무리 찾아보거라. 너희들은 나를 절대로 잡지 못할 것이다."

눈에 보이지도 않을 속도로 이동을 하는 소문은 회심의 미소를 짓고 있었다. 배명이 전원삼과의 싸움을 하지 않고 주변을 살필 때부터 자신의 위치를 찾고자 한다는 것을 눈치 챈 소문은 재빨리 자리를 바꾸어가며 화살을 날렸다. 예상대로 적은 자신이 있는 곳을 바라보기 시작했고 소문은 간발의 차이로 그들의 시야에서 벗어날 수 있었다. 그러나 일이란 항상 예기치 못한 곳에서 일어나는 법이었다.

"응애! 응애!"

살벌한 기운이 풍기는 싸움터에 전혀 어울리지 않는 어린아이의 울음소리가 사방에 울려 퍼졌다. 배명은 재빨리 공격을 하던 살수들을 뒤로 물렸다. 그리고 이어지는 침묵!

"이런, 착하지. 쉿! 쉿!"

당황한 구양풍과 할아버지는 잠에서 깬 휘소를 달래느라 정신이 없었다. 그러나 곁에 소문이 없는 것을 알았는지 휘소는 숨이 떠나가라 울어 젖혔다. 그러자 희미하게 들리던 아이의 울음소리가 이제는 음자문의 살수의 귀에도, 그리고 복마단원들에게도 확연히 들려왔다.

"거기 있었군. 쥐새끼들 같으니!"

배명은 스산한 살기를 뿜으며 동쪽의 숲을 노려보았다. 겨우 십여 장도 떨어지지 않은 곳에 숨은 적들에 철저히 농락당했다는 생각에 울

화가 치밀어 올랐다.

아이의 울음소리는 더욱 커지고 결국 참다못한 구양풍과 할아버지는 숲에서 걸어나왔다. 공격도 하지 않았는데 적이 제 발로 걸어나오자 배명은 의아심을 감출 수 없었다.

"당신들이 우리를 공격한 것이오?"

걸어나온 노인들이 왠지 범상치 않아 보이는지라 긴장의 빛을 감추지 못한 배명이 조심스레 물어보았다. 하나 연신 아이를 달래며 걸어나온 노인들이 향하는 곳은 한쪽 구석에서 떨고 있는 쟁자수들에게였다.

"이보게, 대식이! 잘 있었는가?"

죽음을 생각하며 겁에 질려 있던 채대식은 갑자기 자신을 부르는 소리에 깜짝 놀라 고개를 들었다. 눈앞에 서 있는 노인 구양풍을 바라본 그는 반가움에 소리를 질렀다.

"어르신!"

"허허, 기억을 하고 있었네그려. 그래, 어찌 지냈나? 아니지, 그건 나중의 문제고 지금 빨리 간단히 죽이나 좀 쒀주게. 이 녀석이 배가 고파서 그런지 난리를 치는구먼."

"예?"

무슨 소리를 하느냐는 듯 이상하게 구양풍을 바라본 채대식은 웬 노인의 품에 안겨 겨우 울음을 멈추고 있는 아이를 볼 수 있었다.

"어서 준비해 주게. 최대한 빨리."

"예? 예… 그런데……."

우선 대답이야 하였지만 상황이 상황인지라 채대식은 주변의 눈치만을 살필 뿐이었다. 아니나 다를까, 처음 이들의 등장에 긴장을 했던 배명은 자신의 질문엔 대꾸도 없이 쟁자수에게 다가가 엉뚱한 요구를 하는 노인들을 바라보며 부르르 몸을 떨고 있었다.

"숨어서 암습이나 해대더니만 죽이라··· 영감탱이들! 지금 그 말이 이 상황에 맞는 말이라 생각하는가? 뭣들 하느냐! 쳐라!"

배명은 분노에 찬 음성으로 명을 내렸다. 그러자 안 그래도 언제 날아올지 모르는 화살에 공포에 떨던 실수들은 진한 살기를 내뿜으며 덤벼들었다.

"어이쿠! 이놈들이!"

"애 놀란다. 소리는 지르지 마라!"

할아버지와 구양풍은 조금 전의 여유있는 모습과는 달리 다급히 몸을 움직였다. 물론 공격을 두려워해서가 아니라 그 공격으로 인해 간신히 울음을 멈춘 휘소가 또다시 울지 모른다는 생각에서였다.

"그나저나 소문이 놈은 뭘 하고 있는 것인지."

"그러게 말입니다."

적의 예봉을 피한 그들은 소문이 사라진 곳으로 고개를 돌렸다. 그러나 소문은 한가로이 자리를 잡고 앉아 상황을 지켜볼 뿐이었다.

'흐흐흐! 결국은 이렇게 되고 말았군. 어디 열심히 움직여들 보시구려. 난 여기서 구경이나 하려니. 크크크!'

소문은 사악한 미소를 지으며 즐거워했다. 할아버지와 구양풍의 실력을 감안하면 저들이 떼로 덤벼도 휘소는 무사할 것이라는 생각에 아이 걱정은 조금도 하지 않았다. 다만 지금까지 자신만 이리 뛰고 저리 뛴 것이 못내 못마땅하던 그인지라 내심 고소해하고 있는 것이었다.

"숨어 있더니만 도망도 잘 다니는군!"

배명은 코웃음을 치며 도망을 다니는 두 노인을 바라보았다. 요리조리 몸을 돌리며 도망을 다니는 그들을 수하들이 번번이 놓치자 화가 치밀어 올랐다. 이미 복마단원들과의 싸움도 멈추어졌고 모든 음자문의 살수들은 죽어라 노인들을 쫓고 있었다.

'헛! 저 늙은이는!'

가쁜 숨을 몰아쉬던 오상은 두 노인 중 아이를 안고 앞서 뛰어가는 노인을 바라보며 거친 숨을 들이켰다. 기억이 틀리지 않는다면 일전에 화산파에서 자신이 궁왕으로 오인했던, 그 재수없는 소문보다 더 꼴 보기 싫은 노인네였다. 그러나 위기에 빠진 지금 그에겐 최고의 구원자나 마찬가지였다.

'흥, 네놈들이 아무리 기를 쓰고 덤벼보거라. 그 노인네의 털끝 하나 건드릴 수 있는지. 흐흐흐!'

이미 할아버지의 실력을 맛본 오상이 노발대발하는 배명을 바라보며 썩은 미소를 짓고 있을 때 도망만 다니던 할아버지와 구양풍의 신형이 약속이나 한 듯 멈추어졌다. 그리고 들려오는 소리.

"응애! 응애!"

간신히 달랜 휘소가 또 한 번 힘차게 울음을 터뜨린 것이었다. 이들이 처음 움직일 때만 해도 약간의 흔들림에 좋아한 휘소였지만 곧 자신이 잠에서 왜 깨어났는지, 그리고 뱃속에서 올라오는 아련한 울림이 무엇인지 알기도 전에 몸이 반응을 했다.

"흐흐, 어디 더 도망을 가보시지. 쥐새끼 같은 영감탱이들 같으니라고!"

배명은 끈적끈적한 살기를 흩뿌리며 노인들에게 다가갔다.

"쥐새끼라 했나? 제가 잘못 들은 것은 아니겠지요, 형님?"

"내 귀가 이상하지 않다면 쥐새끼라 부른 것이 틀림없는 것 같네."

몸을 돌린 구양풍은 자신을 쫓던 살수에게 믿을 수 없는 속도로 다가가 무기를 빼앗고 발을 한번 놀리는 것으로 그의 정신을 암흑 속에 빠뜨렸다. 무기를 얻은 구양풍이 스산한 미소를 지으며 말을 했다.

"쥐새끼라… 그 한마디로 네놈들의 운명은 결정되었다."

"암! 절대로 그냥은 못 넘어가지. 내 몫까지 해주게. 후~ 이 녀석을 달랠 생각을 하니 눈앞이 캄캄하구먼."

한번 울면 끝장을 보는 휘소를 달랜다는 것은 여간 힘든 일이 아니었다. 그나마 요즘 들어 자신들이 어르고 달래도 울음을 그쳤지 처음 모옥을 떠나올 때만 해도 소문이 없으면 어떤 방법을 쓰더라도 그 울음을 멈추지 못했었다. 그런 휘소가 다시 울음을 터뜨렸으니 화가 날 만도 했다. 할아버지는 휘소를 달래며 한 발 뒤로 물러섰다.

"미친 늙은이들! 뭣들 하느냐! 당장 저 늙은이들의 입을 닫지 않고!"

하나 배명의 명이 떨어지기도 전에 구양풍이 먼저 움직이고 있었다.

"크윽!"

"하나!"

"헉!"

"둘!"

이미 무공이 그 정점에 오른 구양풍에게 특별히 초식이 필요한 것은 아니었다. 그저 가볍게 휘두르는 것으로 모든 것이 끝이 났다. 단숨에 네 명의 살수들을 날려 버린 구양풍의 움직임은 멈추어지지 않았다.

"마, 막아랏!"

음자문의 살수들이 기겁을 하며 무기를 들어 구양풍의 공격을 막으려 하였지만 애초에 수준이 다른 구양풍이었다. 빈 옷소매를 펄럭이며 전광석화처럼 움직이는 구양풍의 모습은 토끼 떼에 둘러싸여 날뛰는 대호(大虎)를 연상시켰다. 음자문의 살수들이 실력이 약한 것은 아니었지만 이미 기가 죽을 대로 죽고 기세가 꺾여 본신의 힘을 제대로 쓰지 못하고 속수무책으로 당하고 있었다.

"이, 이익! 정신들 차려라!"

배명은 분기탱천하여 구양풍에게 달려들었다. 배명의 실력은 역시 단연 발군이었다. 장난감 가지고 놀듯 살수들을 휩쓸어가던 구양풍은 배명의 공세에 막혀 잠시 뒤로 물러설 수밖에 없었다.

"호오~ 그나마 조금 낫군."

"헛소리하지 마라!"

구양풍이 자신을 놀린다고 생각한 배명은 연신 절초를 사용하면서 자신의 몸은 돌보지 않고 구양풍의 요혈(要穴)만을 집요하게 노리며 거세게 공격했다. 배명의 가세로 기세가 오른 나머지 살수들도 살수 특유의 장점을 살려 기습을 준비했다.

"이크크! 위험하군, 위험해."

자신을 노리는 공격이 매서워짐을 느낀 구양풍은 연신 소리를 지르며 방어에 치중했다. 하나 그의 얼굴엔 조금도 난처한 빛이나 수세에 몰린 위급함이 느껴지지 않았다.

"말을 들어 익히 알고는 있었지만 예상대로 뛰어난 솜씨를 지녔어."

할아버지는 구양풍에 대해 잘 알고 있었다. 비록 오래전의 이야기였지만 강호에 내려오는 구양풍의 전설은 아직까지 인구에 회자되고 있었다. 더구나 지금 그가 만든 패천궁이 강호를 휩쓸고 있으니 그는 잊혀질래야 도저히 잊혀질 수 없는 사람이었다.

"그렇지요. 참 대단한 분이라니까요."

언제 왔는지 할아버지의 곁에 소문이 다가와 휘소를 빼앗아 안고 있었고 휘소는 울음을 멈춘 채 웃고 있었다.

"형님, 이놈이 언제 울지 모르니 빨리 준비해 주세요."

"하하, 알았네. 걱정하지 말고 기다리게. 금방 준비할 터이니."

오랜만에 소문을 만난 채대식은 신바람이 났다. 당장 죽을 줄 알았건만 소문과 구앙풍이 나타나다니! 소문이 어떤 인물인지 소문을 들어 익히 알고 있던 채대식이기에 더 이상 목숨 걱정을 하진 않았다. 또한 가만히 지켜보니 소문의 옆에 서 있는 노인이 말로만 듣던 소문의 할아버지인 모양이었다. 소문을 키운 할아버지가 약할 리 없는 법, 더욱더 안심이 되었다. 분위기를 파악한 다른 쟁자수들 또한 희색이 만연하여 안심하고 죽을 끓이는 채대식을 돕고자 나섰다.

한쪽은 생사를 가늠하는 치열한 싸움이 벌어지고 다른 한쪽에선 아이에게 먹일 죽을 끓이는 묘한 광경이 연출되었다.

한편 싸움도 죽도 끓이지 않고 있는 복마단원들은 지친 몸을 이끌고 한곳에 모여 구앙풍과 음자문의 싸움을 바라보고 있었다.

"사매, 정말 대단한 사람이란 생각이 들지 않아? 어떻게 하면 저토록 빠른 몸놀림과 정확한 공격을 할 수가 있는 것이지?"

"글쎄요. 사형도 언젠가는 저렇게 되지 않을까요?"

자신을 보호하느라 남들보다 두 배는 험한 싸움을 한 최진원의 곁에 앉은 차상일은 한껏 사랑스런 눈길을 보내고 있었다.

"하지만 저 노인의 실력은 보통이 아니야. 저렇게 많은 적을 상대하면서 한 번도 피를 보지 않고 있어. 보아하니 칼등으로 기절을 시키는 모양인데 얼마나 여유가 있으면 저렇게 싸울 수가 있는 것일까?"

"강호엔 우리가 알지 못하는 무수히 많은 기인이사들이 있다고 사부님이 늘 말씀하셨잖아요."

"그런 것 같아. 정말 대단해!"

최진원은 구양풍의 움직임에서 눈을 떼지 못하고 대답을 하였다. 그때였다.

"헛, 저 사람은!!"

살아남은 몇 되지 않은 인물 중 종남파의 제자 하나가 휘소를 안고 있는 소문을 바라보며 기겁을 했다.

"소란 떨지 마라!"

이미 할아버지의 곁에 소문이 있다는 것을 알고 있던 오상이 나직한 음성으로 나무랐다.

"저, 저 사람은 궁귀, 을지 소협이 아닙니까?!"

때마침 종남의 제자가 가리킨 곳을 바라본 화산의 제자가 놀라 소리쳤다.

"궁귀?"

"을지소문!"

최진원은 물론이고 나머지 복마단원들은 일제히 고개를 돌려 소문에게 시선을 던졌다. 아이를 안고 연신 어르고 있는 청년, 남들보다 키가 한 뼘은 더 컸고 등에는 철궁을 메고 있는 그는 강호에 그 명성이 자자한 을지소문이었다.

"정말 을지 소협이로구나!"

"어쩐지. 조금 전의 화살은 그가 날린 것이로군. 예사 솜씨가 아니라더니!"

소문을 알고 있던 몇 몇의 무인들이 밝은 얼굴로 말을 하였다.

"저자가 궁귀란 말이오?"

소문으로만 들었지 아직 직접적으로 소문을 보지 못했던 최진원이

홍분을 하며 물었다.

"그렇소이다. 내 눈이 틀리지 않다면 그는 틀림없는 궁귀 을지 소협
이오."

"저렇게 젊었단 말인가!"

최진원은 절로 감탄성을 내뱉었다. 소문으로 들어 알고는 있었지만
젊어도 너무 젊었다.

패천궁과 구대문파의 뭇 고수들을 연파하고 백팔나한진에 단독으로
덤볐던 사내.

정도의 명숙들을 상대할 때 보여줬던 단 한 번의 검법은 이미 전설
이 되어 백도의 후기지수들에겐 우상과 같은 존재가 된 지 오래였다.
그런 그가 갑자기 은거를 하여 많은 추측을 불러일으키더니 바로 오늘
이 자리에 나타난 것이었다.

"흥!"

사람들이 감탄과 감격을 하면 할수록 오상의 심기는 더욱 불편해졌
다. 아직도 화산에서 소문에게 당한 망신이 뇌리에서 지워지지 않았
다.

'어디 두고 보아라. 내 반드시 너의 명성을 뛰어넘는 인간이 될 것
이니!'

한편 구양풍과 음자문의 싸움은 막바지로 치닫고 있었다. 애초부터
싸움이 되지 않았던 상황이었기에 배명의 가세로 잠시 힘을 찾았던 음
자문은 곧 이어진 구양풍의 반격에 속절없이 무너져 내렸다. 삼십이
넘는 살수. 아무리 구양풍이라도 약간은 애를 먹을 숫자였지만 한 시
진이 넘게 이어진 싸움의 피로와 구양풍의 절대적인 강함에 전의를 상
실한 그들은 살수 특유의 끈질김과 악을 살리지 못하고 점점 구석으로

몰리고 있었다.

"이, 이런 말도 안 되는 일이!!"

배명은 도저히 믿을 수가 없었다. 어떻게 단 한 명의 노인에게 자신을 포함하여 삼십이 넘는 살수가 제대로 된 힘도 써보지 못하고 이토록 처절하게 당할 수 있단 말인가! 도저히 용납할 수도, 믿을 수도 없었다. 그러나!

"크아악!"

수하의 단말마가 숲에 울려 퍼지고 구양풍이 몸을 돌렸을 때 배명은 두 발을 딛고 서 있는 사람이 자신과 노인을 제외하고는 아무도 없다는 것을 알 수 있었다. 그리고 자신 또한 곧 차가운 땅에 누운 수하들처럼 되리라는 것도 알 수 있었다. 구차하게 덤비느니 깨끗하게 패배를 인정하는 것이 낫다는 생각을 한 그는 들고 있던 무기를 집어 던졌다.

쨍그랑!

"졌소!"

배명의 음성은 허탈하기 그지없었다. 사부의 손에 이끌려 살수의 수업을 받은 지 삼십 년, 이토록 허망하게 무너진 적이 있던가? 단연코 없었다. 그는 동료들보다 항상 앞섰고 열다섯 번의 힘든 살수행을 간단하게 성공시켰다. 그런 능력을 인정받아 음자문의 문주이자 사부인 부인곡의 총애를 한껏 받아왔는데… 그런 자신이 이런 꼴이 될 줄이야!

패배를 인정하는 배명의 눈에선 굵은 눈물이 흘러나왔다.

"쯧쯧, 당연한 것을 가지고 눈물은. 그리고 저들은 적당히 사정을 봐주었으니 정신을 차리거든 데리고 돌아가도록 하여라. 오랜만에 힘을 썼더니 몸이 개운하구나."

구양풍은 멍청히 서 있는 배명을 뒤로하고 소문과 할아버지의 곁으로 다가왔다.

"하하, 대단하십니다. 구경 잘했습니다."

"흥, 네 녀석이 공격을 멈출 때부터 알아봤다. 고얀 놈 같으니."

"그 덕에 확실히 몸을 풀지 않았습니까? 너무 몸을 사리는 것도 좋지 않습니다."

"시끄럽다. 사탕발림은 듣고 싶지 않으니 그만 하고 어디 가서 물이나 한 사발 구해오너라. 잠시 몸을 움직였더니 목이 컬컬하구나."

"하하, 알았습니다. 잠시 기다리십시오."

멀리 갈 것도 없었다. 어느새 곁으로 다가온 채대식이 술 한 사발을 구양풍에게 전해주었기 때문이다.

싸움이 끝나자 전원삼은 몸을 돌려 허탈하게 서 있는 사람들을 바라보았다. 표물은 무사히 지켰다지만 당해도 너무 심하게 당했다. 이끌고 온 표사들 중 과연 살아남은 자가 있나 의심스러울 정도였다.

'어쩌다 일이 이 지경이 되었는지… 표물을 지켰다지만 표국의 근간인 이들이 이리 많이 희생되었으니 이제 어찌하여야 하는 것인가!'

"국주님, 괜찮으십니까?"

전원삼은 자신을 부르는 소리에 화급히 몸을 돌렸다.

"자네! 살아 있었군."

"하하! 제가 저 정도 살수들에게 당할 줄 아셨습니까? 서운합니다."

무슨 소리를 하느냐는 듯 대꾸를 하는 연성문은 그러나 자신감있는 말과는 다르게 꼴이 말이 아니었다. 입고 있는 의복은 이미 걸레가 된지 오래였고 몸 이곳저곳에 흉한 상처들이 도배를 했다. 그러고도 저리 움직일 수 있다니 참으로 대단한 의지를 지닌 사내였다.

"다행이네, 정말 다행이야."

전원삼은 다가온 연성문의 손을 잡고 눈시울을 붉혔다.

"어쨌든 표물은 무사합니다. 다만 살아남은 표사가 일곱, 표두가 저까지 둘입니다. 살아남기는 했어도 나머진 부상이 심해 거동이 불가능합니다."

어느새 조사를 했는지 연성문은 피해 규모를 설명하였다. 비록 담담하게 말을 하고 있었지만 은은히 떨리는 목소리엔 슬픔과 분노의 기운이 흐르고 있었다. 그걸 감지하지 못할 전원삼이 아니었다.

"되었네. 그렇게라도 살아주었으니 얼마나 다행인가."

"하지만 표국이……."

"괜찮네. 내가 괜한 고집을 부려 이 먼 곳까지 표행길을 떠나와 많은 표사들이 죽고 말았구먼."

"아닙니다. 무슨……."

"그만 하세나. 자네는 우선 쟁자수들을 시켜 저들을 돌보고 주변을 수습토록 하게나. 나는 잠시 인사를 드리고 오겠네."

전원삼은 연성문에게 주변 정리를 부탁하고 소문 일행이 있는 곳으로 걸어갔다.

"그나저나 강량 어르신과 다른 형님들은 보이지 않습니다. 그분들은 이번 표행에 나서지 않으신 것입니까?"

소문이 고개를 돌리며 물었다.

"그게……."

"왜요? 무슨 일이라도 있습니까? 아니면 일을 그만두신 건가요?"

"강량 어르신과 그들은… 다 죽었네."

채대식은 괴로운 표정을 지으며 힘없이 대꾸했다.

"그게 무슨 말입니까? 죽다니? 도대체 누가 죽었다는 말입니까?"

화급히 반문을 하는 소문의 전신은 싸늘하게 식어만 갔다.

"자네가 떠난 뒤 천리표국에선 가능하면 강남으로 표행을 나서지 않았네. 위험했기 때문이지. 그런데 몇 달 전부터 강북에서도 좀처럼 안전한 표행을 할 수가 없었네. 저들이 계속해서 공격을 했기에 표행에 성공하는 예도 드물었지. 그래도 인명은 해치지 않고 표물만을 건드리던 저들이 한 번은 표사들은 물론이고 쟁자수들까지 모조리 죽인 적이 있네. 그때 강량 어르신을 비롯하여 모든 친구들이 죽었지. 다만 나는 집안일로 인해 표행에 따라나서지 않았다가 이렇게 목숨을 부지하고 있지만 말이네."

"그런 일이……."

두 눈을 감은 소문의 뇌리에 처음 표국에 들어온 자신을 따뜻하게 맞아주던 그들의 얼굴이 하나씩 스쳐 지나갔다. 그리고 그가 눈을 떴을 때는 자연적으로 고개가 음자문의 살수들에게 향해졌다. 구양풍에게 당한 그들은 여전히 땅에 쓰러져 있었고 간신히 정신을 수습한 몇 명만이 일어나 동료들을 돌보고 있었다.

"아서라. 어차피 지나간 일이다. 네가 저들을 어찌한다고 하여도 그들이 살아 돌아오는 것도 아니고, 저들 또한 위에서 시키는 대로 했을 뿐이 아니더냐?"

조용히 지켜보던 할아버지가 소문을 말리고 나섰다. 소문의 전신에 살기가 깔리는 것을 느낄 수 있었기 때문이다.

"형님 말씀이 맞다. 그러니 살기를 가라앉혀라. 휘소가 놀라지 않느냐?"

소문이 자신도 모르게 일으킨 살기가 품에 안고 있는 휘소에게 전달

된 모양이었다. 본능적으로 겁에 질린 휘소는 울지도 못하고 파랗게 질려 있었다.

"이런!"

깜짝 놀란 소문은 일으켰던 살기를 풀고 놀란 휘소를 달래야만 했다.

"쯧쯧, 저러다 애 하나 잡지. 앞뒤 분간 못하는 것은 여전하다니까."

할아버지는 혀를 차며 못마땅해했다. 그때 조심스레 소문의 일행에게 다가오는 사람이 있었다.

"인사가 늦었습니다. 은혜에 뭐라 감사를 드려야 할지 모르겠습니다."

사실상 싸움이 끝나자 인사를 하기 위해 재빨리 다가왔지만 소문과 할아버지의 대화가 이어져 잠시 지체했던 천리표국의 국주 전원삼이었다.

"인사는 무슨. 손주 놈이 과거 천리표국에 은혜를 입었다 하여 도운 것뿐이라오."

할아버지는 마주 인사를 하며 대꾸를 했다.

"저 친구가 그 유명한 궁귀 을지소문입니다. 지난날 잠시 저희 표국에서 일한 적이 있습니다."

전원삼의 곁으로 다가온 채대식이 재빨리 설명을 했다.

"아! 과거에도 녹림도로부터 표행을 지킨 적이 있었던……."

"그렇습니다."

"허허, 이렇게 거듭 은혜를 입었네."

전원삼은 소문에게 포권을 하며 인사를 했다.

"그, 그게……."

휘소를 안고 있어 마주 인사를 하기도 뭐한 소문이 우물쭈물거리자 할아버지가 대신 나섰다.

"은혜랄 것도 없소. 그런데 저들이 어찌하여 자신들과 별 관계도 없는 표국을 공격하는 것이오?"

할아버지의 질문에 전원삼은 안타까운 음성으로 대답을 하였다.

"후~ 말씀하신 대로 저들과 저희는 별다른 관계가 없습니다. 다만 중원에 산재한 표국의 대부분이 구파일방이나 백도에 뿌리를 두고 있어서 본산에서 필요한 생활 비용을 조금 충당하는 편이지요. 그런데 백도와 싸움이 벌어지자 패천궁에선 백도의 자금줄을 저희 표국으로 판단하고 무차별적인 공격을 하는 것이지요. 벌써 많은 표국들이 문을 닫고 피해를 입었습니다."

"저런. 쯧쯧."

"벌써 저희 표국도 몇 차례 표행에 실패하여 위기에 몰리고 있었습니다. 하여 표국의 명운을 걸고 이번 표행에 임한 것인데… 결국 이리 되었습니다."

전원삼의 안색은 이루 말할 수 없을 정도로 일그러졌다.

"고래 싸움에 새우 등 터진다고 어쩌다 불똥이 이리 튀었는지 모르겠습니다."

"강한 자들이 싸우면 원래 그 주변 사람들이 피해를 보는 법이라오."

"그나마 도움을 주셨기에 이 정도로 끝날 수 있었습니다."

"무슨 말을. 어쨌든 도움이 되었다니 다행이오. 인사는 이쯤 해두고 저들이나 보살피는 것이 좋을 듯하외다. 보아하니 많은 표사들이 당한 것 같은데……."

"예. 그럼 잠시 실례하겠습니다."

전원삼은 길게 한숨을 내쉬고 뒤로 물러났다. 그러자 이때만을 기다렸다는 듯이 밀어닥치는 사내들이 있었다.

"도움을 주셔서 감사합니다. 복마단, 아니, 정도맹을 대신하여 감사드립니다. 저는 청성파의 최진원이라 합니다."

"도움에 감사드립니다."

최진원이 앞서 인사를 하자 뒤따라온 무인들이 일제히 허리를 숙였다.

"허허, 무슨 말을. 사해는 동도가 아닌가? 너무 어려워하지 말고 편히 대하도록 하게나."

깍듯하게 예의를 차리는 이들을 바라보며 기분이 좋아진 할아버지는 밝은 미소를 지으며 일일이 인사를 받아주었다.

'나참, 재주는 곰이 부린다더니… 싸운 것은 나와 구양 영감인데 인사는 할아버지가 받는구나!'

어차피 공치사(功致辭)를 들으려고 한 것은 아니지만 저렇듯 할아버지가 나서서 모든 공을 차지하자 약간 반발이 생긴 소문은 슬쩍 구양풍을 바라보았다. 예상과는 달리 구양풍은 그런 것에 전혀 신경을 쓰지 않는 모양이었다. 그저 채대식이 준비해 온 술만 들이키며 기꺼워할 뿐이었다.

"위명은 많이 들었습니다. 저는 청성의 최진원이라 합니다. 이쪽은 사매인 차상일입니다."

"예, 저는 을지소문입니다."

할아버지와 말을 마친 최진원이 다가와 인사를 하자 할아버지에게 재빨리 휘소를 넘긴 소문은 마주 포권을 하며 인사를 했다.

"화산에서 은거를 했다고 들었습니다. 언제 다시 강호에 나선 것입니까?"

"하하, 말씀을 들으니 제가 마치 대단한 인물이나 되는 것처럼 들립니다. 단지 피치 못할 사정이 있어 잠시 머문 것이지 은거는 당치 않습니다."

소문이 손사래를 치며 대답을 했다.

"아무튼 이렇게 도움을 주셔서 감사합니다. 소협의 도움이 아니었으면 천리표국과 저희는 오늘 여기서 뼈를 묻을 뻔했습니다."

"그럴 리야 있겠습니까 마는 도움이 되었다니 다행입니다."

소문이 제법 겸양을 차리며 말을 하고 있을 때 그를 부르는 소리가 있었다.

"이제 그만 떠나도록 하자. 피 내음이 진동을 하는구나. 우리야 상관없지만 휘소에겐 그다지 좋은 영향을 줄 것 같지 않으니 그만 떠나는 것이 좋겠다. 그리고 저들도 뒷수습을 해야지. 우리가 시간을 빼앗으면 안 될 것이다."

"저들은 어찌하지요?"

소문은 겨우 정신을 차리고 있는 음자문의 살수들을 바라보았다. 대답은 구양풍이 대신했다.

"저들도 무인이라면 무인, 한번 패했으니 다시 덤비지는 않을 것이다!"

구양풍은 마치 배명이 들으라는 듯 큰 소리로 말을 하였다. 배명은 그런 구양풍을 지그시 노려보다 고개를 돌렸다.

"알겠습니다. 그리하지요."

구양풍의 말에 일리가 있다고 생각한 소문이 고개를 끄덕이고 휘소를 다시 안아 들었다.

"상황이 이리되어 제대로 인사를 드리지 못하겠습니다. 죄송합니다."

재빨리 다가온 전원삼은 미안한 표정을 지으며 말을 했다. 뻔한 상황이기에 인사를 드리게 남아달라느니 하는 말은 입에 담지 않았다.

"아니외다. 경황이 없을 것인데 우리는 신경 쓰지 말고 어서 일을 보시오. 어서 가도록 하자."

할아버지는 몸을 돌려 걸으며 소문을 재촉했다.

"그럼 다음에 뵙겠습니다."

소문 또한 전원삼과 복마단의 무인들에게 인사를 하고 아쉬워하는 그들에게서 몸을 돌렸다. 할아버지와 구양풍은 벌써 한참을 앞서 걷고 있었다. 할아버지의 머리 위에는 유일하게 잡을 줄 아는 참새 한 마리를 잡곤 즐거워하는 철가면이 날고 있었다. 소문은 그런 철가면의 모습에 어이없어하며 발걸음을 빨리했다.

"그가 출도했으니 강호에 또 한 번 회오리가 몰아치겠구나."

멀어지는 소문을 바라보던 최진원이 조용히 읊조렸다.

"그런데 그는 어디로 가는 것일까?"

"글쎄, 우리와 함께 패천궁과 싸워준다면 더 큰 힘이 없을 것인데."

"흥, 저자는 우리와 함께 싸울 수 없소. 지난날 화산에서 저자가 저지른 무례는 생각하지 못하시오? 혹 저자가 정도맹에 들어온다 하여도 우리는 절대로 받아들이지 못하오!"

전원삼과 복마단의 무인들이, 더구나 종남파의 제자들까지 소문의 일행에게 감사의 인사를 하러 갈 때도 인사는커녕 분노에 찬 눈으로 그들을 노려보던 오상이 소리쳤다.

"절대로 그렇게 되는 일은 없을 것이오!"

'멍청한 놈! 우리라는 말은 하지 말고 그냥 네놈이라고 해라. 한심해서는!'

최진원은 아무런 말도 없이 앞에 서 있는 오상을 물끄러미 바라보았다. 종남파와의 관계를 생각해 말은 하지 않았지만 보면 볼수록 한심한 인간이었다.

'종남파의 미래가 보이는구나! 암울한 미래가!'

제 30 장

기습(奇襲)

기습(奇襲)

　　강남을 석권하고 강북의 일부를 점령하고 있는 패천궁은 그 세력이 크게 세 곳으로 세력이 나뉘어져 있었다. 애초에 패천궁이 세워졌던 복건성의 본성과 강남을 정벌하고 새로이 지은 강남 총타, 그리고 무당파와 제갈세가의 연합을 격파하고 확보한 제갈세가에 세워진 강북 총타가 바로 그곳이었다.

　　복건성에 있는 패천궁은 그 상징적 의미로써 매우 중시되고 있었지만 최소한의 병력만이 남아 지키고 있을 뿐이었고 대부분의 병력은 이미 호남의 애주부에 위치한 강남 총타와 직접적인 전쟁터와 연계되어 있는 강북 총타에 집중되어 있었다.

　　특히 패천궁의 궁주인 관패가 머물러 있는 강남 총타는 패천궁의 무인들을 비롯하여 그동안 몰려든 흑도의 기인이사들과 여러 문파의 우두머리들이 모여 있어 사실상 전 흑도의 중심부가 되어 있었다.

그런 용담호혈에서도 가장 신성시되고 경계가 삼엄한 곳은 바로 궁주인 관패가 머물고 있는 지존각(至尊閣)이었다. 지존각 주변에는 각종 기관 매복이 설치되어 있었고 패천수호대에서도 엄선된 무인들이 엄중히 경계를 서는 등 그 누구도 함부로 발걸음을 옮길 수 없는 곳이 바로 이곳이었다. 그런 지존각에서 관패와 귀곡자는 초저녁부터 머리를 맞대고 뭔가를 한창 논의하느라 정신이 없었다.

"그래, 잘 일러두었는가?"

"예. 거세게 반발은 하였지만 함부로 행동하지 못하도록 못을 박아놓았습니다."

"반발이라… 쯧쯧, 좌우지간 뭘 모르면서 곧 죽어도 자존심을 세우기는!"

관패는 영 못마땅한지 안색을 찌푸렸다.

"하하, 그 정도 자존심도 없어서야 살수계를 지배했겠습니까? 당장 죽더라도 동료의 복수는 하고자 하는 것이 그쪽 방면 무인들의 특징입니다."

귀곡자는 살며시 미소를 지으며 대꾸를 했다.

"나도 아네. 하나 너무 빤히 보이지 않나? 그들이 백 명이 아니라 천 명을 동원해 보게. 그런다고 그 친구가 눈 하나 깜빡할 줄 아는가? 모르긴 몰라도 공격을 한 살수치고 제 명에 죽는 자가 아무도 없을 걸세."

"그래도 음자문의 살수라면 가능성이 있을지도 모르는 일 아닙니까?"

귀곡자가 혹시나 하여 물었다. 그러나 관패는 어림도 없다는 듯 고개를 흔들었다.

"말도 안 되는 소리. 그것도 어느 정도의 무인에게나 통하는 것이지. 그 친구같이 절대의 경지에 이른 자에겐 그 딴 암수야 아무것도 아니지. 게다가 그 친구 못지 않은 고수가 두 명이나 있지 않은가?"

"전대 궁주님께서야 설마 나서시겠습니까?"

"자네 말도 일리가 있지만 그것도 장담은 못하는 일이네. 무슨 바람이 불어 어떻게 행동하실지는 오직 사부 본인만이 알고 계시지. 도대체 무슨 이유로 그들과 동행을 하시는지. 휴~"

관패는 난처한 얼굴로 한숨을 내쉬었다.

"그분 나름대로 뜻이 있으시겠지요. 아무렴 저희와 적대시하시겠습니까? 너무 염려하지 마십시오."

"그거야 그렇지만 몰래 궁을 떠나시고자 제자에게 반역까지 하게 하시고는 저렇게 공공연히 나서시니 사부가 무엇을 원하는지 도무지 그 속내를 알 수가 없으니 그저 답답해서 하는 말이네."

그랬다. 이미 구양풍이 살아 있는 것과 관패가 벌인 일련의 일들이 모두 사제지간에 계획된 일이라는 것을 모르는 패천궁의 수뇌들은 아무도 없었다. 굳이 감추려고 하였다면 모르되 구양풍이 공공연히 모습을 드러냈고 때로는 패천궁의 무인들과 충돌까지 하게 되자 관패가 수뇌들이 모인 자리에서 아예 모든 사실을 털어놓은 것이었다.

처음에야 적지 않은 혼란이 있었지만 어찌 보면 그 당시 패천궁의 상황엔 그것이 최선이었음을 상기한 이들은 아무런 불만도 없이 지금의 상황을 순순히 받아들였다. 다만 직접적으로 구양풍을 치는 데 관여한 귀곡자와 혈참마대의 대주 냉악만은 관패에게 서운한 감정을 숨기지 않았다.

죽음을 각오하고 일을 성사시켰는데 그것이 한낱 연극이었다면 허탈하지 않을 사람이 없을 것이다. 이들의 마음을 누구보다 잘 알고 있는 관패는 궁주라는 체면을 버리고 거듭 사과를 함으로써 모든 일을 원만히 수습할 수 있었다.

"어쨌든 아까운 기회를 놓쳤습니다. 이번 표행만 막을 수 있었다면 천리표국을 무너뜨리는 것은 물론이고 백도에서 상당한 비중을 차지하는 자금줄을 끊을 수 있었는데 말입니다."

"상관있겠나? 어차피 항상 성공할 수도 없는 노릇이고, 계속해서 표행을 방해하면 좋은 소식이 있겠지."

아쉬워하는 귀곡자와는 달리 관패는 그저 덤덤하게 말을 하였다.

"그게 그렇지가 않습니다."

"그렇지 않다니?"

"지금부터는 더 이상 표행을 공격하는 것을 자제해야겠습니다."

"어째서? 그것만큼 백도의 자금줄을 끊는 것은 없다고 주장하지 않았는가?"

관패는 고개를 갸웃거리며 의아해했다.

"관에서 저희를 예의 주시하고 있다는 정보가 들어왔습니다."

"관에서?"

관패가 사뭇 의외라는 듯 반문을 하자 귀곡자는 어쩔 수 없었다는 듯한 표정으로 대답을 했다.

"관에서 저희를 관찰하기 시작한 것은 지난 무당파와 싸움을 벌이면서부터입니다. 궁주님께서도 아시다시피 관에서 정식으로 인정하고 약간이나마 지원하는 곳이 소림과 무당입니다. 그런 곳과 싸움을 벌였으니 비록 무림의 일이라 끼어들지는 않지만 저희를 주의 깊게 살핀 모양입니다."

"그래서?"

"그러던 중 저희가 표행에 나서는 표물을 습격하는 일을 하고 있다는 것을 눈치 챈 듯싶습니다. 문파끼리의 싸움이라면 끼어들 명분이 없지만 표국은 문파라 보기엔 문제가 있습니다. 더구나 표국들이 피해를 우려하여 너도나도 표행을 거부하고 나서자 제때에 물건을 나르지 못하는 장사치들이 관에 하소연을 하고 있습니다. 그러니 관에서도 더이상 외면하지 못하고 이 일에 끼어들 준비를 하고 있습니다."

"흠, 관이 끼어든다? 무림의 일에?"

"표국의 문제는 무림의 일과 별개라는 생각을 가지고 있는 한 틀림없습니다."

귀곡자는 단언하듯 말을 했다. 그러나 관패의 안색엔 별다른 변화가 일어나지 않았다.

"그러면 끼어들 여지를 주지 않으면 되는 것이 아닌가? 애초에 백도의 자금줄을 끊는다는 뜻은 좋았지만 그 방법으로 표행단을 습격한다는 것은 마음에 들지 않았네. 잘됐군. 이참에 그 일은 그만두도록 하게. 그러면 관에서도 별다른 움직임을 보이지 못하겠지."

어쩔 수 없이 허락을 했지만 처음부터 이 같은 방법이 마음에 들지 않았던 관패는 힘도 들이지 않고 대꾸를 했다. 또한 별로 신경을 쓰지 않기는 귀곡자 역시 마찬가지인 듯했다.

"자네의 안색이 그다지 심각하지 않은 것을 보아하니 다른 생각이 있는 듯한 모양인데 말해 보게."

"이미 상당한 효과를 얻었으니 지금 그만둔다 해도 손해날 것은 전혀 없습니다. 그리고 시기도 어느 정도 무르익었습니다. 지난날 입은 피해도 모두 복구를 했고 지금 저희들의 힘은 유래가 없을 정도로 강력합니다. 이제는 궁주님의 결정만이 남았습니다."

처음으로 관패의 표정이 바뀌었다.

"결정이라……."

귀곡자는 관패의 반응을 살피며 말을 이었다.

"길은 두 가지가 있습니다. 하나는 지금 이 정도의 결과에 만족하고 현 상태를 유지하는 것입니다. 말 그대로 중원을 이분하여 정도맹과 패천궁이 지배하는 것입니다."

"다른 하나는 무엇인가?"

귀곡자의 말을 끊고 관패가 물었다. 생각할 가치도 없다는 말이었다.

"궁주님도 짐작하시리라 믿습니다. 당연히 전면전입니다. 많은 피해가 따르겠고 또한 절대적인 승리를 장담할 수는 없겠지만 최소 육할의 승산은 있는 싸움이 될 것입니다."

귀곡자는 말을 마치고 조용히 대답을 기다렸다.

"흠, 그러니까 '안주(安住)냐, 도전(挑戰)이냐?' 하는 말이로군. 자네는 내가 어찌하리라 보는가?"

"……."

당연히 알고 있었지만 귀곡자는 입을 다물었다.

"지난번에도 말하지 않았나. 애초에 이 정도에서 멈추려면 시작도 하지 않았다고. 비록 정상적인 상황에서 궁주의 지위를 받은 것은 아니지만 싸움을 시작한 것은 바로 나네. 당연히 도전을 해야지 안주라니 어림도 없지. 또 그 정도의 가치가 있는 도전이 아닌가? 그리고 나는 그 도전이 성공하리란 확신을 가지네."

관패의 말은 단호했다.

"물론입니다. 저 또한 궁주님께서 반드시 중원일통을 하시리라 믿습니다."

귀곡자는 당연하다는 듯 길게 읍을 함으로써 관패의 말에 지지를 표시했다.

"결정을 하셨으면 바로 시작해야 하지 않겠습니까?"

"물론이네."

관패의 고개가 천천히 힘차게 끄덕여졌다.

조용했던 지존각에는 순식간에 각양각색의 사람들이 몰려들었다. 결심이 선 이상 그 시기가 빠르면 빠를수록 좋다는 귀곡자의 의견을 받아들인 관패가 전격적으로 수뇌 회동을 소집했기 때문이다.

"늦은 시간에 이렇게 모이시라고 하여 미안하오."

장내의 소란이 정리되자 중앙의 태사의에 앉아 이들을 기다리던 관패가 입을 열었다.

"아닙니다. 이 시간에 저희를 부르신 데에는 틀림없이 중요한 일이 있으리라 생각됩니다."

강북 총타를 천수유에게 맡기고 잠시 뒤로 물러나 있던 궁사흔이 미소와 함께 말을 받았다.

"그렇습니다. 궁주님께서 갑자기 이런 자리를 마련하신 것은 중대한 결정을 하셨기 때문입니다."

좌중의 모든 눈동자가 귀곡자를 향했다. 크게 심호흡을 한 귀곡자는 서서히 입을 열었다.

"궁주님께서는 지난날 피치 못해 멈추시었던 강북을 다시 한 번 도모하겠다는 결심을 하셨습니다."

"오!"

"드디어!"

귀곡자의 말에 좌중은 저마다 탄성을 지르며 흥분했다.

"그래, 그 시기는 언제로 정하셨습니까?"

흥분에 휩싸인 좌중의 분위기와는 달리 궁사흔의 질문은 차분히 가라앉아 있었다. 지난번 싸움의 총지휘자였던 그로서는 백도의 전력이 실로 만만치 않음을 알기에 다소 염려스런 목소리였다.

"내일입니다."

"헛! 내일이란 말씀이시오? 너무 이른 것이 아닙니까?"

궁사흔은 미처 예상치 못한 대답에 몹시 놀라며 관패를 바라보았다.

"하하! 태상장로님께서도 예상치 못하는 것을 저들이 어찌 예상하겠습니까? 또한 이미 오래전에 공격의 모든 준비는 끝난 것으로 알고 있습니다."

"그렇기는 하지만……."

"물론 아직도 부족한 점이 있겠지만 완벽을 기하다가는 저들의 대비 또한 철저해지리라 믿습니다. 어차피 시작될 싸움이라면 전광석화 같은 기습을 통해 기선을 제압하는 것도 좋으리란 생각을 했습니다. 그러니 제 말을 따라주십시오."

"흠, 알겠습니다. 제가 놀란 것은 궁주님의 명에 다른 생각이 있어서가 아니었습니다. 다만 그 시기가 너무 급박해 보여서 혹시나 하는 마음이 들기 때문이었습니다. 보아하니 이미 모든 계획이 수립된 모양이니 이 늙은이가 그리 큰 걱정은 하지 않아도 될 듯싶습니다."

궁사흔은 관패의 옆에 시립해 있는 귀곡자를 바라보며 고개를 끄덕였다.

"고맙습니다. 태상장로께서 제 말을 따라주신다니 마음이 든든합니다. 하하하!"

관패는 궁사흔의 말에 크게 웃으며 기뻐하였다. 어느새 흥분된 마음을 가라앉히고 관패와 궁사흔의 대화를 지켜보던 좌중의 인물들도 내심 안도의 한숨을 내쉬었다. 사실 패천궁의 궁주는 관패였지만 태상장로인 궁사흔의 힘 또한 그에 못지 않게 대단하였다. 그런 궁사흔이 관패의 명에 반발을 하면 제대로 일이 처리될지 의문이었다. 하나 그런 염려와는 달리 궁사흔은 기꺼이 관패의 뜻에 동조했다. 그 또한 자신이 관패와 대립했을 때 야기될 수 있는 위험을 알고 있었고, 관패라는 인물을 오랫동안 지켜보아 왔기에 그가 패천궁의 궁주로서 조금도 부족함이 없다는 것을 알고 모든 일을 믿고 맡기는 것이었다.

"구체적인 사항에 대해 설명을 하고 조언을 구하도록 하게."

귀곡자에게 명을 하는 관패의 음성은 다른 어느 때보다 힘이 있었다. 궁사흔의 동의를 얻은 관패로선 더 이상 걸리는 것이 없었기 때문이다. 관패의 명을 받은 귀곡자는 중원의 지형이 그려진 지도를 펼치고 자세한 설명을 시작했다.

"호북에는 우리 패천궁의 강북 총타가 자리하고 있습니다. 그곳에 책임자는 여기 계신 태상장로시지만 지금은 잠시 천수유 장로님께서 맡고 계십니다. 병력은 냉악이 이끄는 혈참마대와 흑기당을 중심으로, 만독문 지옥벌의 무인들이 포진되어 있습니다. 사실상의 최전선이기에 항상 긴장의 끈을 놓치지 않고 있습니다. 당연히 모든 공격의 준비를 마쳤다고 보시면 정확합니다."

"적들도 대비를 하고 있지 않겠소이까? 호북에 상당히 큰 진지가 있다고 들었는데?"

현 지옥별의 벌주를 맡고 있는 해구신이 물었다.

"그렇지 않습니다. 강북에 넓게 퍼져 있는 비혈대의 보고에 따르면 저들 또한 호북에 정도맹의 전진 기지를 두어 외견상으로는 저희와 맞서고 있지만 그 인원은 몇 안 된다고 합니다. 사실상 저들은 호북을 포기하고 있다 해도 과언이 아니란 말이지요. 저들은 모든 전력을 정도맹이 있는 하남성에 집결하고 있습니다."

"흠, 그럼 이번에 어찌 공격을 하려 하시오? 지난번처럼 화산이나 아니면 다른 곳을 우회하여 공격하는 방법을 쓰려 하는 것이오?"

마검사 뇌우현의 질문을 받은 귀곡자는 희미한 웃음을 머금었다.

"모든 계책은 한번 사용하면 다음에 사용하기가 힘들지요. 또한 지난번에는 본 궁의 전력이 저들을 압도했기에 병력을 양분할 수 있었지만 이번엔 조금 힘듭니다. 자칫 크게 병력을 분산하여 공격을 하다가는 모든 힘을 한곳으로 집중한 저들에게 큰 낭패를 볼 수가 있습니다."

"그럼?"

"그렇습니다. 이번에야말로 전면적인 힘 싸움이 될 것입니다. 본 궁이 무너지든가, 아니면 저들이 무너지든가 말이지요. 그러나 저들은 힘을 두 곳으로 분산하여야 할 것입니다."

"그것은 또 무슨 말인가?"

궁사혼이 의아하다는 듯 반문을 했다.

"보통 싸움을 하면 여러 가지 계책과 방법이 동원됩니다. 저희에겐 저들에겐 없는 혈영대와 음자문이 있습니다. 소위 백도란 자들이 경원시하는 살수들이지요. 이번 싸움에서는 그들에게 백도와 정도맹의 배후를 교란시키는 임무를 줄 예정입니다. 인원이 적음을 감안하면 일반 무인에겐 어림도 없는 일이겠지만 음자문의 살수들이나 혈영대원들이 지닌 능력이 어떤 것인지를 감안하면 충분히 가능성이 있는 일입니다. 혈영대와 음자문의 살수들이 적의 배후를 휘젓고 다니면 저들이 결코 수수방관을 하지는 못할 것입니다. 그리고 적당히 은신과 매복을 하는 이들을 견제하려면 최소 배 이상의 인원이 동원되고 외면을 하려 해도 그러지 못하고 상당히 신경을 쓰게 될 것입니다."

귀곡자는 말을 마치며 음자문의 문주인 부인곡을 바라보았다.

"어쩌면 이번 싸움의 승패는 이들에게 달려 있다고 해도 과언이 아닐 것입니다."

"호오~ 듣기 좋은 말이구려. 물론 그 정도의 임무는 우리 음자문에겐 그리 어려운 일도 아니니 맡겨만 주시오."

이미 백도의 자금줄 역할을 하는 표국을 습격하여 많은 공을 세운 음자문의 문주 부인곡은 이번 기회를 패천궁 내에서 음자문의 입지를 더욱 탄탄히 하는 계기로 삼으리라 마음을 먹고 있었다. 그런 그와는 달리 혈영대의 대주 안당은 영 못마땅한 얼굴로 귀곡자를 쳐다보았다.

'흥, 우리에게 승패가 달려 있어? 입에 발린 소리는 하지나 말 것이지. 백이면 백 죽는 길인지를 누가 모를 줄 아나 본데… 나를 저런 멍청한 인간과 같이 취급하려 하다니! 그나저나 일이 이리되어 버렸으니 거부도 못하겠고 어쩐다?'

내심 불만을 가지고 있지만 귀곡자의 말이 틀린 것은 아니었기에 딱히 거절할 방법을 찾지 못한 안당은 뭐라 말을 하지 못하고 벙어리 냉가슴 앓듯 그렇게 앉아 있어야만 했다.

'후후! 네놈이 무슨 생각을 하는지는 알지만 어쩔 수 없을 것이다.'

그런 안당을 바라보며 회심의 미소를 지은 귀곡자는 다시금 입을 열었다.

"우선 큰 줄기는 말씀드린 대로입니다. 전면적인 기습 공격과 함께 최단시간에 호북을 점령하고 정면으로 정도맹을 칠 것입니다. 또한 혈영대와 음자문을 따로 움직여 저들이 힘을 한곳에 집중하지 못하도록 적절히 견제도 하게 될 것입니다. 물론 세부적인 사항이야 이루 말할 수 없을 정도로 다양하고 복잡하지만 그것 또한 이미 마련되었습니다. 그것은 그때그때 궁주님께서 명으로 내리실 것입니다."

설명을 마친 귀곡자가 뒤로 물러나자 그때까지 태사의에 앉아 있던 관패가 몸을 일으켰다.

"본 궁이 궁을 벗어나면서부터 이미 시작된 싸움이고, 이제 그 끝을 보려고 하오."

관패의 눈에서 열기가 뿜어져 나오기 시작했다.

"이는 본 궁뿐만 아니라 그동안 저들에게 억눌려 있던 흑도의 힘을 만천하에 알리는 길이기도 하오. 나 관패가 패천궁과 나의 이름을 걸고 맹세하건대 우리에게 패배란 결코 있을 수 없소이다. 오직 승리만이 우리를 맞을 것이오. 부디 죽음을 각오하고 최선을 다해 싸움에 임해주기를 바라오."

"봉명!"

그때까지 자리에 앉아 있던 모든 사람들이 일어나 허리를 굽혀 명을 받았다. 이견이 있을 리가 없었다.

때를 맞추어 동시에 하늘로 날아오른 전서구!

전서구가 날아가는 곳은 패천궁의 강북 총타가 있는 호북의 제갈세가였다. 바야흐로 강남에서 시작하여 화산을 끝으로 잠시 멈추었던 전쟁의 수레바퀴가 다시 돌게 되는 순간이었다.

"흐흐, 봄이 온 지 한참이 지났건만 아침저녁으로 싸늘한 냉기는 아직 가시지 않았네그려."

"그런가? 난 그다지 추운 것을 모르겠는데."

"자네야 원래 추위에 강하지 않은가? 하나 추위에 약한 나로서는 새벽 밤 공기가 너무 차단 말이네."

"하하! 그래서 어쩌란 말인가? 쓸데없는 말을 주저리주저리 늘어놓는 것을 보니 뭔가 꿍꿍이속이 있는 듯한데?"

형우(亨優)는 자신의 동료이자 절친한 친구인 유진민(流唇岷)을 물끄러미 바라보았다. 하고 싶은 말이 무엇인지 불라는 무언의 시위였다.

"꿍꿍이는 무슨. 그냥 좀 적적하고 날씨도 추운 것이 술이나 한잔하자는 것이지."

"꿍! 내 또 그럴 줄 알았네. 지난번에도 근무 중에 술을 마시다 경을 쳤거늘 아직 그 버릇을 고치지 못했는가? 그리고 지금 이 시간에 어디서 술을 구한단 말인가?"

형우는 어이가 없다는 듯 유진민을 쳐다보았다.

"지난번에야 운이 없어서 그런 것이고 이번엔 다르네. 순찰을 돌 사람도 이미 지나갔고 자네와 나만 입을 다물면 되는 것이 아닌가? 너무 그러지 말고 딱 한 잔만 하세."

형우가 뭐라 말을 하기도 전에 어둠 속을 달려간 유진민은 손에 적당한 크기의 술병을 들고는 의기양양하게 돌아왔다.

"흐흐, 이 시간에 근무인 것을 알고 낮에 이미 준비를 해두었지."

"허! 정말!"

솔직히 술이라면 유진민 못지 않게 좋아하는 형우인지라 막상 눈앞에 술이 어른거리자 그리 싫지는 않은 모양이었다.

"좋네. 정히 그러면 딱 한 잔만 하세. 한 번만 더 술을 마시다 걸리면 절대 용서를 하지 않으신다는 분타주님의 말씀도 계시질 않았는가? 장소가 장소이니만큼 조심해야지."

"알았네. 나도 자네만큼이나 우리가 얼마나 위험하고 중요한 곳에 위치한 줄 잘 알고 있네. 그러니 그런 걱정은 접고 일단 한잔 들이키게나."

유진민은 들고 온 술병을 형우에게 내밀었다. 잠시 머뭇거리던 형우는 결심을 하였는지 술병에 입을 대었다.

"언제 죽을지 모르는 우리들이 아닌가? 이러한 낙이라도 없으면 어찌 버틴단 말인가? 어차피 우리는 던져진 미끼에 불과한 것을."

다시 술병을 받아 든 유진민이 벌컥벌컥 술을 들이키며 한탄을 하였다.

"무슨 말을 그리하는가? 미끼라니!"

"쯧쯧, 다 알면서 모른 체하기는. 하긴 그러는 게 속이 편하긴 하겠지만 말이네. 하나 자네와 내가 알고 분타주님도 알며 이곳에 있는 모든 이들이 알고 있네. 우리는 그저 희생 양에 불과하다는 것을 말이지."

"……."

형우는 아무런 말을 하지 못했다. 유진민의 말에 조금도 틀림이 없다는 것을 그 또한 너무 잘 알고 있었기 때문이다.

강남과 강북에 총타를 둔 패천궁과는 달리 정도맹은 주요 성에 총타를 두고 그 밑에 여러 개의 분타를 두었다. 다만 이미 패천궁의 영향력이 막강한 호북에는 총타 대신 분타급의 전진 기지만을 몇 두고 있었는데 그마저도 너무 쉽게 호북을 포기한다는 인상을 주는 것을 저어해서 취한 조치이고 배치된 전력은 보잘것없는 것이었다.

그중 적과 가장 근접한 곳이 경산(京山)에 위치한 정도맹의 호북 경산 분타였다. 그다지 크지 않은 장원에 마련된 이곳에는 약 백여 명의 인원이 머물고 있었다. 근접 거리에 패천궁의 강북 총타가 있다는 것을 감안하면 너무도 적은 인원이었다. 게다가 고수라 불릴 정도의 인물은 분타주인 뇌운혁(雷雲爀) 정도이고 나머지는 그저 그런 인물들이었다. 그러니 이곳을 지키는 무인들은 명령을 거스를 수 없어 어쩔 수 없이 배치되기는 했지만 항상 긴장과 불안감 속에서 하루하루를 보냈으며 자신들이 버려졌다는 것도 너무나 잘 알고 있었다.

뇌운혁 또한 이들의 심정을 모르는 바가 아닌지라 웬만한 잘못이나 실수는 모르는 척 넘어가곤 했다. 다만 야간에 보초를 서는 일만큼은 조금도 여유를 주지 않았는데 이유는 혹시라도 있을 패천궁의 도발을 신속히 파악하여 보고를 해야 한다는 것이었다. 분타주 뇌운혁은 평소에도 그것이 이곳 경산 분타가 해야 하는 최초이자 최후의 임무라고 늘 강조를 했다.

"누가 알아주지도 않는 일을 목숨을 버려가며 해야 하다니 참 억울하지 않은가?"

어느새 다 마셨는지 빈 병이 된 술병을 집어 던진 유진민이 허탈한 음성을 내뱉었다.

"그러나 어찌하겠는가? 잘나지 못한 우리의 죄지."

"흐흐, 무슨 소리. 자네와 나를 동급으로 취급하지는 말게. 내 비록 요 모양 요 꼴로 지내고는 있지만 밤일만큼 나보다 잘하는 인간이 있을 듯싶은가? 암! 내 다른 일은 몰라도 그 일만큼은 자신이 있지. 흐흐흐!"

벽에 붙어 볼일을 본 유진민이 바지춤을 치켜 올리며 괴소를 지었다.

"왜 말이 없는가? 자네도 나의 실력은 인정하지 않았는가?"

언제나 맞장구를 쳐주던 형우가 말이 없이 서 있자 또다시 웃음을 지은 유진민이 형우에게 다가갔다.

"알았네, 알았어. 자네 또한 나 못지 않음은 내가 알고 있지. 하하하!"

유진민은 큼지막한 손으로 멍청히 있는 형우의 어깨를 툭 쳤다. 그러나 상황은 그가 예상한 것과는 전혀 다른 방향으로 흘러가고 있었다.

"자, 자네!"

미동도 없이 서 있던 형우의 몸이 짚단 허물어지듯 앞으로 꼬꾸라지고 너무나도 친근했던 그의 머리는 이미 어깨 위에서 떨어져 나가 자신의 발 아래로 굴러 떨어졌다. 경악으로 부릅떠진 형우의 눈만이 이 상황을 말해 주고 있었다.

"저… 끄윽!"

깜짝 놀라 외치던 유진민은 자신의 목소리가 목에 걸려 더 이상 나오지 않는 것에 의아해했다. 하나 곧 목 언저리 어딘가에서 서서히 고통이 밀려오자 그 이유를 알 수 있었다.

'니미럴! 내 이럴 줄 알았다. 제엔장!'

서서히 희미해져 가던 의식이 그 끈을 놓치자 더 이상 어떤 말도 생각도 할 수 없었다. 자신들의 신세를 한탄하던 유진민과 형우는 그들의 우려대로 그렇게 목숨을 잃고 말았다.

"서둘러라. 단숨에 밀고 올라가야 한다."

유진민의 목숨을 끊은 사내의 냉혹한 음성이 울려 퍼졌다. 어느새 장원의 문이 열리고 문 안으로 들어온 일단의 무리들은 허리를 숙이는 것으로 대답을 대신했는데 계속해서 밀고 들어오는 인원이 워낙 많아 경산 분타를 습격한 패천궁의 규모가 어느 정도인지 파악할 수 없을 정도였다.

"이곳은 나 귀록과 우리 흑기당이 접수한다. 가라!"

다시 한 번 명이 떨어지고 동시에 숨죽였던 무인들이 일제히 움직이기 시작했다.

"끄아악!"

"적이다!"

장원 곳곳에서 동시다발적으로 울려 퍼지는 비명 소리에 화들짝 놀라 잠을 깬 뇌운혁이 상황을 파악하는 데에는 그다지 오랜 시간이 걸리지 않았다.

"분타주님! 기습입니다! 패천궁의 기습입니다!"

그가 침소에서 일어나 급히 옷을 입었을 때 방문을 박차고 뛰어든 사람은 자신의 심복이자 오른팔인 용소파(龍召播)였다. 치열한 격전을 뚫고 오는지 온몸이 피투성이가 된 그의 음성엔 다급함이 묻어 있었다. 하나,

"상황은 어떠한가?"

되묻는 뇌운혁의 음성은 차분히 가라앉아 있었다.

"좋지 않습니다. 너무 창졸간에 시작된 기습이라 번번이 대항하지 못하고 일방적으로 도륙당하고 있습니다."

"후~ 그럴 것이네. 자네도 알다시피 마음먹고 공격을 하는 저들을 우리가 막는다는 것은 불가능한 일이네."

"하지만 이렇게 당할 수만은 없지 않습니까? 무슨 수를 써서라도……."

용소파는 입술을 부르르 떨며 외쳤다.

"무슨 수가 있겠는가? 이곳에 백여 명의 무인이 있다지만 제대로 싸울 수 있는 사람은 자네와 나를 포함하여 고작 열이나 될까? 다 부질없는 짓이지. 지금 그것이 중요한 것이 아니지 않나. 자네와 내가 할 일은 따로 있다는 것은 자네도 알고 있을 터."

"하지만……."

"애초에 우리가 이곳에 온 이유를 잊어서는 안 될 것이네. 무영(無影)은 있는가!"

뇌운혁은 자신의 방과 붙어 있는 또 다른 방을 향해 소리를 질렀다. 잠시 후 대답과 함께 뇌운혁의 방으로 들어온 자는 갓 약관을 넘었을 듯한 동안(童顔)의 청년이었다.

정도맹에서 비밀리에 파견한 그의 존재를 알고 있는 사람은 그다지 많지 않았다. 지난날 눈과 귀가 막혀 낭패를 당한 일을 잊지 않고 있던 제갈공은 각 분타, 특히 위험성이 가장 높은 호북의 분타에 무공과 경공이 뛰어난 인물들을 파견하여 만약의 사태에 대비했다. 물론 비상시 전서구를 통해 연락이 올 것이지만 그것이 오히려 저들에게 이용당한 적이 있는지라 전서구와는 별도로 직접 소식을 전할 사람들을 안배한 것이었다.

"자네도 옆방에서 이미 들었으리라 보네."

"예."

"그럼 떠나게. 잠시도 지체하지 말고 이곳의 소식을, 패천궁의 도발이 시작되었음을 알리도록 하게."

"……."

청년은 아무 말도 없이 뇌운혁에게 새 한 마리를 전해주었다.

"전서구로군. 알았네. 이 녀석을 통해서도 소식을 보내도록 하지."

뇌운혁은 급히 지필묵을 준비시켰다.

"자, 이곳은 신경 쓰지 말고 자네는 어서 떠나도록 하게."

"알겠습니다. 그럼 보중하십시오. 분타주님과 이곳 형제들의 원한은 정도맹에서 반드시 풀어줄 것입니다."

"믿고 있겠네."

무영이라 불린 청년은 허리를 숙여 인사를 하고 몸을 돌렸다. 비명 소리를 들으니 시간이 얼마 없는 듯했다. 방을 나선 그는 지체없이 몸을 날렸다.

"저 녀석도 보냈으니 우리가 해야 할 일은 모두 끝난 것이겠지?"

뇌운혁은 급히 적은 서찰을 잡고 있던 전서구의 다리에 묶은 후 하늘로 날려 보내며 말을 하였다.

"그렇습니다."

"어차피 이리될 줄은 알고 있었지만 막상 닥치니 안타깝기 그지없네. 너무 많은 목숨이 헛되이 가버리지 않았나?"

용소파는 말이 없었다.

"더 이상 비명이 들리지 않는 것을 보니 싸움은 이미 끝난 모양이군."

"애초에 싸움이 되지 않는 것이었소."

대답은 엉뚱한 곳에서 들려왔다. 어느새 방 안에 들어선 귀록은 여유있는 모습으로 서 있었다.

"누구냐?"

용소파가 재빨리 검을 들고 항전(抗戰)의 자세를 갖추었다.

"흑기당을 맡고 있는 귀록이라 하오."

"음!"

짧은 신음성을 내뱉은 뇌운혁이 물었다.

"이곳을 지키던 이들은 어찌 되었소?"

"이곳에서 살아 있는 사람은 그대들뿐이라 생각하오. 그리고 죽기전에 그대들에게는 최소한 우리의 정체는 알려주어야 한다고 생각하여 온 것이오."

"헛소리하지 마라!"

용소파가 분기탱천하여 공격을 하였지만 그의 검은 귀록의 정면 반장의 거리에서 더 이상 전진하지 못하였다. 용소파의 공격이 있자 귀록의 뒤에서 소리도 없이 나타난 무인이 검을 막았기 때문이었다.

"예의는 차렸다고 생각하오. 그럼 잘 가시오."

귀록은 고개를 까딱이고는 미련없이 자리를 떠났다. 그가 떠난 자리는 남은 흑기당의 대원들이 채워갔다.

"훗, 적에게 예의라… 멋을 아는 친구군."

뇌운혁은 서서히 다가오는 적을 바라보며 실소를 지었다. 적이 예의를 지켜준 만큼 합당한 대우를 해줘야 한다는 생각을 하며 벽에 걸린 검을 집어 들었다.

"오라!"

크지도 않고 길지도 않은 짧은 단말마가 울리고 더 이상의 소란은 없었다.

"끝났군."

조그맣게 읊조린 귀록은 자신을 바라보고 있는 흑기당의 대원들을 바라보며 소리쳤다.

"다행히 궁주님의 명을 이행할 수 있었다. 하나 이것은 시작일 뿐이다. 다음은 장산(長山) 분타다. 밤을 몰아 달리면 날이 밝기 전에 도착할 수 있을 것이다. 우리가 맡은 곳은 그곳까지이다. 서두른다."

반 시진이 채 안 되어 정도맹의 경산 분타를 섬멸한 귀록과 흑기당은 잠시의 휴식도 없이 다음 목표인 장산 분타를 향하여 북상을 시작했다.

*   *   *

하남성 봉수현에 위치한 정도맹.

전 백도의 힘이 결집된 곳이자 패천궁에 맞서 싸우는 중심부인 이곳이 엄청난 경악과 혼란에 휩싸인 것은 따사롭던 햇살이 뜨겁게 변해가는 오후가 되면서였다.

호북의 각 분타에서 빗발치듯 전서구가 올라오고 그곳에 비밀리에 파견되었던 무인들이 겨우 목숨을 부지한 채 하남의 학산(硧山) 분타에 도착했다는 소식이 전해졌기 때문이었다. 그들의 말은 하나같이 패천궁의 공격이 시작됐다는 것을 알리고 있었다. 이는 곧 패천궁과 정도맹의 전면전이 또다시 시작했음을 알리는 말이기도 했다.

정도맹의 심장부에 위치한 의사청!

평소에도 연일 회의가 열리기는 하지만 지금처럼 백도의 대표들이

자 정도맹을 이끌고 있는 모든 수뇌들이 한자리에 모인 적은 없었다.

"호북 분타에 파견되었던 무인들이 도착하지 않아서 보다 정확한 정황을 파악할 수는 없으나 다급히 올라온 전서구들에 의하면 호북에 있는 분타들이 패천궁에 의해 일제히 공격을 받은 듯합니다."

"모조리 말이오?"

목인영이 묻자 무겁게 고개를 끄덕인 제갈공이 말을 이었다.

"경산, 장산, 홍안(紅安)은 물론이고 보강(保康) 분타마저 하룻밤 사이에 무너졌다 합니다."

"허! 보강마저 말이오? 그곳은 호북이라 보기보다는 차라리 사천에 가까운 곳이 아니오?"

새롭게 청성파의 장문인이 된 석부성이 놀라며 물었다.

"그렇습니다. 그럼에도 저들은 단숨에 그곳까지 점령을 했습니다. 드러난 대로 밤사이에 호북의 모든 지역이 저들의 손아귀에 들어갔다고 보시면 될 것입니다."

모든 사람들이 말문을 닫았다. 예상은 했지만 이토록 쉽게 호북을 내어줄 줄은 생각도 못했기 때문이다.

"어차피 호북은 포기한 상태나 마찬가지 아니었습니까? 너무 심려들 하지 마십시오. 지금은 호북을 접수한 저들이 과연 이곳으로 몰려올 것인지, 또한 그리하면 어찌 저들을 막아야 하는지를 의논해야 한다고 생각합니다."

"그렇습니다. 많은 희생이 있어 안타깝기는 하지만 호북의 분타에 배치되었던 전력은 그다지 많은 비중을 차지하지 않은 것도 사실입니다. 지금은 곽 장문인의 말씀대로 저들을 막을 방법을 찾는 것이 급선무라 생각합니다."

제갈공이 고개를 끄덕이며 말을 받았다.

"군사께서는 달리 생각이 있으신지요?"

영오 대사가 넌지시 물었다.

"없어도 만들어야지요. 무슨 수를 써서라도 저들을 막아야 하지 않겠습니까?"

제갈공은 희미하게 미소를 지으며 대답을 하였다.

"지난번처럼 이곳을 공격하는 것처럼 시선을 끌어놓고 화산이나 아니면 다른 곳을 우회하여 치지는 않겠소?"

사실상 화산을 비워놓고 온 것이나 마찬가지인지라 질문을 하는 해천풍의 안색은 어둡기 짝이 없었다.

"그런 염려는 하지 마십시오. 저들이 생각이 있다면 절대로 그러한 방법은 쓰지 않을 것입니다. 그리된다면야 저희로선 더 바랄 것이 없지만 말입니다."

"그건 또 무슨 소리요?"

"지난번에야 저희가 힘이 부족하여 당하고만 있었지만 지금은 그렇지 않습니다. 저들이 만약 병력을 분산하여 화산을 친다면 저희는 역으로 병력을 몰아 저들의 중심을 치게 됩니다. 어쩌면 화산을 잃고 소림마저 위험하게 될지 모르지만 그 대가로 저들은 강남에 위치한 저들의 모든 세력을 내놓아야만 할 것입니다. 관건은 과연 저들의 저지선을 뚫을 수 있을지의 여부입니다만 지금의 전력으로썬 불가능한 일은 아닙니다. 그리되면 저들로서는 낭패가 아닐 수 없으니 저들로선 그같이 위험한 방법은 쓰지 않을 것입니다."

제갈공은 자신만만하게 대답을 하였다.

"그러면 이번 싸움은 말 그대로 누구의 힘이 더 강한지 정면으로 부덮치는 싸움이 되겠군."

"예. 검성 어르신의 말씀이 정확한 것입니다. 힘과 힘, 기세와 기세의 싸움이 될 것입니다."

"자신은 있는가?"

"저들에 비해 전력에 손색이 있지만 지금이라면 최소한 지지는 않으리라 봅니다."

"다행이군."

검성이 자리에 앉아 또 한 번 침묵이 이어졌다.

"피할 수만 있다면 피하고 싶었지만 결국 이리되고 말았습니다. 어차피 피할 수 없는 싸움입니다. 기왕 일이 이리된 바에야 저들에게 우리의 힘을 보여주고 뒤틀렸던 중원의 정기를 바로 세우는 계기로 삼아야 할 것입니다. 하나 너무도 많은 인명이 희생되리라는 것이 눈에 보여 빈승은 안타깝기만 합니다. 아미타불!"

"어쩔 수 없습니다. 중원의 정기를 바로 세우는 데 그만한 희생은 감수토록 해야겠지요."

무당을 잃고 정도맹으로 피해온 운상 진인의 음성은 단호하기만 했다.

"어찌 그것을 모르겠습니까? 희생없이 얻을 수 있는 것이 아무것도 없다는 것은 빈승 또한 잘 알고 있습니다. 그러니 더욱 안타까운 것입니다. 아미타불!"

이미 싸움은 피할 수 없는 기정사실이었다. 그럼에도 저리 안타까워하는 영오 대사를 바라보며 좌중은 숙연해질 수밖에 없었다. 그들 또한 싸움에서 희생될 자들이 누군지 뻔히 알고 있었기 때문이다. 그들 자신이 될 수도 있었고 제자가 될 수도, 가족이 될 수도 있었다.

다가올 비극을 너무도 잘 알기에 누구도 쉽게 입을 열지는 못했다. 동시에 의사청을 휘감은 깊은 침묵은 좀처럼 깨지지 않았다.

수뇌부들이 정신없이 대책 마련에 고심을 하고 있을 때 직접 싸움을 담당하게 될 무인들은 오히려 차분히 주변을 정리하는 모습이었다. 특히 정도맹의 핵심 세력이자 최고 정예들이 모인 삼단의 무인들은 자신들의 무기를 정비하여 전의를 불태우고 있었다.

"하앗!"

조용한 장내에 어울리지 않게 홀로 술에 취해 연신 신형을 움직이는 자가 있었다.

"뭐 하고 있는 것이냐? 혼자 미친 듯이 움직이니 남들이 이상하게 보지 않느냐?"

곽검명은 한 손에 술병을 다른 한 손엔 타구봉을 들고 이리 비틀 저리 비틀 하며 제대로 몸을 가누지 못하는 단견을 의아하게 바라보며 물어보았다. 물론 저리 흔들리는 신형은 개방이 자랑하는 취팔선보(醉八仙步)의 보로를 따라가는 것이고, 마치 허공에 떠올라 홀로 움직이는 것처럼 보이는 볼품없는 막대기의 형상이 개방의 직전제자, 그것도 다음 대의 방주를 이을 제자에게만 전수되는 타구봉법임을 모르지는 않았지만 차분한 좌중의 분위기와는 너무나 동떨어진 모습에 그 이유를 물은 것이었다.

"남들의 시선이야 신경 안 씁니다. 다만 이러지 않으면 가슴으로 치밀어 오르는 불덩어리를 제어할 방법이 딱히 떠오르지 않아서 말이지요."

"그건 무슨 말이냐?"

"큰형님이 죽은 지가 벌써 일 년 하고도 한참이 지났습니다. 그동안 한 것이 있어야지요. 큰형님을 죽인 놈들을 눈앞에 두고도 말입니다. 하나 이젠 아닙니다. 조만간 그놈들을 만나겠지요. 그 생각을 하니 도저히 참을 수가 없었습니다."

단건의 음성은 차분히 가라앉아 있었다. 하나 그 속에선 진한 살기가 절로 느껴지고 있었다.

"어쩔 수 없었다. 우리가 독을 치료하고 몸을 회복했을 땐 이미 저들이 종남을 떠나 돌아가지 않았느냐?"

"물론 저와 형님이 구사일생으로 목숨을 건지기는 했지만 그 또한 미안한 일입니다. 큰형님은 돌아가시고 우리들만……."

"그만! 나 또한 너의 마음과 다르지 않다. 이번 싸움으로 인해 또다시 많은 무인들이 죽겠지만 우리에겐 복수의 기회도 되겠지. 하나 명심할 것은 우리의 복수보다는 백도가 더 중하다는 것을 알아야 한다. 사사로운 감정에 휩싸여 일을 그르쳐서는 안 될 것이다."

곽검명은 진중한 음성으로 말을 하였다. 그 표정이 어찌나 심각했던지 듣고 있던 단건이 절로 웃음을 터뜨렸다.

"그만 하시구려. 내가 이래 봬도 개방의 소방주요. 그 정도도 모를까 봐요. 난 오히려 형님이 걱정이에요. 모르긴 몰라도 그들과 마주하게 되면 누구보다도 먼저 뛰쳐나가 일전을 벌이려 할 사람이 형님일 것이오."

"험험! 무슨 소리를! 나 또한 대의를 위해 힘쓸 것이다. 그러다 보면 언젠가 복수의 기회가 오겠지."

역공을 받게 된 곽검명이 헛기침을 하며 말을 얼버무렸다. 그러나 그런 곽검명을 바라보는 단건의 입가에 걸린 미소는 지워지지 않았다.

"두고 보면 알게 되겠지요."

"암! 두고 보면 알 것이야. 그나저나 무슨 명령이 떨어져도 한참 전에 떨어져야 했을 터인데 왜 아무런 소식이 없는 것이지?"

패천궁이 공격을 시작했다는 소식이 전해진 것이 벌써 몇 시진 전의 일이었다. 당연히 가시적인 조치가 내려졌어야 했지만 위에선 아직 아무런 말도 명령도 떨어지지 않았다.

"뻔하지요. 의사청에 모여서 '감 내놔라 배 내놔라', '네 말이 옳네. 내 말이 옳네' 하며 이전투구(泥田鬪狗)나 하고 있을 것이요. 쯧쯧, 이런 때일수록 신속하고 정확한 명령과 의사 통일이 승리의 관건인지를 왜들 모르는지."

"설마! 아무려면 그러겠느냐? 다른 이유가 있겠지."

곽검명이 믿지 못하겠다는 듯 고개를 흔들었다.

"다른 이유는 무슨 다른 이유요? 제 말이 틀림없다니까요. 지난번에도 이러다가 어이없이 강남을 내준 것이 아닙니까?"

단견은 한참 전부터 모여 대책 회의를 하는 의사청에서 아무런 말도 내려오지 않자 곽검명의 반발에도 불구하고 틀림없이 말싸움이나 하고 있을 것이라 단언했다. 하지만 이런 단견의 생각과는 달리 명령은 이미 내려졌고 그에 따라 행동을 하는 사람이 있었다.

"명령이 떨어졌다. 준비하도록!"

정도맹의 가장 서쪽에는 특별한 건물이 하나 지어져 있었다. 아니, 하나라 하기엔 다소 어폐(語弊)가 있고, 다섯 동의 건물이 모여 하나의 큰 건물을 이루고 있다는 설명이 맞을 것이다. 그리고 바로 이곳이 정도맹 핵심 세력 중 하나인 호천단의 단원들이 거주하는 곳이었다.

각각 세 동의 건물을 쓰고 있는 복마단이나 의혈단에 비해 할당된 건물이 크고 많은 것은 그만큼 인원이 많음을 의미했다. 청성과 종남의 합세로 인원이 늘어 복마단은 그 수가 사백에 이르렀고, 본가에서 다시 전력을 보내왔음에도 지난 싸움에서 워낙 큰 피해를 보았던 의혈단은 겨우 이백의 인원을 채울 수 있었다.

지난 화산대전에서 삼 개 단 중 가장 피해를 적게 본 것은 호천단이었다. 직접적으로 적의 주력을 막은 복마단이나 의혈단은 막대한 피해를 입은 반면 배후에 침입한 혈영대를 견제한 호천단은 이들에 비해 비교적 적은 피해를 입은 것이었다. 당연히 살아남은 인원도 많았는데 싸움이 끝나고 본격적인 전력의 정비를 하게 되자 지금껏 관망을 하고 있던 많은 군소문파와 특별히 연고가 없는 많은 무인들이 정도맹에 속속 합류를 했다. 그들 중 나이가 어리고 실력이 출중한 이들을 모조리 호천단에 배속시키니 지금은 호천단에 속한 무인이 복마단과 의혈단을 합한 수보다 많아 그 수가 근 칠백여 명에 이르고 있었다. 그리고 각각 출신이 다르고 무공도 다르고 문파도 다른 이들을 이끄는 자는 전직 용병 출신 투귀(鬪鬼) 이성진(李成振)이라는 자였다.

투귀 이성진!

'분쟁이 있는 곳에는 항상 그가 있고, 그가 있는 곳엔 승리가 있다'라는 말로 대변될 정도로 일신에 지닌 무공도 무공이지만 집단적인 싸움에 탁월한 실력을 발휘하는 자였다.

용병이었던 자가 어떻게 정도맹에 들어오고 더구나 호천단의 단주가 되었는지 잘 알려지지 않았지만 그를 적극 추천한 사람이 제갈공이었기에 딱히 토를 다는 사람은 없었다. 더구나 그런 제갈공의 기대에 부응이라도 하듯 그는 다른 누구보다 훌륭하게 호천단을 이끌었다.

이성진이라는 자는 투귀라는 별호답게 온몸이 흉터투성이였다. 머리에서 발끝까지 어찌나 많은 흉터들이 전신을 도배했는지 몇몇 대원들은 그것들의 수를 가지고 내기를 할 정도였다. 또한 전신에서 풍기는 냉기와 보기만 해도 질식할 것 같은 두 눈에서 뿜어져 나오는 열기는 좌중을 압도하고도 남음이 있었다. 웬만한 무인이라도 그의 앞에 서면 변변히 대항도 못해보고 꼬리를 내릴 정도로 풍기는 분위기가 압권이었다. 그랬기에 명색이 단주라 해도 일반 단원들과 거의 동등한 지위에 있을 뿐인 복마단이나 의혈단의 단주들과는 다르게 대원들 사이에 확실한 명령권이 서 있었고, 또 대원들이 따르고 있었다.

"출동입니까?"

이성진의 오랜 수하이자 동료인 하지무(荷智武)가 다가오며 물었다.

"그렇다. 소식은 들었을 것이다. 패천궁이 호북을 점령하고 이곳으로 몰려오고 있다고 한다. 우리는 밤이 되기 전에 이곳을 떠나야 한다. 시간이 없다. 최대한 빨리 준비를 시키도록 하라."

"알겠습니다."

하지무는 서둘러 걸음을 옮겼다.

'흠, 패천궁이라… 재밌는 싸움이 되겠군. 아니지, 그렇지도 않겠구나.'

이곳으로 오기 전에 만났던 제갈공의 말이 내심 마음에 걸린 이성진은 안색을 펴지 못했다.

수뇌들의 회의가 끝나고 가장 먼저 내려진 명령은 호천단의 출동이었다. 물론 이들만이 움직이는 것은 아니었다. 호천단의 수가 아무리 많아도 노도(怒濤)와 같이 밀려오는 패천궁의 병력에 비하면 어림도 없는 병력이었다. 당연히 이들 이외에도 정도맹과 주변 분타에 흩어졌던 병력들이 함께 이동을 할 것이었다. 다만 호천단에 먼저 명령이 떨어진 것은 우선 급한 대로 호천단을 출동시켜 저들의 공세를 조금이나마 늦춰보겠다는 의도가 깔린 것이었다. 그리고 출동 명령 전에 만난 제갈공은 이상한 말을 하였다.

'절대적인 전력의 열세가 예상되니 무리는 하지 마라!'

여러 가지 말을 하였지만 호천단의 단주인 그에게 말한 요지는 바로 이 말이었다. 나름대로 호천단의 안위를 생각해서 한 말이려니 하려 해도 싸우는 척하고 물러나라는 제갈공의 말은 이해하기가 힘들었다. 물론 전력이 부족함도 알고 있었고 지원 병력이 올 때까지 적당히 버티면 된다는 것도 알고 있었지만 영 마음에 내키지 않았다.

'무슨 이유가 있겠지. 후~ 힘들구나. 적당히 공세를 취하고 물러서기란 보통 힘든 것이 아닌데……'

오랜 싸움의 경험을 통해 병력을 뒤로 물리는 것이 얼마나 힘든 것인지 익히 알고 있는 이성진은 절로 한숨이 나왔다. 후퇴를 하더라도 적에게 틈을 보여서는 절대 안 된다. 적당히 두려움을 느끼게 하면서 일사불란하게 물러서야만이 최소한의 피해로써 무사히 후퇴를 할 수 있는 것이다. 무작정 병력을 물리면 쫓아오는 적에게 변변히 대항도 하지 못하고 모조리 몰살을 당하고 말 것이다. 어쩌면 이런 이치를 그만큼 알고 있는 사람이 없다는 생각을 했기에 이와 같은 임무가 맡겨졌는지도 모르는 일이었다.

준비는 신속하게 이루어졌다. 언제라도 전투를 치를 수 있도록 항상 긴장의 끈을 놓치지 않았고, 더구나 패천궁의 움직임이 전해진 이후인지라 출동 명령이 떨어지고 모든 준비가 완료될 때까지는 불과 이각여가 소요되었을 뿐이다.

"단주님, 준비가 끝났습니다."

"알았다."

하지무를 따라나선 이성진은 연무장에 정렬한 호천단의 무인들 앞으로 걸어나갔다.

"알고 있겠지만 우리는 이제 이곳을 떠나 패천궁의 무리들을 막으러 간다."

모두 알고 있는 사실이었지만 잠깐의 동요가 연무장을 휩쓸었다.

"두렵나?"

"아닙니다!!"

언제 그랬냐는 듯 힘차게 대답하는 무인들을 바라보는 이성진의 입가에 미소가 그려졌다.

"두려워도 할 수 없다. 이미 명령은 떨어졌고 우리는 적을 막기 위해 가야만 한다. 하나, 무엇이 두려운가? 그대들이 있고 내가 있고 뒤에는 우리를 도와줄 정도맹의 병력이 있다."

이성진의 말이 시작되자 연무장엔 숨소리조차 들리지 않았다.

"맹주님을 비롯하여 정도맹의 수뇌들이 나온다는 것을 말렸다. 우리는 나이 어린 애들도 아니고 시집을 가는 계집도 아니다. 우리는 무인이다. 그저 명이 떨어졌으니 조용히 우리의 일을 수행하러 떠나면 그만이다. 무슨 마중이고 격려가 필요한가?"

잠시 말을 멈춘 이성진은 자신을 바라보는 수백 쌍의 눈동자를 뇌리에 각인이라도 시키려는 듯 일일이 쳐다보고는 다시 입을 열었다.

"옆에 있는 동료들을 잘 보아두어라. 어쩌면 다시는 못 볼 얼굴이 될지도 모른다. 다른 말은 하지 않겠다. 죽을힘을 다해 싸우기 바란다. 백도를 위하여, 옆의 동료를 위하여, 그리고 자기 자신을 위하여 싸우라.”

“백도를 위하여!”

“동료를 위하여!”

“나 자신을 위하여!”

호천단의 무인들은 제각기 자신들의 무기를 들고 연무장이 떠나가라 소리를 질렀다. 그리고 잠시 후, 그들의 함성이 잦아들기를 기다리던 이성진이 준비해 둔 말을 타기 위해 걸음을 옮겼다.

“아! 그리고…….”

무엇인가 빼먹은 말이 있다는 듯 발걸음을 멈추고 다시 몸을 돌린 이성진은 지나가는 어투로 나직이 말했다.

“죽지 말도록. 죽은 놈이야 모르겠지만 남아 있는 사람들은 고통에 시달리게 된다. 가능하면 살도록 하라.”

할 말을 다 했다는 듯 다시 몸을 돌려 말에 올라탄 이성진은 말고삐를 잡아채며 명을 내렸다.

“이동하랏!”

이성진의 명이 떨어지기가 무섭게 연무장은 다시 한 번 함성에 휩싸였다.

“와아아아아!”

“가자!!”

패천궁을 막기 위한 정도맹의 첫 번째 행동. 호천단의 출동이었다.

“사부님!”

“이놈아! 귀청 떨어지겠다. 왜 이리 호들갑이냐?”

의사청에서 수뇌 회의를 막 마치고 정도맹에 마련된 개방의 처소로 돌아온 개방의 방주 황충은 피곤할 겨를도 없이 득달같이 달려드는 단건을 바라보며 안색을 찌푸렸다.

"어째서 저희는 가지 않는 것입니까? 왜 우리는 제외되고 호천단만이 싸움에 나선 것입니까?"

이제나저제나 출동의 명이 떨어지기만을 기다리던 단건에게 들려온 소식은 복마단과 의혈단이 제외된 병력이 정도맹을 떠난다는 것이었고 그중 호천단은 이미 모든 준비를 마치고 성문을 벗어났다는 것이었다. 대기하고 있던 다른 복마단원들도 그러했지만 내심 칼을 갈고 있던 단건이나 곽검명은 도무지 믿을 수 없는 일이었다. 해서 그 연유를 알아보고자 이렇게 달려온 것이었다.

그제야 단건이 이리 서둘러 자신에게 온 까닭을 알게 된 황충은 별거 아니라는 듯이 대꾸를 했다.

"그것까지 네놈이 알 것 없다. 어련히 알아서 조치를 취했을까."

"아니, 그게 무슨 말입니까? 장차 개방을 이어갈 제가 모르면 누가 알아야 된답니까? 도대체 무슨 꿍꿍이속으로 그리하는지는 모르겠지만 그 이유나 좀 알자구요. 호천단의 병력으론 저들을 막을 수 없다는 것은 세 살 먹은 아이들까지 아는 얘기 아닙니까?"

단건은 목청을 높여 사부를 추궁했다.

"이놈아! 꿍꿍이속이라니! 그리고 그 말버릇이 무어란 말이냐?"

황충은 기도 안 막히는지 대뜸 호통을 쳤다. 하나 단건은 눈 하나 깜빡이지 않았다.

"태생이 거지라 그런 걸 어쩌란 말입니까? 그러지 말고 이번 싸움에서 왜 복마단과 의혈단이 배제되는지 그 이유나 말해 주세요."

"모른다."

"사부!"

"아, 글쎄, 모른다지 않느냐! 아직 정확한 결정이 내려지지 않은 사항이다. 그러니 그런 줄 알고 물러가거라. 쯧쯧, 사지(死地)로 가려고 환장한 놈처럼 날뛰기는……."

황충은 더 이상 말하고 싶지 않은 듯 고개를 돌려 버렸다. 더 이상 사부에게 무슨 말을 듣는다는 것이 불가능하리라 생각한 단견은 힘없이 물러설 수밖에 없었다.

"젠장, 영감들이 하는 일이 그렇지."

"뭐라 했느냐?"

단견의 불만 섞인 중얼거림을 들었는지 소리가 날 정도로 고개를 돌린 황충이 도끼눈을 하고 단견을 노려보았다.

"누가 뭐라 했나요? 사부도 이제 물러날 때가 된 것 같습니다. 환청(幻聽)까지 들리는 모양이니."

단견은 태연히 시치미를 떼고 사뭇 염려스럽다는 듯 바라보았다.

"내가 네놈과 무슨 말을 하겠느냐? 꼴도 보기 싫다. 꺼져라!"

"나도 별로 보고 싶은… 그럼 이만 가보겠습니다."

사부의 분위기가 심상치 않음을 재빨리 간파한 단견은 서둘러 입을 다물고 방문을 빠져나왔다.

"흐이구! 내가 저놈 때문에 제 명에 못 살지. 그러나 저놈 말에도 일리가 있기는 있다. 군사가 하도 강하게 주장을 하여 그리되기는 했지만 복마단과 의혈단을 단순히 지원하는 형식으로 운용을 한다? 과연 군사의 의도대로 일이 풀릴지 걱정이 되는군."

잠시 생각에 잠기던 황충은 이내 고개를 흔들고 중얼거렸다.

"후~ 잘되어야 할 텐데… 잘되겠지."

그때였다. 닫혔던 문이 벌컥 열리며 단견이 고개를 내밀었다.

"그러니까 그 잘되어야 하는 것이 무엇이냐니까요? 젠장!"

"저, 저놈이!"

깜짝 놀란 황충이 입에 거품을 물고 소리를 질렀을 땐 단견은 어느새 사라지고 열린 문을 통해 바람만이 밀려 들어오고 있었다.

"호천단만으로 저들을 막을 수는 없는 노릇이 아닙니까?"

모두가 잠시 자리를 비운 의사청에 제갈가의 부녀만 남게 되자 영오 대사는 아까부터 궁금해하던 것을 물었다.

"호천단만이 아닙니다. 각 문파의 어른들이 제자들을 이끌고 참여하실 것이고 그간 정도맹으로 몰려든 많은 무인들 또한 함께 나설 것입니다."

"후~ 비록 많은 무인들이 몰려들었지만 그래도 역부족이라는 생각이 듭니다."

영오 대사는 안색을 펴지 못하고 있었다.

"예, 몰려든 무인들을 보면 상당수가 표국에서 일하는 표사들과 작은 군소문파의 무인들이지요. 그러나 싸움이란 것은 고수들도 필요하지만 때로는 약해 보이는 그들로 인해 결과가 바뀌는 경우가 종종 있습니다. 저들의 가세는 우리에게 충분한 힘을 줄 것입니다."

"그렇다면 다행이지요."

"아버님."

옆에서 조용히 대화를 듣던 제갈영영이 입을 열었다.

"왜 그러느냐?"

"다른 것은 이해가 가오나 한 가지 의문점이 있습니다."

자신이 없음에도 화산에서의 싸움을 성공적으로 이끌었던 자랑스런 딸이었다. 그다지 내색은 하지 않았지만 항상 마음 한구석에 뿌듯한 감정이 남아 있었다. 제갈공은 흐뭇한 미소를 지으며 물었다.

"그것이 무엇이더냐?"

"복마단과 의혈단을 움직이지 않으신 것은 이미 밝히셨듯이 적절한 곳에 지원을 하기 위함이라 하셨습니다."

"그랬지."

"그러나 제 생각엔 아버님은 그들로 하여금 적의 배후를 치려 하심이란 생각이 드옵니다."

"음! 어찌하여 그런 생각을 하였느냐?"

"단순히 지원만을 하려 하신다면 굳이 정도맹의 최정예인 복마단과 의혈단을 배제하셨을 리가 없다는 생각이 들었습니다."

"네 생각이 맞다. 그들은 지원이 아니라 적의 배후를 치게 될 것이다."

제갈공이 순순히 대답을 하자 예상을 한 제갈영영은 그럴 줄 알았다는 듯 별다른 반응을 보이지는 않았지만 듣고 있던 영오 대사는 깜짝 놀라지 않을 수 없었다.

"아니, 그게 무슨 말씀이십니까? 좀 전과는 말이 다르지 않습니까?"

"그렇지 않아도 맹주님께 말씀을 드리고 용서를 받으려고 하였습니다."

"말씀해 보시지요."

안색을 회복한 영오 대사가 차분히 물었다.

"북상을 하는 적은 미리 움직인 호천단과 주변 분타에 있는 병력, 그리고 내일 떠날 후속 병력으로 적당히 견제를 하고 그들의 시간과 시선을 끄는 동안 복마단과 의혈단의 무인들은 저들의 배후를 치게 할 것입니다."

"그게 가능하겠습니까?"

"충분히 가능한 일입니다. 그리고 이 일이 성공해야만 이번 싸움에서 승리를 할 수 있습니다. 많이 극복은 했지만 전력상 저들에 비해 열세인 것은 부인할 수 없는 사실이 아닌지요?"

우려가 가득한 영오 대사와는 달리 제갈공의 안색은 편해 보였다.

"하지만 이는 지난번 패천궁과 마찬가지의 방법이라 사료되옵니다."

제갈영영이 의문을 가졌다.

"그렇게 볼 수도 있을 것이다."

제갈공이 고개를 끄덕였다.

"문제는 병력을 나누었을 때입니다. 아버님께서도 전력의 차가 얼마 나지 않기에 저들이 지난번처럼 병력을 나누어 공격을 하지 못할 것이라 하셨고 그리되면 오히려 우리에겐 좋은 호기가 될 것이란 말씀도 하셨습니다."

"그랬지."

제갈영영이 무슨 말을 하려 하는지 이미 알고 있는 제갈공의 입가에 다시금 미소가 걸렸다.

"그렇다면 우리가 병력을 나누는 순간이 저들에게도 좋은 호기가 되지 않을런지요?"

"그렇소이다. 빈승 또한 그 점이 염려됩니다."

영오 대사가 맞장구를 쳤다.

"하하! 그 점은 그다지 염려하실 것 없습니다."

"염려하지 말라니, 그건 또 무슨 말씀이십니까?"

"지금부터 제가 왜 이와 같은 일을 계획했는지 말씀드리겠습니다. 영아는 아비의 말에 혹시 문제가 있으면 바로 얘기를 해주길 바란다."

"예, 아버님."

제갈영영이 공손히 대답을 하자 제갈공은 천천히, 그러나 확신이 찬 어조로 설명을 시작했다.

"지금 호북을 점령하고 하남으로 밀려 들어오는 적은 패천궁의 주력 인 혈참마대와 흑기당을 비롯하여 패천궁에 굴복한 여러 문파들의 연 합입니다. 더구나 그 뒤를 이어 잠시 뒤로 물러나 있던 궁사혼이 나머 지 병력을 이끌고 이들과 합세하기 위해 장강을 넘었다는 보고가 올라 왔습니다. 결국 이번 싸움에 동원될 적의 병력은 화산과 장강으로 분 산되었던 것과는 비교할 수도 없고 전력 또한 막강합니다. 그들을 막 기 위해 호천단을 비롯하여 많은 무인들이 남하할 것입니다. 하나 그 들로서도 밀려오는 적을 막기는 역부족입니다. 해서 호천단을 이끌고 있는 이성진 단주에게 이미 언질을 해두었습니다."

"어떤?"

"적과 싸우되 정면으로 부딪쳐 싸우지 말 것이며 적당한 때 몸을 빼 고 다시 달려들기를 반복하라 일러두었습니다."

설명을 하던 제갈공은 뭔가 말을 하려던 제갈영영을 눈빛으로 제지 하고 말을 이었다.

"물론 싸우다 병력을 물리는 것이 얼마나 위험하고 힘든 것인지 저 또한 알고 있지만, 지금 호천단을 맡고 있는 이가 평생을 전쟁터에서 보낸 이성진 단주이기에 다른 누구보다 잘 해내리라 믿습니다. 또한 이후 보내지는 병력에도 이와 같은 명을 내릴 것입니다. 비록 적에게 밀려 이곳까지 후퇴를 하는 한이 있더라도 전면적인 싸움은 하지 말라고 일러둘 것입니다. 다만 최선을 다해 적을 혼란케 하고 이목(耳目)을 분산시키는 노력은 해야 할 것입니다. 그래야만이 적의 배후로 침투하는 복마단이나 의혈단의 움직임이 노출되지 않을 것이니 말이지요."

제갈공이 잠시 말을 멈추자 심각한 표정으로 듣고 있던 영오 대사가 입을 열었다.

"그러나 적이 그것에 개의치 않고 이곳에 힘을 집중시키면 어찌 되는 것입니까?"

"만약 패천궁이 전력을 분산시켜 공격을 해올 땐 전 전력을 모아 저들의 본거지로 밀고 내려가면 된다는 말씀을 드린 적이 있을 것입니다. 맹주님께서 염려하시는 것은 그들이 우리와 같은 방법을 썼을 때 과연 어떻게 막을 것인가? 하는 점이라 생각됩니다. 하나 우리는 할 수 있지만 저들은 그렇게 하지 못합니다."

제갈공의 대답엔 확신이 있었다.

"저희가 병력을 몰아 내려가면 적들이 막을 방법은 병력을 동원하는 한 가지뿐입니다. 반면에 저들이 이곳으로 밀고 올라올 때 저들은 정도맹의 병력에 더해 제갈세가가 펼쳐 놓을 진법과도 싸워야 할 것입니다. 지난날을 생각해 보십시오. 수적인 열세에도 불구하고 그토록 많은 병력을 동원해 쳐들어왔던 저들이 절반이 넘는 병력을 희생하고 겨우 얻은 곳이 바로 제갈세가입니다. 이미 명령도 내려놓았습니다. 세가의 모든 식솔들이 적을 막을 진을 설치하기 위해 준비 중입니다. 물론 패천궁에도 귀곡자라는 지낭이 있습니다만 그 혼자서 많은 진을 설치하고 파괴하는 것은 불가능합니다. 결국 호천단과 뒤이어 지원될 병력이 잠시 저들을 막고 그 시간에 저들이 이동할 길목 요소요소에 진을 설치하고 매복과 기습을 한다면 비록 몰려오는 적을 완전히 격퇴시킬 수는 없겠지만 최소한 복마단과 의혈단이 적의 배후를 치는 시간을 벌 수가 있다고 생각합니다."

"그렇군요. 진이로군요. 제갈세가의 진이 있었구려. 아미타불! 아미타불!"

영오 대사는 그제야 어두웠던 안색을 활짝 펴고 연신 불호를 외웠다. 제갈영영 또한 모든 의구심이 해결되었는지 환한 미소를 짓고 있었다.

"그러나……."

지금까지 담담하기만 했던 제갈공의 안색이 살짝 찌푸려지며 굳어졌다.

"모든 것이 철저한 보안(保安)과 시간에 달려 있습니다. 적군을 속이려면 아군(我軍)부터 속이라는 말이 있습니다. 해서 죄송스럽지만 맹주님을 제외한 다른 어떤 분들께도 말씀드리지 못했습니다. 적의 촉수(觸手)가 어디까지 이르렀는지 모르는 상황이라 말입니다. 이 일에 대한 것은 직접 참여를 하셔야 하는 몇 분께만 제가 개별적으로 말씀드리겠습니다."

"그리하도록 하시지요."

"또한 호천단과 다른 무인들이 얼마나 적절히 저들을 막아내느냐, 그리고 제갈세가의 진법이 성난 파도처럼 밀려오는 적의 발을 얼마나 붙잡아두느냐에 따라 이번 일의 성패가 달렸다고 할 것입니다. 어느 것 하나라도 어긋남이 있다면 복마단과 의혈단이 미처 저들을 공격하기도 전에 낭패를 당할 것입니다."

"진인사대천명(盡人事待天命)이라! 저희들로서는 최선을 다할 뿐이지요. 결과는 하늘만이 알지 않겠습니까? 부처님께서도 이런 우리의 노력을 외면만은 하지 않으실 것입니다. 아미타불!"

지난밤에 호천단이 떠나고 뒤를 이어 정도맹을 출발하는 무인들로 인해 항상 팽팽한 긴장감이 감돌았던 정도맹에 그 기운이 더해졌다.

호천단에 이어 출발하는 병력의 면면을 잠깐 살펴보면 대충 다음과 같았다. 군사인 제갈공을 필두로 곤륜과 아미, 본성을 수비하기 위해 남은 소림사의 제자들을 제외한 나머지 육파일방의 장문인들과 제자들이 모조리 동원되고 의혈단에 보낸 제자를 제외하고도 상당한 전력을 지닌 오대세가가 참여했다. 또한 패천궁의 핍박에 시달리던 표국의 표사와 기댈 곳이라고는 정도맹뿐인 군소방파의 정예들이 참여하여 그 수가 근 이천에 이르는, 미리 출발한 호천단과 합치면 병력의 수만으로는 패천궁을 넘어서는 엄청난 수였다. 다만 개개인의 무위가 패천궁에 비해 다소 손색이 있기에 전체 전력이 패천궁에 미치지 못함은 누구나 아는 사실이었다.

거대한 연무장에 모인 이들은 선전을 당부하는 영오 대사의 말을 들으며 전의를 불태웠다. 그리고 화산파를 필두로 하여 성문을 빠져나가기 시작했다. 그러나 정예 중의 정예인 복마단과 의혈단의 무인들은 움직이지 않았다. 또한 백도의 최고수라 할 수 있는 검성과 암왕, 그리고 개방의 황충 방주 등을 비롯하여 많은 고수들의 모습도 역시 찾아볼 수가 없었다.

꽝! 꽝!
"젠장! 뭐냐고? 왜 우리만 이 빌어먹을 성에 처박혀 있어야 하는 것이냐고!"

"쯧쯧, 그만 해라. 나무들이 무슨 죄가 있다고 그리하느냐?"

끓어오르는 화를 참지 못하고 주변의 나무에 화풀이를 해대는 단견을 바라보던 곽검명이 혀를 차며 말했다.

"이게 말이 된다고 생각합니까? 아니, 정도맹에서 우리 복마단과 의혈단의 인원을 빼고 패천궁과 싸운다는 것이 도대체 이해가 가느냐 이 말입니다! 이렇게 멍청히 지낸 지 벌써 사흘이 지났습니다!"

"그래서? 네가 이리 날뛴다고 지금까지 없던 명령이 떨어진다더냐? 괜한 힘만 빼지 말고 조용히 앉아 있거라. 조만간 무슨 조치를 취하겠지."

"하하! 그것은 검명 형님의 말이 맞다. 네가 아무리 날뛰어봐야 들어줄 사람도 없고 힘만 빠지지. 그러지 말고 나하고 술이나 한잔하자. 속을 풀어주는 것이야말로 술만한 것이 없잖아?"

가까이 다가오지 않았음에도 벌써부터 술 냄새로 사방을 덮어버린 남자, 점창파의 장남술(張南戌)은 오색으로 치장한 술병을 단견에게 던져 주었다.

"그래, 정말 술이라도 마시지 않으면 미쳐 버리겠다."

"왔느냐?"

곽검명은 자신의 곁으로 다가와 털썩 주저앉는 사내를 바라보며 웃음을 지었다. 말투며 성격이며 술을 좋아하는 것까지 단견과 빼다 박을 정도로 닮은 그를 알게 된 지도 벌써 서너 개월이 흘렀다. 비록 큰형인 형조문이 떠났지만 새롭게 친하게 된 장남술로 인해 약간의 슬픔은 덜 수 있었다.

"예."

장남술은 고개도 돌리지 않고 대답을 했다. 그런 그의 시선은 순간의 판단 착오로 단견에게 넘겨준 술병에 고정되어 있었다.

장남술이 던져 준 술병의 술이 하나도 남지 않을 때까지 단숨에 마셔 버린 단견은 고맙다는 말도 없이 술병을 주인에게 돌려주었다.

"어라! 그, 그게 어, 어떤 술인데 한 번에 다 마시냐!!"

얼떨결에 빈 병을 받아 든 장남술은 어처구니없다는 듯 말을 했다.

"술이면 다 같은 술이지 어떤 술은."

단견은 별로 대수롭지 않게 대꾸를 하였다.

"뭐! 다 같은 술?! 미치겠네. 사부의 눈을 피해 무려 십 년 전에, 그것도 고르고 고른 복숭아로 담근, 한 방울 한 방울이 나의 피 같은 술을 한입에 꿀꺽하고도 그런 말이 나오냐?!"

입에 거품을 물어가며 떠들어대는 장남술의 안색은 안타깝기 그지없었다. 입술은 파랗게 질리고 술병을 쥐고 있던 손이 부들부들 떨렸다.

"흠, 어쩐지 맛은 있더만. 그리고 네놈도 참 대단하다. 십 년 전이면 열 살 때 아냐. 그때부터 사부의 눈을 피해 술을 담갔다는 말이냐? 그 정성을 무공에 쏟았어봐라, 벌써 절대고수가 되고도 남음이 있었지."

꽝!

"아고야!"

이죽이던 단견은 갑작스런 충격에 비명을 질렀다.

"에라이, 이놈아! 똥 묻은 개가 뭐 묻은 개를 나무란다고 태어나면서부터 술만 처먹은 네놈이 아니더냐! 말이 되는 소리를 해라."

어느새 다가온 황충이 기가 찬 모습으로 서 있었다.

"흥! 어린 제게 술을 먹인 것은 사부가 아닙니까?"

"어허, 이놈이 그래도!"

황충이 눈을 부라리자 슬쩍 뒤로 물러난 단견, 그러나 불만이 섞인 눈초리는 여전했다.

"휴~ 너 같은 놈을 데리고 어찌 일을 도모해야 할지 모르겠다."

"예? 그게 무슨 말씀이십니까? 그럼 이제 우리도 움직이는 겁니까?"

말속에 담긴 뜻을 대뜸 눈치 챈 단견이 입을 쩍 벌리고 좋아했다.

"그리 좋아할 것 없다, 죽으러 가는 것과 진배없으니. 우선 각 문파의 대표들을 의사청으로 모이라고 하여라. 화산과 소림, 무당의 대표는 이미 와 있으니 찾을 것 없고, 나머지 문파의 대표들을 찾아오거라. 의사청에서 맹주님을 비롯하여 부군사와 많은 어르신들이 기다리고 계신다. 시간이 없다. 서둘러라."

황충은 진지하게 명을 내리고 몸을 돌렸다. 사부가 떠나자 재빨리 좌중을 살피던 단견이 중얼거렸다.

"가만있자… 개방의 대표는 나고 점창의 대표도 여기 있고… 참내, 나이도 어린 게 사부를 잘 만나 점창의 대표라니. 쯧쯧."

점창파엔 장남술보다 나이 많은 제자들도 있었지만 그의 사부인 하일청이 점창의 사부가 되자 그에게 다음 대 장문인의 자리가 예정되어 버렸다. 사부의 은덕을 입었다고 수군거림을 받았지만 불만을 가져야 할 장남술의 사형제나 사숙들은 조금도 불만을 가지지 않았다. 오히려 쌍수를 들고 환영을 했으니, 사실 종남의 누군가와는 달리 장남술은 비록 나이는 어렸지만 진정 그만한 인정을 받을 정도로 출중한 재지와 인격을 갖추고 있었기 때문이다.

"흥, 네놈의 나이는 많은 줄 아나 본데 생일을 따지면 내가 더 빠르다는 것을 가슴에 새겨두어라."

"그까짓 며칠을 가지고 유세는… 어쨌든 문제는 청성하고 종남파인데 하필 이런 시기에 자리를 비우다니… 그럼 누구를 불러야 하나?"

단견은 표행을 따라간 오상과 최진원을 생각하며 입맛을 다셨다. 대제자가 없으니 어쩔 수 없이 다른 제자들을 찾아봐야 했다. 하나 그런 그의 걱정은 한 인물의 등장으로 말끔히 사라졌다.

"후후~ 그럴 필요는 없소. 무슨 일인지는 모르겠지만 패천궁이 공격을 했다는 소식을 듣고 밤을 지새우며 달려왔소. 당연히 종남의 대표는 나 오상이 맡을 것이오."

그랬다. 어느새 단견의 곁으로 다가온 오상은 그의 말대로 밤낮을 가리지 않고 달려왔는지 몰골이 말이 아니었다.

"소식을 듣고 참을 수가 없어 달려왔소이다."

오상보다 간발의 차이로 장내에 늦게 도착한 이는 청성파의 장문제자인 최진원과 그의 정혼녀인 차상일이었다.

"고생하셨습니다. 얼마나 노고가 컸을지는 안 봐도 눈에 훤합니다. 우선 간단히 여장을 푸시지요."

오상을 힐끔 바라본 단견은 저런 인간과 동행했을 최진원의 처지를 안타까이 여기며 반가이 맞아주었다.

"아니오. 이곳에 오는 길에 들으니 복마단은 아직 별다른 움직임이 없었던 것으로 알고 있었는데 갑자기 문파의 대표를 찾는다는 것은 뭔가 중요한 일이 있어서가 아니겠소? 그러니 저희는 신경 쓰지 말고 무슨 일인지 말씀을 해주시오."

'달라, 역시 달라!'

먼 길을 달려왔음에도 조금도 피곤한 기색을 하지 않고 정중하게 말을 하는 최진원의 모습에서 한 문파의 장문제자다운 늠름한 기상을 엿본 단견은 감탄을 금치 못했다. 거만하게 바라보는 오상에게선 조금도 찾아볼 수 없는 모습이었다.

"그럼 그리하십시오. 지금 의사청에서 저희를 기다리고 있을 것입니다. 다들 가시지요."

단견의 말이 끝나자 성큼 앞서 걸어가는 오상, 그 뒤를 장남술과 최진원이 따랐다.

"형님은 왜 따라오시는 겁니까? 화산의 대표는 이미 와 있는데."

단견이 천천히 걸어오고 있는 곽검명을 바라보며 놀리듯 말했다.

"복마단에는 구파일방만이 있는 것은 아니다."

"그게 무슨 소리요?"

농담을 하던 단견은 진지하다 못해 엄숙한 곽검명의 표정에 의아해했다.

"삼광파도 있다. 그리고 형님이 없는 지금 내가 그 대표지."

곽검명은 별거 아니라는 듯 대답을 했다. 일순 말문이 막힌 단견은 그런 곽검명을 어이없다는 듯 바라보다 정도맹이 떠나가라 웃어 젖혔다.

"그거 멋진데요. 그럼 부문주 자리는 당연 나의 것입니다. 하하하!"

"그건 네 마음대로 하고 우선은 의사청으로 가자. 늦겠다."

희미하게 미소를 지은 곽검명과 단견은 어깨를 나란히 하고 의사청을 향해 걸어갔다.

『궁귀검신』 7권으로 이어집니다